Robert A. Heinlein

그리고 그는 비뚤어진 집을 지었다

And He Built a Crooked House

그리고 그는 비뚤어진 집을 지었다

김창규 배지훈 조호근 옮김

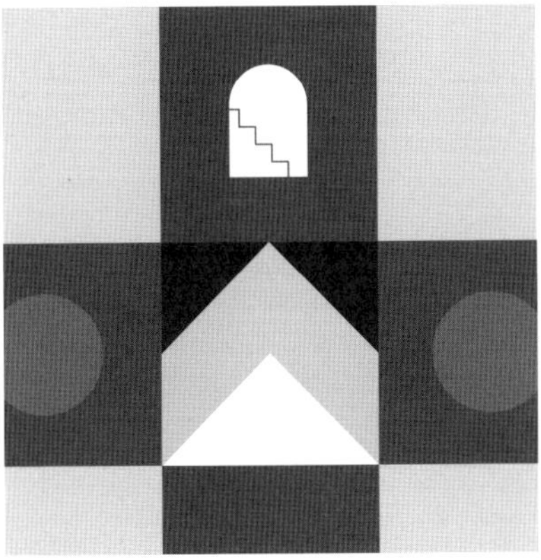

로버트 A. 하인라인 중단편 전집 5

ROBERT A. HEINLEIN

아작

차례

성공한 수술

Successful Operation

조호근 옮김

✦ 1940년 〈퓨처리아 판타지아(Futuria Fantasia)〉 여름호에 라일 먼로라는 필명으로 발표, 당시 제목은 〈하일!〉

"감히 그런 제안을!"

제국 최고의 의사는 꼿꼿하게 자기 의견을 지켰다. "각하의 생명이 위험하지 않았더라면 저도 그런 제안은 하지 않았을 겁니다. 우리 위대한 조국에서 뇌하수체 이식 수술을 할 수 있는 사람은 오직 란스 박사밖에 없습니다."

"네놈이 해라!"

의사는 고개를 저었다. "지도자 각하께서 목숨을 잃으실 겁니다. 제 실력으로는 부족합니다."

지도자는 쿵쿵대며 숙소 안을 휘젓고 다녔다. 당장에라도 분노를 폭발시키며 이성을 잃을 것만 같았다. 최측근조차 두려움에 떨게 만드는 분노였다. 그러나 놀랍게도 지도자는 의사의 말에 굴복했다.

"당장 이리 데려와!" 지도자가 명령을 내렸다.

*

란스 박사는 타고난 위엄이 서린 얼굴로 지도자를 마주했다. 3년간의

'보호 감호'로도 흠집을 내지 못한 위엄과 존재감이었다. 집단수용소에서 파리하고 수척해지기는 했지만, 원래 그의 민족은 억압에 익숙했다. "그렇군. 그래, 알겠소…. 나라면 할 수 있는 수술이로군. 대가를 제시해보겠소?"

"대가?" 지도자는 경악했다. "지금 대가라고 했나, 이 더러운 돼지가? 네놈은 지금 너희 종족의 죄를 조금이라도 속죄할 기회를 얻은 거다!"

의사는 눈썹을 슬쩍 올렸다. "다른 방법이 있었더라면 절대 나를 데려오지 않았을 텐데, 그것도 모를 줄 아시오? 분명 내 도움이 꼭 필요해진 거겠지."

"얌전히 시키는 대로 따라라! 네놈과 네놈 종족은 살아 있는 것만으로도 운이 좋은 거다."

"어쨌든 대가를 받지 않고는 수술을 하지 않을 거요."

"살아 있는 것만으로도 운이 좋다는 게 무슨 뜻인지 모른다면…." 대놓고 위협하는 기색이었다.

란스는 손을 벌려 보일 뿐, 대꾸하지 않았다.

"좋아. 네놈한테 가족이 있다고 들었는데…."

의사는 입술을 축였다. 사랑하는 엠마. 저들은 엠마에게 고통을 줄 것이다…. 우리 꼬마 로즈에게도. 하지만 지금은 마음을 다잡아야 하고, 엠마도 그의 행동에 동의할 것이다. 모두를 위해 판돈을 올릴 때였다. "죽는 것도 딱히 지금보다 나쁠 건 없지." 란스는 단호하게 대꾸했다.

✶

한참이 지난 후에야 지도자는 란스의 마음을 움직일 수 없다는 사실을 인정했다. 이 의사는 자기 어머니의 품에서 배짱을 배운 사람이었다.

"요구하는 대가가 뭐지?"

"나와 내 가족의 여권."

"나 원!"

"개인 재산도 돌려줄 것이며…."

"좋다."

"수술하기 전에 금으로 지급할 것!"

지도자는 반사적으로 거절하는 말을 꺼내다가, 다급히 자신을 억제했다. 지금 이 건방진 멍청이가 그렇게 생각한다고 해서 문제가 있겠는가! 수술이 끝난 다음에 바로잡으면 되는 일이다.

"그리고 수술은 외국 땅에 있는 병원에서 집도할 거요."

"터무니없는 소리!"

"이 조건은 물릴 수 없소."

"나를 믿지 못하겠다는 소린가?"

란스는 대꾸하지 않고 그대로 지도자와 눈을 마주치기만 했다. 지도자는 박사의 입을 세게 후려쳤다. 박사는 피할 생각도 하지 않고, 무표정한 얼굴로 지도자의 주먹을 받아들였다….

*

"정말로 이걸 할 생각인가, 사무엘?"

젊은이는 조금도 겁내지 않는 투로 란스 박사를 바라보며 대답했다. "물론입니다, 박사님."

"자네가 회복할 거라고 보장할 수가 없네. 지도자의 뇌하수체에는 병증이 역력하네. 자네의 몸은 젊으니까 회복할 가능성도 있지만, 확신할 수는 없다네. 결국 운에 걸 수밖에 없지."

"저도 압니다. 하지만 적어도 집단수용소는 벗어날 수 있잖습니까!"

"그래, 그래. 그건 사실이지. 회복한다면 자유의 몸이 될 걸세. 그리고 자네가 여행할 수 있을 정도로 회복할 때까지는 내가 직접 돌봐주겠네."

사무엘은 웃음을 머금었다. "집단수용소가 없는 국가에서 아플 수 있다니, 생각만 해도 즐거운 일이로군요!"

"알겠네. 그럼 시작하지."

그들은 방 건너편에서 아무 말 없이 초조하게 기다리고 있는 사람들 쪽으로 돌아갔다. 침중한 분위기에서 사람들은 돈을 세었다. 지도자가 자신의 종교를 따르는 이들에게는 돈이 필요 없다는 결정을 내리기 전까지 이 저명한 의사가 벌어들였던 재산과 같은 가치의 금이었다. 란스는 금의 절반을 전대에 넣어 자기 허리에 둘렀다. 그의 부인은 나머지 절반을 자신의 풍만한 몸 어딘가에 숨겼다.

*

1시간 20분이 지난 후, 란스는 마지막 수술 도구를 내려놓고, 수술 보조를 맡은 의사들에게 고개를 끄덕인 다음, 수술용 장갑을 벗기 시작했다. 방을 떠나기 전에, 그는 마지막으로 두 환자를 바라보았다. 멸균복과 붕대에 감싸여 있으니 누가 누군지 알아보기 힘들었다. 문득 이런 생각이 들었다. 작은 뇌하수체를 서로 교환한 이상, 이제 독재자의 몸에는 희생양의 일부가 들어 있고, 희생양의 몸에는 독재자의 일부가 들어 있는 것이라고.

*

같은 날, 란스 박사는 아내와 딸을 1급 호텔에 데려다놓은 후 병원으로 돌아왔다. 망명자의 불안한 미래가 기다리는 그에게는 터무니없는 사치였지만, 이제 고향이라고는 도저히 생각할 수 없는 그곳에서는 몇 년 동안 사치라고는 조금도 즐기지 못했다. 이번 한 번 정도는 마음속에서 합리화시킬 수 있었다.

그는 병원 원무과로 찾아가 2번 환자의 검진을 요청했다. 사무원은 영문을 모르겠다는 모습이었다. "여기 없는데요."

"여기 없다고?"

"네, 없어요. 각하하고 함께 이송됐거든요. 선생님네 나라로요."

란스는 그 이상 말다툼을 벌이지 않았다. 뻔한 속임수였는데, 불쌍한 사무엘을 돕기에는 너무 늦어버렸다. 수술 전에 자신과 가족을 잔혹한 불의의 손아귀가 닿지 않는 곳으로 빼낼 선견지명을 주신 신께 감사할 수밖에 없었다. 그는 사무원에게 감사를 표하고 자리를 떴다.

*

마침내 지도자가 의식을 찾았다. 머릿속이 엉망이었지만, 다음 순간 잠들기 직전에 무슨 일이 있었는지가 떠올랐다. 수술! 끝난 것이 분명했다! 그리고 자신은 살아 있었다! 수술을 앞둔 순간의 끔찍한 두려움은 누구에게도 털어놓지 못했다. 하지만 그는 살아남았다. 살아남은 것이다!

그는 호출용 줄을 찾아 손으로 허공을 휘젓다가, 결국 찾지 못하고 천천히 방 안의 모습에 눈의 초점을 맞추었다. 이게 대체 무슨 터무니없는 상황이지? 지도자가 요양할 만한 방이 아니었다. 그는 회반죽을 바른 지저분한 천장과 나무판자가 깔린 바닥을 혐오하는 눈으로 바라보았다. 그리고 침대도! 허름한 야전 침상이 아닌가!

그는 고함을 쳤다. 그가 총애하는 군단의 제복을 입은 돌격대원이 방으로 들어왔다. 그는 체포 명령을 내리기 전에 우선 지금껏 들어보지도 못했을 호된 질책을 내리기로 마음먹었다. 그러나 그는 말을 끝마칠 수조차 없었다.

"어디서 시끄럽게 울어대고 있어, 이 불경한 돼지가!"

처음에는 대꾸할 수 없을 정도로 놀랐지만, 곧 그는 울부짖듯 소리쳤다. "지도자를 앞에 두고 말할 때는 차렷 자세를 취하도록! 경례부터 하고!"

남자는 어안이 벙벙한 표정이 되었다가 큰 소리로 웃음을 터뜨렸다. "그럼, 이렇게 하면 되겠습니까?" 남자는 침상 옆으로 다가와서 오른팔을 번쩍 들어 경례 자세를 취했다. 손에는 고무 곤봉이 들려 있었다. "지도자께 경례!" 남자는 이렇게 외치며 정확하게 팔을 내렸다. 곤봉이 그대로 지도자의 광대뼈를 내리쳤다.

돌격대원이 자신의 유머감각에 감탄해서 크게 웃고 있는 동안, 다른 돌격대원이 왜 소란이 벌어졌는지 확인하러 들어왔다. "무슨 일이야, 존? 이봐, 이 원숭이는 너무 험하게 다루지 말라고. 아직 환자 목록에 올라가 있단 말이야." 그는 지도자의 피투성이 얼굴을 가볍게 힐긋 쳐다보았다.

"흠? 자네 몰랐나?" 남자는 동료를 한쪽으로 데려가서 속삭였다.

두 번째 남자가 눈을 크게 뜨더니, 이내 미소를 지었다. "그래? 낫지 않기를 바란단 말이지? 좋아, 오늘 아침에는 운동 좀 하겠군…."

"뚱보 녀석을 불러오지. 항상 이런 쪽으로는 생각이 기발하잖아."

"좋은 생각인데." 그는 문가로 걸어가서 크게 소리쳤다. "어이, 뚱보!"

두 사람은 제대로 작업에 들어가지 않았다. 뚱보가 도우러 오기 전까지는.

그리고 그는 비뚤어진 집을 지었다

"—And He Built a Crooked House"

조호근 옮김

✦ 1941년 2월 〈어스타운딩 사이언스 픽션(Astounding Science Fiction)〉에 발표

미국인은 세계 어디서든 정신이 나갔다는 평을 듣는다.

일반적으로 미국인들은 그런 비방에 나름 근거가 있다고 인정하면서도, 그 정신병 증상의 중심지로 캘리포니아를 지목하곤 한다. 캘리포니아 사람들은 그런 오명이 대부분 로스앤젤레스 카운티에서 유래한다는 의견을 고수한다. 로스앤젤레스 사람들에게 이 문제에 대해 캐물으면, 그들은 유죄를 인정하면서도 서둘러 이렇게 덧붙인다. "할리우드 때문이다. 우리 잘못이 아니라고. 우리가 요구한 것도 아니고. 할리우드가 혼자 저렇게 커져서 그래."

그리고 할리우드 사람들은 이런 비방에 신경조차 쓰지 않을뿐더러, 오히려 자랑스럽게 여긴다. 만약 당신이 관심을 보인다면 그들은 당신을 '가장 끔찍한 건수만 간직해놓은' 로렐 계곡으로 데려가줄 것이다. 그 계곡의 사람들, 즉 갈색 다리의 여자들이나 바지만 입고 돌아다니면서 널판 투성이의 미완성 주택을 계속해서 건축하는 남자들은, 평지의 따분한 종자들을 살짝 부러움을 담은 눈으로 바라보면서도, 속으로는 오직 자기들만이 제대로 사는 법을 알고 있다고 생각한다.

그리고 로렐 계곡에서 갈라져 구불구불 들어가는 룩아웃 마운틴 애비뉴라는 이름의 작은 계곡길도 있는데, 로렐 계곡의 다른 주민들은 그곳의 지명을 입에 올리는 일조차 꺼린다. 누구에게든 최후의 한계라는 것이 존재하기 마련이니까!

룩아웃 마운틴의 8775번지라는 드높은 장소, 원조 할리우드의 은둔자가 살던 곳의 길 건너편*에, 건축학 학위를 받은 퀸터스 틸이라는 남자가 살았다.

남부 캘리포니아는 건물조차 다른 지역과 다르다. 핫도그를 사려면 개 모양을 본뜬 '강아지'라는 이름의 건물로 가야 한다. 아이스크림 가게는 커다란 아이스크림 모양의 지붕을 이고 있다. 그리고 칠리 보울을 파는 가게 지붕은 당연히 칠리 보울 모양이고, 그 앞의 네온사인은 당당하게 '칠리 보울에 흠뻑 빠져보세요!'라고 외치고 있다. 엔진이 세 개 달린 비행기의 날개 아래에 휘발유와 경유 주유기를 놓고 무료 도로 지도까지 나눠주며 주유소 영업을 하고, 바로 그 비행기 내부에 주 정부의 인가를 받고 고객의 편의를 위해 매시간 점검을 하는 공중화장실까지 만들어놓는다. 관광객들은 이런 꼴을 보고 놀라거나 즐거워하지만, 이름난 캘리포니아의 뙤약볕 아래를 맨머리로 돌아다니는 지역 주민들은 이런 것들을 당연하게 여기며 살아간다.

퀸터스 틸은 지역 건축가 동료들의 이런 시도조차 창의력이 부족하고, 어설프고, 소심하다고 여기는 사람이었다.

✳

"집의 본질이 무엇이라 생각하나?" 퀸터스는 친구인 호머 베일리에게 이렇게 질문을 던졌다.

"글쎄…." 호머는 조심스레 대답했다. "넓은 의미로 볼 때, 비를 피할

* 이 글을 쓰던 당시(1940년) 하인라인이 살고 있던 장소이다.

때 사용하는 도구로 간주하기는 하는데."

"한심하긴! 너도 다른 사람들과 다를 바가 없군."

"이게 완벽한 정의라고 말한 적은 없는데…."

"완벽은 무슨! 애초에 제대로 방향을 잡지도 못했으면서. 그런 관점에서 보면 동굴에 쭈그려 앉아 있어도 아무 문제도 없지. 하지만 널 책망하려는 건 아냐." 퀸터스는 관대하게 말을 이었다. "건축업에 종사한다는 우둔한 친구들도 너보다 하등 나을 바가 없으니 말이야. 심지어 현대 건축가라는 자들도 마찬가지지. 그저 결혼 케이크 굽는 감각으로 주유소 짓는 법을 배우고, 생강빵을 떼어낸 자리에 크롬 합금을 가져다 붙인 작자들일 뿐인데, 그 정신세계는 카운티 법원만큼이나 보수적이고 전통적이거든. 노이트라! 쉰들러! 그 작자들이 대체 뭘 할 줄 안다는 말이지? 프랭크 로이드 라이트보다 내가 못한 점이 뭐가 있어?"

"의뢰가 없잖아." 그의 친구가 간명하게 지적했다.

"응? 방금 뭐라고 했지?" 퀸터스는 자신의 달변에 휩쓸려 비틀거리다 퍼뜩 놀란 다음, 금방 자세를 회복했다. "의뢰. 바로 그거야. 나에게 의뢰가 없는 이유가 뭐지? 주택을 입구에 천을 드리운 동굴로 여기지 않기 때문이지. 집이란 생활을 위한 기구, 필수적인 존재, 역동적인 생명체가 되어야 해. 생명 없이 꿈쩍도 않는 거대한 관이 아니라, 거주자에 맞추어 바뀌어야 한다는 말이야. 우리가 왜 옛사람들의 굳은 개념을 따라야 하지? 도형 기하학에 대해 조금이라도 지식이 있는 사람이라면 평범한 주택 정도는 어렵지 않게 설계할 수 있어. 유클리드의 정적인 기하학이 유일한 수학이야? 피카르-베시오 이론은 도대체 왜 아무도 신경도 쓰지 않지? 모듈화 설계는 또 어때? 입체 화학이 열어주는 풍요로운 가능성은 또 어떻고. 건축의 변형, 위상 형태학, 움직이는 구조체가 들어갈 자리가 조금도 없다고?"

"내가 어떻게 알아." 호머가 대답했다. "나한테는 4차원 이야기를 하는 것처럼 들리는데."

"그래, 그게 안 될 건 뭐야? 우리가 차원이라는 제약 속에 사로잡혀 있을 필요는…, 잠깐!" 퀸터스는 자신의 말을 스스로 끊고는 허공 먼 곳을 바라보았다. "호머, 아무래도 네가 제대로 뭔가 떠올린 것 같은데. 그래, 말 그대로, 안 될 게 뭐지? 4차원 세계의 무한한 분절과 연관에 대해 생각해봐. 어떤 집이 될지. 어떤 집이…." 퀸터스는 그대로 꼼짝도 않고 서서 툭 튀어나온 회색 눈을 천천히 껌뻑이고 있었다.

호머는 손을 뻗어 퀸터스의 팔을 흔들었다. "정신 좀 차려. 4차원이라니, 대체 무슨 소리를 하는 거야? 네 번째 차원은 시간이라고. 시간에 대고 못을 박을 수는 없잖아."

퀸터스는 호퍼의 팔을 밀쳐냈다. "그래, 물론이지. 시간은 네 개의 차원 중 하나가 맞아. 하지만 나는 공간적인 4차원을 생각하고 있는 거라고. 길이나 너비나 두께와 같은 방식으로 말이야. 자재의 절약이나 배치의 편의성에서 보면 4차원을 따라갈 수 있는 공법은 없단 말이지. 대지 공간의 절약은 두말할 것도 없고. 지금 방 한 개짜리 건물이 있는 공간에 여덟 개의 방이 딸린 집을 지을 수 있다는 말씀이야. 테서랙트처럼…."

"테서랙트가 뭐야?"

"너 학교에 다니기는 한 거야? 테서랙트란 초정육면체야. 정사각형으로 구성된 4차원의 물체지. 정육면체가 3차원이고, 정사각형이 2차원인 것처럼. 자, 내가 보여주지." 퀸터스는 자기 아파트의 부엌으로 달려가서는 이쑤시개 통을 가져왔다. 그는 두 사람 사이의 탁자 위에 놓인 유리잔과 거의 빈 홀란드 진 술병을 대충 치운 다음 그 자리에 이쑤시개를 쏟았다. "고무찰흙이 필요해. 지난주에 여기 어딘가 뒀었는데…." 그는 거실 한구석을 차지하고 있는, 잡동사니가 가득 쌓인 책상의 서랍을 뒤져서 마침내 조각용 유성 점토 한 덩이를 꺼내 왔다. "여기 좀 있군."

"또 뭘 하려는 거야?"

"이제 보여주지." 퀸터스는 빠른 손놀림으로 점토를 조금씩 떼어내서는 손에서 굴려 완두콩 크기의 구체를 만들었다. 그리고 점토 공 위에 이쑤시개를 하나씩 박은 다음, 서로 연결하여 정사각형을 만들어 보였다. "자! 이게 정사각형이란 말씀이야."

"확실히 그렇군."

"이런 걸 하나 더 만들고, 이쑤시개 네 개로 양쪽을 연결하면, 정육면체가 등장하지." 이쑤시개는 이제 모서리마다 점토 조각으로 연결된 정육면체의 모습이 되었다. "그럼 이제 처음과 똑같은 정육면체를 하나 만들어서, 이걸 테서랙트의 두 면으로 삼는 거야."

호머는 퀸터스를 도우려 두 번째 정육면체에 쓸 점토 공을 굴리기 시작했지만, 곧 자신의 손놀림에 따라 모습을 변화시키는 점토의 감촉에 빠져서 모양을 빚어내기 시작했다. "이거 좀 봐." 그는 자신의 결과물인 작은 점토상을 들어 보이며 말했다. "집시 로즈 리*라고."

"가르강튀아**처럼 보이는데. 그 여자가 널 고소하려 들 것 같아. 그럼 이제 집중해보라고. 첫 번째 정육면체의 한쪽 모서리를 열고, 두 번째 정육면체의 모서리를 연결한 다음, 그 모서리를 닫아버리는 거야. 그러고는 이쑤시개를 여덟 개 더 사용해서 첫 번째 정육면체의 아랫면을 두 번째 정육면체의 아랫면에 연결시키는 거지. 비스듬하게. 그리고 같은 방식으로 첫 번째의 윗면을 두 번째의 윗면에 연결하는 거야." 그는 말을 계속하며 바삐 손을 움직였다.

"그러면 어떻게 되는데?" 호머가 미심쩍은 투로 질문했다.

"이게 테서랙트라고. 여덟 개의 정육면체가 각각 4차원 초정육면체를 구성하는 면에 해당하는 거지."

"내가 보기에는 실뜨기 놀이 같은데. 어쨌든 여기에는 정육면체가 두 개밖에 없잖아. 나머지 여섯 개는 어디 있는 거지?"

"상상력을 좀 사용해 보라니까, 호머. 첫 번째와 두 번째의 윗면과 같은 식으로 하나가 더 있으면 그게 세 번째가 되는 거지. 아랫면 두 개, 앞

* 미국식 막간 풍자극 '벌레스크' 공연자이자 배우

** 16세기 프랑스 작가 라블레의 소설에 등장하는 거인 왕

면, 뒷면, 오른쪽 면, 왼쪽 면까지 하면 여덟 개가 되잖아.” 그는 각각의 면을 가리켜 보이며 말했다.

“그래, 그렇겠군. 하지만 그래도 정육면체가 아니잖아. 그걸 뭐라고 부르더라…. 그래, 프리즘이지. 기울어져 있으니까 정사각형이 아니라고.”

“네가 보기에만 그런 것뿐이야. 관점의 문제지. 종이 위에 정육면체를 그린다면 옆면은 기울어진 것처럼 그려지지 않겠어? 그게 관점의 문제라는 거야. 4차원 물체를 3차원에서 보면 당연히 비뚤어진 것처럼 보이겠지. 하지만 전부 똑같은 정육면체라니까.”

“네가 보기에는 그럴지도 모르겠지만, 내가 보기에는 여전히 기울어져 보이는데.”

퀸터스는 이런 반론을 무시하고 말을 이었다. “그럼 이제 이걸 여덟 개의 방을 가진 건물의 기초로 간주해보자고. 1층에 첫 번째 방이 있을 거야. 이건 다용도실과 차고로 사용할 수 있겠지. 이 방에서 다음 층의 여섯 개의 방으로 갈 수 있는 거지. 거실 식당, 욕실, 침실 등등. 그리고 맨 꼭대기 층에는, 완벽하게 밀봉되고 사방으로 창문이 있는 방이 하나 있는 거야. 바로 네 서재지. 자! 마음에 들 것 같지 않아?”

“내가 보기에는 욕조가 거실 천장에 거꾸로 매달려 있는 것 같은데. 방들이 문어처럼 서로 복잡하게 얽혀 있잖아.”

“네가 보는 관점에서만 그런 거야, 겉보기로만. 자, 너도 볼 수 있도록 다른 방식으로 해볼게.” 이번에 퀸터스는 이쑤시개로 정육면체 하나를 만든 다음, 반으로 자른 이쑤시개를 이용해 두 번째 정육면체를 만들고, 짧은 이쑤시개로 작은 정육면체의 모시리를 큰 정육면체의 모서리에 연결해 안쪽에 고정해놓았다. “자, 커다란 정육면체가 집의 지상층이고, 안에 들어 있는 작은 정육면체가 네 서재야. 여기에 연결된 여섯 개의 정육면체가 거실이나 기타 등등이고. 알겠어?”

호머는 그 모형을 살펴보고는 고개를 저었다. “아직도 큰 정육면체와 작은 정육면체 두 개밖에 보이지 않는데, 다른 여섯 개는 이번에는 프리즘이라기보다는 피라미드처럼 보여. 어쨌든 아직도 정육면체는 아니잖아."

"그래, 물론 그렇겠지. 네가 보는 관점이 다르기 때문이라니까. 이해가 안 돼?"

"글쎄, 알 것도 같고. 하지만 여기 가운데 방은 내부에 있잖아. 주변에 있는 이 정체불명의 방들에 둘러싸여 있는 형국이고. 너는 사방으로 창문을 낼 수 있다고 했던 것 같은데."

"물론 가능하지. 그냥 이렇게 보이는 것뿐이라니까. 테서랙트 주택이 지니는 최고의 장점이 바로 이거라고. 모든 방의 모든 벽이 완벽하게 외부로 통해 있다는 거야. 그러면서도 각각의 벽은 방 두 개 사이에 있는 셈이고, 여덟 개의 방이 있는 집인데도 방 하나 크기만큼의 대지를 차지할 뿐이라는 거지. 이건 혁명이야!"

"그건 너무 얌전한 표현인 것 같아. 넌 돌았어, 이 친구야. 이렇게 생긴 건물을 지을 리가 없잖아. 안에 있는 방은 영원히 안에 있을 뿐이라고"

퀸터스는 분노를 조절하려고 애쓰며 친구를 바라보았다. "너 같은 사람들 때문에 건축학이 유아 단계를 벗어나지 못하는 거야. 정육면체에 면이 몇 개가 있지?"

"여섯 개지."

"그중에서 내부에 있는 면의 개수는?"

"글쎄, 하나도 없지. 면이란 전부 밖에 붙어 있는 거잖아."

"좋아. 그럼 잘 들어봐. 테서랙트에는 정육면체 형태의 면이 여덟 개 있으며, 그 모두가 밖에 붙어 있는 거야. 이제 잘 봐. 정육면체 골판지 상자는 펼쳐서 전개도 상태로 만들 수 있잖아. 같은 방식으로 테서랙트를 펼쳐 보일 거야. 이렇게 하면 정육면체 여덟 개를 전부 볼 수 있겠지." 퀸터스는 잽싸게 네 개의 정육면체를 만들고는, 하나씩 쌓아 올려 불안해 보이는 탑을 만들었다. 그리고 그는 두 번째의 정육면체의 네 개의 면에 다시 각각 네 개의 정육면체를 만들어 붙였다. 고무찰흙이 헐거워지며 조금 흔들리기는 했지만, 구조물은 여전히 서 있었다. 거꾸로 세운 십자가를 직각으로 겹쳐 놓은 형상이었다. 네 개의 정육면체가 네 방향으로 튀어나와 있었으니까. "이제 알겠어? 맨 아래에서 받치는 것이 지상층이고, 그 위에 있는 여섯 개의 정육면체가 거실 등등이고, 맨 꼭대기에 있는 것이 네 서재야."

호머는 다른 구조물을 보았을 때보다는 만족한 모습이었다. "이제야 이해가 되네. 이것 역시 테서랙트라는 말이지?"

"이건 3차원으로 펼친 테서랙트야. 맨 위의 정육면체를 맨 아래의 정육면체로 가져와 붙이고, 양옆으로 펼쳐진 네 개의 정육면체를 접어서 맨 위의 정육면체에 연결시키면 다시 원상태가 되는 거라고. 물론 이런 작업은 모두 4차원에서 해야지. 정육면체를 일그러뜨리거나 각 면의 안쪽으로 집어넣을 필요는 없어."

호머는 아슬아슬하게 서 있는 구조도를 다시 한 번 살펴보았다. "그런데 이봐." 그는 마침내 말했다. "이런 건물을 4차원으로 접어 넣겠다는 생각은 관두고, 그냥 이런 모양의 집을 짓는 것은 어때? 어차피 4차원으로 넣기는 불가능하잖아."

"불가능하다니 무슨 소리야? 단순한 수학적인 문제일 뿐인데…."

"진정 좀 해, 이 친구야. 수학적으로는 단순할지도 모르지만, 이런 도면으로는 도저히 건축 허가를 받아낼 수 없을걸. 애초에 4차원이라는 것이 어디 있어. 잊어버리라고. 하지만 이런 식의 주택이라면… 그 나름대로 이점이 있을지도 모르지."

그 말에 퀸터스는 자신의 모형을 살펴보았다. "흠…. 어쩌면 네 말이 맞을지도 모르겠어. 방의 개수는 똑같을 테고, 지상층의 면적도 동일할 테니까. 그래, 그리고 여기 가운데 쌍십자형 구조물이 북동쪽과 남서쪽 등을 보게 만들면 모든 방에 온종일 햇볕이 들겠지. 가운데 축을 이용하면 중앙난방도 용이할 거야. 식당을 북서쪽, 부엌을 남동쪽 방에 놓고 모든 방에 대형 창문을 달 수도 있겠어. 좋아, 호머. 이렇게 하지! 어디에다 지었으면 좋겠어?"

"잠깐만! 잠깐 기다려! 네가 나한테 이런 건물을 지어주었으면 한다는 뜻에서 한 말은 아니고…."

"물론 내가 해야지. 다른 누가 할 수 있겠어? 아내가 새집을 원한다면서. 이걸로 하면 되겠네."

"하지만 마틸다는 조지 왕조풍의 집을 원한다고…."

"그냥 그런 생각을 떠올렸을 뿐이겠지. 여자들은 자기가 진짜로 무얼 원하는지 모른다고."

"내 아내는 알아."

"구시대적인 건축가가 네 아내의 머릿속에 욱여넣은 생각일 뿐이야. 마틸다는 신형 자동차를 몰지 않아? 최신 유행의 옷을 걸치고. 그런데 대체 왜 18세기풍의 집에서 살아야 해? 이 집은 올해 최신 유행보다도 최신일 텐데. 몇 년은 앞서가는 미래의 집이라고. 마을에서 이야깃거리가 될 거야."

"글쎄, 먼저 마틸다와 이야기를 해봐야 할 것 같은데."

"전혀 그럴 필요 없어. 깜짝 놀라게 해주는 편이 낫지. 자, 한 잔 더 하라고."

"어쨌든 당장은 아무것도 할 수 없어. 마틸다와 나는 내일 베이커스필드로 갈 거라고. 회사에서 내일 유정을 몇 개 사들일 모양이야."

"말도 안 되는 소리. 이거야말로 바로 우리가 원하던 기회지. 너희 부부가 돌아올 때쯤에는 깜짝 놀라게 될 테니까. 지금 바로 수표에 서명만 하면 모든 걱정이 끝나는 거야."

"마틸다와 상의하지 않고는 절대 그런 짓은 못 해. 좋아하지 않을 거야."

"이봐, 너네 집 가장이 대체 누구인 거야?"

두 번째 술병을 반쯤 비우고 나자, 수표에 서명이 들어갔다.

남부 캘리포니아에서는 모든 일이 빠르게 진행된다. 그곳에서 일반적인 주택은 한 달이면 뚝딱 지어진다. 퀸터스의 열정적인 지도 아래, 테서랙트 주택은 매주가 아니라 매일 단위로 하늘을 향해 치솟았다. 십자 형태의 2층 구조물은 세상의 네 귀퉁이를 가리키고 있었다. 처음에는 튀어나온 네 개의 방 때문에 검사관들과 약간의 충돌이 있었지만, 튼튼한 지지대를 사용하고 돈을 좀 쥐여주는 식으로 설계의 안전성을 검증받을 수 있었다.

약속한 대로 퀸터스는 친구 부부가 돌아온 다음 날 아침에 그 집 정문으로 차를 몰고 갔다. 그는 자신이 개조한 긴급상황용 경적을 울려댔다. 호머가 정문에서 고개를 내밀었다. "그냥 초인종을 울리면 안 되는 거야?"

"너무 느리잖아." 퀸터스가 경쾌하게 대답했다. "나는 행동하는 사람이라고. 마틸다는 준비가 되셨나? 아, 거기 계셨군요, 마틸다! 잘 돌아오셨어요, 오랜만입니다. 어서 올라타시죠, 당신을 위해 우리가 준비한 깜짝 선물이 있습니다!"

"당신도 퀸터스는 알겠지, 여보." 호머가 초조하게 끼어들었다.

마틸다는 코웃음을 쳤다. "알지. 우리는 우리 차로 따로 가."

"물론 그래야지, 여보."

"좋은 생각이군요." 퀸터스도 동의했다. "저 차가 제 것보다 힘이 좋으니, 더 빨리 도착할 수 있을 것 아닙니까. 제가 운전을 하지요. 길을 아니까요." 그는 호머에게서 열쇠를 받아들고는 운전석에 올라타서, 마틸다가 항의할 힘을 끌어모으기도 전에 엔진에 시동을 걸었다.

"제 운전 실력을 걱정하실 필요는 없습니다." 퀸터스는 고개를 돌려 뒤를 돌아보며 마틸다를 안심시켰다. 힘 좋은 자동차는 그러는 동안에도 골목을 달려 나가 선셋 대로로 나가고 있었다. "모두 힘과 제어의 문제니까요. 이런 역동적인 작업이야말로 바로 제 전문 분야 아니겠습니까. 아직까지 치명적인 사고를 낸 적은 없습니다."

"치명적인 사고가 일어나면 끝장이잖아요." 마틸다가 쏘아붙였다. "제발 좀 다른 차를 보면서 운전하면 안 되나요?"

퀸터스는 마틸다에게 교통 상황은 시각적인 문제가 아니라 경로, 속도, 확률의 종합적인 직관의 결과물이라는 사실을 설명하려 했지만, 호머가 끼어들며 그의 말을 잘랐다. "그 집이 어디에 있는 거야, 퀸터스?"

"집이라고?" 마틸다가 불안을 느끼며 물었다. "집이라니 대체 무슨 소리야, 호머? 나한테 알리지도 않고 무슨 일을 벌인 거야?"

퀸터스는 최대한 사교적인 태도로 그녀의 말을 잘랐다. "물론 집이지요, 마틸다. 게다가 얼마나 대단한 집인지! 충직한 남편이 당신에게 보내는 깜짝 선물이죠. 일단 한번 보시기만 하면…."

"그래야겠네요." 그녀가 험악한 기색으로 말했다. "어떤 양식의 건물이죠?"

"새로운 양식의 기준이 될 만한 건물입니다. 텔레비전보다도 최신이죠. 다가올 다음 주보다도 새롭습니다. 일단 보시고 판단을 하셔야 할 것 같군요. 그러고 보니 말인데." 그는 말대꾸를 피하려는 듯 재빨리 화제를 바꾸며 말을 이었다. "혹시 어젯밤 지진을 느끼셨습니까?"

"지진요? 무슨 지진? 호머, 어젯밤 지진이 났었어?"

"약하지만 지진이 일어났습니다." 퀸터스는 말을 이었다. "오전 2시경이었지요. 저도 깨어 있지 않았다면 눈치채지 못했을 겁니다."

마틸다는 몸을 떨었다. "이 지방은 정말로 끔찍해! 호머, 방금 그 말 들었어? 잠자리에서 그대로 무슨 일인지 알지도 못하고 죽었을지도 모르는 거라고. 대체 내가 왜 아이오와를 떠나자는 당신 말을 들은 건지."

"하지만 여보." 남편이 힘없이 항변했다. "캘리포니아로 오고 싶다고 한 것은 당신이었잖아. 디모인이 마음에 들지 않는다고 하면서."

"그런 이야기를 꺼낼 필요는 없어." 마틸다가 단호하게 대꾸했다. "당신은 남자잖아. 이런 일은 미리 예상을 했어야지. 지진이라니!"

"새로운 집으로 가면 지진 따위는 걱정할 필요가 없어요, 마틸다." 퀸터스가 말했다. "방진 설비가 완벽하니까요. 모든 구조물이 다른 부분과 완벽하게 역학적 균형을 이루고 있거든요."

"그랬으면 좋겠군요. 그래서 그 집이 어디에 있지요?"

"여기 모퉁이만 돌면 됩니다. 저기 간판이 보이는군요." 부동산업체에서 즐겨 사용하는 커다란 화살표가, 남부 캘리포니아에서도 너무 크고 밝다고 간주할 만한 글자로 이렇게 주장하고 있었다.

미래의 주택!

크고, 놀랍고, 혁명적입니다!

손주들의 생활 모습을 직접 확인하세요!

— 퀸터스 틸, 건축가.

"물론 집을 인수해 가시면 저 간판은 즉시 철거할 겁니다." 퀸터스는 마틸다의 표정을 보며 재빨리 덧붙였다. 그는 빠른 속도로 모퉁이를 돌아서는 타이어 긁히는 소리를 내며 미래의 주택 앞에 차를 세웠다. "짜잔!" 그는 고객들의 얼굴을 돌아보며 반응을 읽어내려 했다.

호머는 자기 눈을 믿지 못하겠다는 양 멍하니 바라보고 있었고, 마틸다는 하나도 마음에 들지 않는 기색이었다. 그들의 눈앞에 놓인 것은 단순한 정육면체 덩어리일 뿐이었다. 문과 창문은 달려 있었지만, 복잡한 수학적 문양으로 장식된 것 외에는 어떤 건축학적 요소도 눈에 띄지 않았다. 호머는 천천히 물었다. "퀸터스, 너 대체 뭘 하고 있었던 거야?"

퀸터스는 그들의 얼굴을 보다가 집 쪽으로 시선을 옮겼다. 사각으로 튀어나와 있어야 하는 2층의 방들, 기묘한 모습의 꼭대기 층까지, 지상층 위 일곱 개의 방이 모두 흔적도 없이 사라져 있었다. 기반부가 되는 방 하나 외에는 아무것도 남아 있지 않았다. "이런 고양이가 펄쩍 뛸 일이 있나! 도둑이 든 모양이야!" 그가 소리쳤다.

퀸터스는 당장 그쪽으로 달려갔다.

하지만 아무 소용 없는 일이었다. 앞에서 봐도 뒤에서 봐도, 지상층은 완벽하게 똑같은 모양이었다. 다른 일곱 개의 방은 사라져버린 것이었다. 호머는 그를 뒤따라와 팔을 낚아챘다. "똑똑히 설명해. 도둑맞다니, 대체 무슨 소리야? 어떻게 이따위 물건을 지을 수가 있지? 이러라고 계약에

서명한 게 아닌데."

"하지만 내가 지은 건 이게 아니야. 우리가 계획을 세운 대로 건물을 지었다고. 테서랙트를 펼쳐놓은 형태대로 방이 여덟 개인 건물을 지었단 말이야. 사보타주가 분명해! 바로 그거야! 질투를 한 거라고! 도시의 다른 건축가들은 내가 이 건물을 완성하게 놔둘 수가 없었던 거야. 그랬다가는 자기네들은 전부 퇴물이 되어버릴 테니까."

"마지막으로 이곳에 온 것이 언제지?"

"어제 오후였어."

"그때는 아무 일 없었고?"

"그래. 정원사들이 막 일을 끝마친 참이었지."

호머는 완벽하게 정돈된 주변 풍경을 훑어보았다. "이 정원을 망치지 않고 방 일곱 개를 부순 다음에 그 잔해를 치울 수 있다니, 상상도 되지 않는데."

퀸터스 역시 주변을 둘러보았다. "확실히 그렇군. 이해가 안 돼."

마틸다가 그들과 합류했다. "자, 그래서요? 나 혼자 즐기고 있어야 하는 건가요? 일단 여기 왔으니 한번 둘러보기는 하겠지만, 호머, 전혀 내 마음에 들지 않을 것 같은 집이야."

"우리 역시 그렇습니다." 퀸터스는 말하고는, 주머니에서 정문 열쇠를 꺼내 문을 열었다. "뭔가 단서를 찾을 수 있었으면 좋겠는데."

입구 홀은 완벽하게 정돈되어 있었다. 차고 공간을 분할하는 미닫이 칸막이는 열려 있어서, 지상층 전체가 한눈에 들어왔다.

"여긴 괜찮아 보이는데." 호머가 말했다. "지붕으로 올라가서 무슨 일이 벌어졌는지를 확인하기로 하지. 계단은 어디 있어? 설마 계단까지 훔쳐간 거야?"

"아, 그건 아니야. 잘 보라고…." 퀸터스는 말하며 조명 스위치 아래의 버튼을 눌렀다. 천장 일부가 열리며, 가볍고 우아한 층계가 소리 없이 아래로 내려왔다. 지지대는 반짝이는 은빛 두랄루민 합금이었고, 층계와

수직판은 투명 플라스틱이었다. 퀸터스는 카드 마술에 성공한 아이처럼 손가락을 꿈지럭거렸고, 마틸다의 표정은 눈에 띄게 풀어졌다.

아름다운 광경이었다.

"꽤 대단한걸." 호머도 인정했다. "하지만 아무 데로도 통하지 않는 계단이라면…."

"아, 그건…." 퀸터스는 호머의 시선을 따라 바라보며 말했다. "위층 가까이 가면 덮개가 열리게 되어 있어. 개방형 층계 따위는 구식이라고. 자, 따라와." 그가 예언한 대로 계단을 올라가자 층계참의 상판이 열리면서 위층으로 올라가는 길이 열렸다. 그러나 그들의 예상과는 달리, 그들이 도달한 곳은 단 하나 남은 방의 지붕이 아니었다. 원래 구조물의 두 번째 층을 차지하고 있는 다섯 개의 방 중 하나로 나오게 된 것이었다.

지금껏 살펴본 중에서 처음으로 퀸터스는 할 말을 잃었다. 호머 역시 그와 마찬가지로 시가 끄트머리를 씹고 있을 뿐이었다. 모든 것이 완벽하게 정돈되어 있었다. 열려 있는 문과 투명한 칸막이 너머로, 요리사의 꿈이라고 할 수 있을 만한 최신식 주방기구, 모넬 메탈로 만든 주방용 싱크대, 은은한 조명까지, 전부 깔끔한 모습이었다. 왼쪽으로는 격식 있지만 우아하고 따뜻한 분위기의 식당이 손님을 기다렸다. 가구들은 살펴보기 좋게 나란히 늘어서 있었다.

구태여 고개를 돌리지 않아도 퀸터스는 응접실과 휴게실 역시 완벽하게, 불가능한 실존 상태를 유지하고 있음을 짐작할 수 있었다.

"뭐, 이건 꽤 매혹적이라고 인정해야겠네요." 마틸다가 말했다. "그리고 부엌은 도저히 말로 설명할 수 없을 정도로 흥미로워요. 밖에서 보기에는 이 집의 위층에 이렇게 방이 많을 거라고는 생각도 못 했지만 말이에요. 물론 변화를 좀 주기는 해야겠지요. 저기 있는 조리대를 이쪽으로 옮기고, 여기 의자를 저리로 옮긴다면…."

"잠깐 기다려, 마틸다." 호머가 퉁명스럽게 끼어들었다. "너 대체 무얼 만든 거야, 퀸터스?"

"뭘 하는 거야, 호머 베일리! 나를 그렇게 예의 없게 대하다니…."

"여보, 잠깐만 기다리랬지. 말해봐, 퀸터스."

건축가는 몸을 비척이며 대답했다. "말을 꺼내기가 두려울 지경인데. 위로 올라가보자고."

"어떻게?"

"이렇게." 퀸터스는 다시 버튼을 건드렸다. 아래층에서 올라올 때 이용했던 요정의 계단과 비슷하지만 색이 짙은 계단이 내려와 다음 층으로 올라가는 길을 열었다. 계속해서 설교를 늘어놓는 마틸다를 뒤에 단 채로 그들은 계단을 올라갔고, 이내 훌륭한 침실이 등장했다. 아래층과 마찬가지로 차양이 내려져 있었지만 곧 자동으로 은은한 조명이 켜졌다. 퀸터스는 즉시 계단을 내리는 스위치를 눌렀고, 그들은 서둘러 꼭대기층의 서재로 올라갔다.

"이것 봐, 퀸터스." 호머는 숨을 가다듬은 다음 이렇게 제안했다. "이 방에서 위로 올라갈 수 있어? 그러면 주변을 둘러볼 수 있지 않을까."

"물론이지. 전망대를 설치해놓았어." 그들은 네 번째 층계를 올랐다. 그러나 열린 천장을 통해 그들이 도착한 곳은, 지붕이 아니라 처음 들어온 지상층이었다.

호머의 얼굴이 잿빛으로 변했다. "천상의 천사들이여." 그가 소리쳤다. "귀신 들린 집이야. 여기서 나가야겠어." 그는 아내의 손을 잡고는 정문을 활짝 열고 밖으로 나갔다.

퀸터스는 같이 온 사람들이 떠났다는 사실에 신경 쓰지 못할 정도로 깊이 생각에 빠져 있었다. 이 모든 일에는 단 하나의 해답이, 도저히 믿을 수가 없는 해답이 존재하는 것이었다. 그러나 위층 어딘가에서 거친 고함이 들려와서, 그는 생각 속에서 현실로 돌아올 수밖에 없었다. 그는 층계를 내린 다음 서둘러 위층으로 올라갔다. 가운데 방에서 호머가 졸도한 마틸다의 몸을 받치고 서 있었다. 퀸터스는 상황을 파악한 다음, 휴게실에 붙어 있는 카운터로 가서 브랜디를 반쯤 따른 잔을 들고 돌아와서 호머에게 건네주었다. "여기, 이걸 마시면 괜찮아질 거야."

호머는 브랜디를 그대로 들이켰다.

"마틸다에게 준 거였는데." 퀸터스가 말했다.

"잔소리 관두고. 한 잔 더 따라서 가져다주면 되잖아." 호머가 쏘아붙였다. 퀸터스는 마틸다에게 적정량의 브랜디를 처방해주기 전에 예방 삼아 자기도 미리 한 잔을 들이켰다. 때마침 그녀도 간신히 눈을 뜨고 있는 참이었다.

"자, 마틸다. 이걸 드시면 좀 나아질 겁니다." 퀸터스가 위로했다.

"독한 술은 안 마시는데요." 그녀는 이렇게 항변하고는 술을 들이켰다.

"그럼 무슨 일이 벌어진 것인지 좀 말해줘. 두 사람이 함께 건물을 떠난 줄로만 알았는데." 퀸터스가 말했다.

"물론 그랬지. 정문을 통해 나갔는데, 바로 여기 휴게실로 들어오게 되었단 말이야."

"대체 어떻게 그런 일이! 흠, 잠깐 기다려봐." 퀸터스는 휴게실로 들어갔다. 방 반대편에 커다란 채광창이 열려 있었다. 그는 조심스레 그 안을 들여다보았다. 창문 너머로는 캘리포니아의 전원 풍경이 아니라 지상층의 모습이, 아니면 적어도 상당히 정교한 복사본의 모습이 보였다. 그는 아무 말도 하지 않고 열어둔 층계참으로 다가가 아래를 보았다. 지상층은 여전히 그대로 있었다. 어떻게 된 일인지 몰라도, 같은 장소가 서로 다른 층에 동시에 존재하고 있었던 것이다.

퀸터스는 가운데 방으로 들어와서는 호머 반대편의 안락의자에 털썩 주저앉아서 곧추세운 무릎 너머로 호머를 바라보았다. "호머." 퀸터스는 경탄하는 목소리로 말했다. "지금 무슨 일이 일어난 건지 알고 있어?"

"아니, 전혀 모르겠어. 하지만 네가 빨리 알아내지 못하면 분명 아주 극단적인 사건이 하나 벌어질 거라고 장담할 수 있지."

"호머, 이 건물이야말로 내 이론을 입증하는 거야. 이 주택은 진짜 테서랙트인 거지."

"저 사람 무슨 말을 하는 거야, 호머?"

"기다려봐, 마틸다. 잘 들어, 퀸터스, 그건 말도 안 되는 소리야. 너는 영문 모를 술수를 부렸고, 나는 여기 살지 않을 거야. 마틸다를 반쯤 놀라 죽게 만들고, 나를 이렇게 불안하게 만들다니. 내가 원하는 것은 여기서 나가는 것뿐이야. 열리는 바닥이나 한심한 네 장난질 따위가 아니라."

마틸다가 끼어들었다. "날 핑계로 삼지 마, 호머. 나는 겁에 질린 것이 아니니까. 그저 순간적으로 주변 모든 것이 묘하게 보일 뿐이었어. 내 심장 때문이야. 나와 같은 기질의 사람들은 민감하고 섬세하니까. 그럼 그 테시… 뭐라는 것에 대해서 말해보세요, 퀸터스. 제대로 설명해보라고요."

퀸터스는 수도 없이 말꼬리를 잘라먹히면서도 최선을 다해 마틸다에게 이 저택의 개념을 설명했다. "제가 보기에는 말입니다, 마틸다." 그는 이렇게 결론을 내렸다. "이 집은 3차원에서는 매우 안정된 구조를 가졌지만, 4차원에서는 안정되지 못했던 겁니다. 제가 지은 집은 테서랙트를 펼친 전개도 형태였죠. 그런데 여기에 무언가 일어나서, 밀리거나 안으로 말려들어 가는 바람에, 원래 형태로 무너져 내린 겁니다. 접혀버린 거지요." 그는 딱 하고 손가락 튕기는 소리를 냈다. "바로 그거야! 지진 때문이군!"

"지진요?"

"그래, 맞아요. 어젯밤 있었던 그 가벼운 지진 말입니다. 4차원의 측면에서 보자면, 이 집은 모서리를 바닥에 대고 세워놓은 것이나 다름없는 상태였던 겁니다. 슬쩍 밀어준 것뿐이었는데도 그대로 넘어져서, 자동으로 경계면이 접히며 안정적인 4차원 구조물이 되어버린 거지요."

"이 집이 얼마나 안전한지 자신 있게 말했던 것 같은데요."

"하지만 실제로 안전한걸요. 3차원에서는요."

"아주 사소한 진동에도 무너져 내리는 집을 안전하다고 부를 생각은 없어." 호머가 날카롭게 평했다.

"하지만 주변을 보라고, 이 친구야!" 퀸터스가 항변했다. "넘어진 물건은 아무것도 없어. 유리 제품에도 금 하나 가지 않았다고. 4차원 공간에서의 회전은 3차원의 물건에 영향을 끼칠 수가 없는 거야. 인쇄된 종이에서 글자를 떨어낼 수 없는 것과 마찬가지라고. 어젯밤에 여기 있었어도 잠에서 깨지도 않았을 거야."

"바로 그 점이 걱정이라는 거야. 일단 무엇보다, 자네의 그 대단한 지성으로 이 함정에서 빠져나갈 방법을 알려주는 것은 어때?"

"응? 아, 그래, 너와 마틸다는 이 집을 떠나려다가 여기로 들어오게 된 거지, 안 그래? 하지만 내가 보기에는 실제로 아무런 문제가 없을 거야. 들어왔으니 나갈 수도 있는 거지. 내가 시도해볼게." 퀸터스는 말을 끝맺기도 전에 아래층으로 달려 내려가버렸다. 그는 정문을 활짝 열고 그 안으로 들어섰고, 곧 2층 휴게실에서 동행인들을 멀거니 바라보는 신세가 되었다. "글쎄, 사소한 문제가 좀 있기는 하군." 그는 차분하게 인정했다. "하지만 기술적 문제일 뿐이지. 언제든 창문을 통해 나갈 수 있잖아." 그는 휴게실의 프랑스식 창문을 가리고 있던 두꺼운 커튼을 한쪽으로 밀어냈다. 그리고 그는 갑자기 움직임을 멈추었다.

"흠, 이건 꽤… 흥미롭군." 퀸터스가 말했다.

"왜 그래?" 호머는 말하며 그에게 다가갔다.

"이걸 봐." 창문을 통해 보이는 풍경은 바깥이 아니라 식당이었다. 호머는 가운데 방으로 돌아와 휴게실과 식당이 직각으로 만나는 지점에 섰다.

"하지만 이건 말도 안 돼." 호머가 항변했다. "이 창문은 식당에서 4미터, 아니 6미터는 떨어져 있을 텐데."

"테서랙트 안에서는 그렇지 않지." 퀸터스가 지적했다. "잘 봐." 그는 뒤를 돌아보고 말하면서 창문을 열고 들어갔다.

호머의 눈에는 퀸터스가 바로 그 순간 사라져버린 것만 같았다.

그러나 퀸터스의 시점에서는 그렇지 않았다. 정신을 차리는 데 약간의 시간이 걸렸고, 그다음에는 조심조심 자신의 몸을 휘감고 있는 장미 덤불에서 벗어나려 노력해야 했다. 다음부터는 조경 공사를 할 때 가시가 있는 식물은 심지 않겠다고 속으로 다짐하며, 그는 주변을 둘러보았다.

퀸터스는 건물 밖에 있었다. 육중한 지상층 건물이 그의 옆에 서 있었다. 아무래도 건물 위에서 떨어진 모양이었다.

그는 집의 모퉁이를 돌아서 정문을 열어젖히고 서둘러 계단을 올라갔다. "호머! 마틸다! 나가는 방법을 발견했어!" 그는 소리쳤다.

호머는 그를 보게 되어 기쁘기보다는 짜증이 난다는 표정이었다. "너 무슨 일을 겪은 거야?"

"밖으로 떨어졌어. 집 밖에 있었다고. 아주 간단한 일이야. 저 프랑스식 창문을 넘어가기만 하면 돼. 장미 덤불은 조심해야겠지만. 층계를 다시 지어야 할지도 모르겠는데."

"그럼 어떻게 다시 들어온 거야?"

"현관으로 들어왔지."

"그러면 그리로 나가면 되겠네. 가자, 여보." 호머는 모자를 단단히 쓰고 아내와 팔짱을 낀 채로 계단을 내려갔다.

퀸터스는 휴게실에서 그들을 맞이했다. "그렇게 하면 안 될 거라고 말했잖아." 그가 분명하게 말했다. "우리는 이렇게 해야 해. 내 생각에는, 4차원 건물 안에서 3차원 인간은 벽이나 문지방 같은 경계면을 건널 때마다 두 가지 선택 중 하나를 하게 되는 거야. 4차원에서는 직각으로 움직이는 셈이지만, 3차원이라 느끼지 못하는 거지. 잘 보라고." 그는 조금 전 자신이 떨어졌던 바로 그 창문으로 걸어나갔다. 그리고 그는 그대로 식당에 도착해서 계속 말을 이었다.

"방금은 내가 어디로 가는지를 보고 있었기 때문에 내가 목적한 장소에 도달했지." 그는 다시 휴게실로 돌아왔다. "아까는 보지 않고 나갔기 때문에 정상적인 공간을 통해 집에서 추락하게 된 거야. 무의식적인 경로의 문제가 분명해."

"아침 신문을 가지러 나갈 때 무의식의 경로에 의존하는 사태는 피하고 싶은데."

"그럴 필요 없을 거야. 습관이 될 테니까. 자, 그러면 집에서 나가는 방법에 대해서 말하자면…. 마틸다, 여기 창문을 등지고 서서 뒤로 뛰어내리면, 정원 위로 떨어지게 될 거라고 거의 확신할 수 있습니다."

마틸다의 얼굴을 보면 그녀가 퀸터스와 그의 제안에 대해 어떤 생각을 하고 있는지 명백하게 보였다. "호머 베일리." 그녀는 날카롭게 말했다. "저 작자가 저런 말도 안 되는 소리를 하고 있는데 그렇게 서 있기만…."

"하지만 마틸다, 밧줄로 묶으면 간단하게 아래로 내릴 수 있을 겁니다." 퀸터스가 설명하려 했다.

"관둬, 퀸터스." 호머가 퉁명스럽게 그의 말을 잘랐다. "그보다는 더 나은 탈출 방법을 찾아낼 거야. 나도, 마틸다도 뛰어내리는 일에는 익숙하지 않으니 말이야."

퀸터스는 한동안 어찌할 바를 몰라 했다. 잠시 정적이 이어졌다. 호머가 곧 입을 열어 침묵을 깼다. "방금 그 소리 들었어, 퀸터스?"

"뭘 들어?"

"누군가가 멀리서 이야기를 하고 있었어. 어쩌면 다른 사람이 집 안에 숨어서 우리를 놀리고 있는 것일 수도 있지 않을까?"

"아, 그럴 리가. 열쇠는 나한테만 있는데…."

"하지만 나도 분명히 들었어요." 마틸다가 확인해주었다. "우리가 들어온 이후로 계속 들렸는걸요. 목소리가요. 호머, 난 이런 건 더 이상 견딜 수 없어. 뭔가 좀 해봐."

"자, 자, 마틸다." 퀸터스가 위로를 했다. "기분 좀 풀어요. 집 안에 다른 사람이 있을 리는 없지만, 확실히 하기 위해 내가 살펴볼게요. 호머, 너는 마틸다하고 함께 있으면서 2층의 방들을 잘 보고 있어." 그는 휴게실에서 지상층으로 내려갔고, 거기서 부엌과 침실로 걸음을 옮겼다. 일직선으로 움직이자 다시 휴게실로 돌아왔다. 말하자면 계속해서 앞으로 움직이기만 해도 그가 처음 출발한 곳으로 돌아올 수 있었다는 뜻이다.

"주변에는 아무도 없어." 퀸터스가 보고했다. "지나다니면서 보이는 창문과 문은 전부 열어보았다니까. 바로 이 창문만 빼고는." 그는 아까전 떨어졌던 창문의 반대편 창문으로 다가가서 커튼을 한쪽으로 치웠다.

그때 방 네 개 앞에 등을 돌리고 있는 남자가 보였다. 퀸터스는 프랑스식 창문을 활짝 열고 소리치며 안으로 뛰어들었다. "지금 저기 가는군! 거기 서라, 도둑놈!"

그의 말을 들었는지 남자는 즉각 도주하기 시작했다. 퀸터스는 가느다란 팔다리를 정신없이 흔들며 그 뒤를 쫓았다. 응접실로, 부엌으로, 식당으로, 휴게실로…. 방에서 방으로, 최선을 다해 쫓아가도 퀸터스는 방네 개 분량을 앞서 있는 그 침입자를 도저히 따라잡을 수 없었다.

"아무래도 도망친 모양이야." 퀸터스는 인정했다. "그래도 여기 모자는 가져왔어. 정체를 파악할 수는 있겠어."

호머는 모자를 받아들어 살펴보고는 코웃음을 치며 그대로 퀸터스의 머리에 내리눌렀다. 모자는 완벽하게 맞았다. 퀸터스는 영문을 모른 채 모자를 벗어서 살펴보았다. 안쪽 테두리에 'Q. T.'라는 이니셜이 보였다. 그 자신의 모자였던 것이다.

퀸터스의 얼굴에 천천히 사태를 파악한 표정이 흘렀다. 그는 프랑스식 창문으로 돌아가서 자신이 수수께끼의 침입자를 추적했던 방들을 확인했다. "뭘 하는 거야?" 호머가 물었다.

"와서 봐." 두 사람은 그에게 다가가서 자기 눈으로 그가 보고 있는 모습을 확인했다. 방 네 개 앞에서 세 인물의 등이 보였다. 두 명의 남성과 한 명의 여성이었다. 키 크고 마른 쪽의 남성이 우스꽝스럽게 손을 흔들고 있었다.

마틸다는 다시 비명을 지르고는 졸도해버렸다.

✶

잠시 시간이 흘러 마틸다가 다시 정신을 차리고 진정하자, 호머와 퀸터스는 다시 머리를 맞댔다. “퀸터스.” 호머가 말했다. “너를 탓하는 데 시간을 쓸 생각은 없어. 비난은 시간 낭비일 뿐이며, 네가 이런 일을 미리 계획한 것은 아니라고 확신할 수 있으니까. 하지만 너도 우리가 상당히 심각한 상황에 처해 있다는 사실을 인지할 필요가 있어. 여기서 어떻게 나갈 거야? 지금 보면 굶어 죽을 때까지 이곳에 있어야 할 것 같잖아. 모든 방이 다른 방으로 통하니까.”

“아, 그렇게 나쁜 상황은 아니야. 너도 알지만, 나는 한 번 나갔잖아.”

“그래, 하지만 다시 나갈 수는 없었지. 너도 시도해봤으니 알겠지만.”

“어쨌든 모든 방을 시험해본 것은 아니잖아. 아직 서재가 남아 있다고.”

“아, 그래. 서재. 처음에 들어왔을 때는 지나쳐 가느라 제대로 살펴보지 않았지. 그 방의 창문으로 나가보자고?”

“너무 기대하지는 마. 수학적으로 보면, 그 방의 벽들은 여기 층의 네 개의 방으로 통하도록 구성되어 있어. 하지만 차양을 걷지는 않았으니 한번 확인해봐도 좋지 않을까.”

“그런다고 해될 일은 없을 테니까. 여보, 내 생각에 당신은 여기 남아서 쉬고 있는 편이 좋을 것 같은데….”

“이 끔찍한 장소에 혼자 남아 있으라고? 절대 그렇게는 못 해!” 마틸다는 즉시 휴식을 취하고 있던 소파에서 몸을 일으켰다.

그들은 위층으로 올라갔다. “이게 내부의 방인 셈이지, 퀸터스?” 호머는 침실을 지나 서재로 올라가며 물었다. “그러니까 네 도안에서, 커다란 정육면체 안에 완전히 들어가 있던 작은 정육면체 아니냐는 말이야.”

“그 말대로야.” 퀸터스가 말했다. “자, 그럼 어디 한번 볼까. 내 생각에 이 창문은 부엌으로 통할 것 같아.” 그는 베네치아식 차양의 끈을 쥐고 잡아당겼다.

그러나 그의 예상은 틀렸다. 순간 현기증이 그들을 덮쳤다. 그들은 몸을 주체하지 못하고 바닥으로 쓰러지며 양탄자를 잡고 떨어지지 않으려고 애를 써야 했다. “닫아! 저걸 닫아!” 호머가 신음했다.

원초적인 공포를 부분적으로나마 극복한 퀸터스는 창문으로 다가가 다시 차양을 내렸다. 창문 밖의 풍경은 밖이 아니라 아래를 향해 있었다. 끔찍할 정도로 높은 곳이었다.

마틸다는 또 졸도한 모양이었다.

퀸터스는 브랜디를 가지러 돌아갔고, 호머는 아내의 손목을 비벼주었다. 그녀가 회복하고 나서, 퀸터스는 조심스레 창문으로 돌아가서 차양을 아주 조금 올려보았다. 그는 무릎을 꿇고 앉아 창밖의 풍경을 확인했다. 그러고는 호머를 돌아보았다. "이리 와서 좀 봐, 호머. 알아볼 수 있겠는지 확인해봐."

"저쪽으로 다가갈 생각도 하지 마, 호머 베일리!"

"진정해, 마틸다. 조심할게." 호머는 퀸터스에게 다가가 밖을 내다보았다.

"저기 저쪽 보여? 저건 분명 크라이슬러 빌딩이야. 그리고 저기 이스트강이 있고, 브루클린도 보이는군." 그들은 어마어마하게 높은 건물을 바로 위에서 내려다보고 있었다. 3백 미터도 더 아래에서 장난감처럼 보이는 도시가 살아 움직이고 있었다. "내가 확인할 수 있는 바로는, 우리는 지금 엠파이어스테이트 빌딩을 탑 꼭대기 바로 위에서 내려다보고 있는 것 같아."

"저게 뭐야? 신기루?"

"나는 그렇게 생각하지 않는데. 너무 완벽해. 내 생각에는 4차원을 통해 공간이 접히는 바람에 그 접힌 공간 너머를 보고 있는 것 같은데."

"우리가 실제로 보고 있는 것이 아니란 말야?"

"아니, 보고 있는 것이 맞겠지. 이 창문으로 나가면 어떤 일이 벌어질지 궁금한데. 하지만 시도해볼 생각은 들지 않아. 그래도 정말 대단한 풍경이야! 아, 세상에, 정말 훌륭해! 다른 창문도 확인해보자고."

그들은 더욱 조심스레 다음 창문에 접근했다. 참으로 다행스러운 일이었다. 그도 그럴 것이, 이번에는 고층건물의 꼭대기에서 내려다보는 것보다 훨씬 더 당황스럽고 이성을 뒤흔드는 광경이 보였기 때문이다. 바다와 푸른 하늘이 펼쳐져 있는 단순한 풍경이었다. 그러나 하늘이 있어야 하는 곳에 바다가 있었고, 반대쪽도 마찬가지였다. 이번에는 그들도 나름 단단히 마음먹고 있기는 했지만, 머리 위에서 파도가 출렁이는 모습을 보니 두 사람 모두 속이 울렁거리는 것을 느꼈다. 그들은 마틸다가 그 풍경에 영향을 받기 전에 얼른 블라인드를 내려버렸다.

퀸터스는 세 번째 창문을 바라보았다. "봐볼래, 호머?"

"흐으으음. 글쎄, 보지 않고는 만족할 수가 없겠지. 살살해." 퀸터스는 차양을 몇 센티미터 들어 올렸다. 역시 아무것도 없었다. 그는 천천히, 창문이 온전히 드러날 때까지 차양을 올렸다. 그들은 아무것도 없는 무 자체를 마주하고 있었다.

완벽하게 아무것도 존재하지 않았다. 무라는 것은 어떤 색인가? 이 얼마나 어리석은 소리인지! 어떤 모양을 하고 있는가? 모양이라는 것도 어떤 존재의 성질일 뿐이다. 여기에는 깊이도 형상도 없었다. 암흑조차 아니었다. 그저 '무'였던 것이다.

호머는 시가를 잘근잘근 씹었다. "퀸터스, 어떻게 생각해?"

퀸터스의 태평한 태도가 처음으로 흔들리고 있었다. "나도 모르겠어, 호머. 정말로 모르겠어. 하지만 내 생각에 이 창문은 벽으로 덮어버리는 쪽이 좋을 것 같아." 그는 한동안 내린 차양 위를 멍하니 바라보았다. "어쩌면 공간이 존재하지 않는 장소를 본 것일지도 모르겠어. 4차원의 모서리 너머를 엿보니 그곳에는 아무것도 없었던 거지." 그는 눈을 문질렀다. "머리가 아픈데."

그들은 네 번째 창문 너머를 훔쳐보기 전에 조금 기다렸다. 열어보지 않은 편지가 그렇듯이, 그 안에 나쁜 소식이 없을지도 모르니까. 희망이란 그런 불확실성 속에서 생겨나기 마련이다. 마침내 과도하게 초조해진 호머가 아내의 반대에도 불구하고 스스로 끈을 당겼다.

그리 나쁘지 않았다. 창문 너머로 풍경이 제대로 방향을 맞추어 뻗어 있었다. 바로 지상으로 이어지는 지상층 정도의 높이였다. 그러나 그 풍경은 명백하게도 불친절한 모습이었다.

끔찍하게 뜨거운 태양이 레몬색 하늘 위에서 열기를 뿜어내고 있었다. 달구어져 허옇게 뜬 갈색 흙이 평탄한 지표를 뒤덮고 있는 모습이, 그 위에서는 어떤 생명도 살 수 없을 것만 같았다. 하지만 생명이 보이기는 했다. 성장이 억제된 듯한 기묘한 형상의 나무들이 굽이지고 뒤틀린 가지를 하늘로 뻗고 있었다. 가지 끝에는 뾰족한 나뭇잎이 뭉쳐 자라는 모습이 보였다.

“이런 세상에. 저게 대체 어디야?” 호머가 숨을 몰아쉬며 말했다.

퀸터스는 충격을 받은 눈으로 고개를 저었다. “짐작도 가지 않아.”

“지구상의 모습은 아닐 거야. 다른 행성에 가까워 보이는데. 어쩌면 화성일지도 모르겠어.”

“알 수 없는 일이지. 하지만 호머, 어쩌면 그보다 더 나쁠지도 몰라. 그러니까, 다른 행성보다 더 나쁠지도 모른다는 말이야.”

“응? 무슨 말을 하려는 거야?”

“우주 멀리 떨어진 다른 곳일지도 모른다는 거지. 나는 저게 우리 태양이 맞는지도 확신하지 못하겠어. 너무 밝아 보이잖아.”

마틸다가 소심하게 그들에게 다가와서는 바깥 풍경을 바라보고 있었다. “호머.” 그녀는 압도된 듯한 목소리로 말했다. “저 나무들 너무 끔찍하게 생겼어. 너무 무서워.”

호머는 아내의 손을 토닥였다.

퀸터스는 손을 뻗어 창살을 더듬었다.

“뭘 하려는 거야?” 호머가 물었다.

“창문으로 고개만 슬쩍 내밀어보면 주변을 살펴볼 수 있을 테고, 그러면 좀 더 명확하게 알 수 있을 것 같아서.”

“글쎄… 알겠어. 하지만 조심해.” 호머가 주저하며 말했다.

“그래야지.” 퀸터스는 창문을 살짝 열고 코를 킁킁댔다. “적어도 공기는 괜찮아 보이는걸." 그는 창문을 활짝 열어젖혔다.

그러나 계획을 실행에 옮기기 전, 퀸터스의 주의를 끄는 다른 사건이 일어났다. 울렁증의 첫 번째 단계처럼 느껴지는 불안한 흔들림이 건물 전체를 흔들더니 이내 사라져버렸다.

"지진이야!" 그들은 한목소리로 외쳤다. 마틸다는 남편의 목에 팔을 둘렀다.

퀸터스는 침을 꿀꺽 삼키더니 곧 충격에서 회복되어 말했다.

"괜찮아요, 마틸다. 이 집은 완벽하게 안전합니다. 어젯밤 정도의 지진이 있었으니 여진 정도는 있을 법하지 않습니까." 안심시키려는 표정을 하자마자, 바로 두 번째 흔들림이 찾아왔다. 이번에는 가벼운 현기증 정도가 아니라 진짜로 뱃멀미가 날 정도였다.

원주민이든 이주민이든, 캘리포니아 사람은 누구나 뿌리 깊은 원초적인 반사 행동을 한 가지 공유한다. 지진이 일어나면 모든 생각을 멈추고 당장 밖으로 뛰쳐나가야만 한다는, 영혼이 뒤틀릴 정도의 폐소공포증에 휩싸이는 것이다! 모범적인 보이 스카우트조차도 이런 충동에 휩싸이면 나이 든 할머니를 밀치고 뛰쳐나가게 마련이다. 따라서 퀸터스와 호머가 마틸다의 위로 몸을 던졌다는 점은 기록해둘 가치가 있을 것이다. 즉 마틸다가 가장 먼저 창문으로 뛰어내렸다는 소리였다. 물론 기사도 정신에 입각한 순서는 아닐 것이다. 아마도 그녀가 조금 더 뛰어내리기 수월한 위치에 있었기 때문이리라.

그들은 몸을 일으키며 조금 정신을 가다듬고는 눈가에서 모래를 떨어냈다. 어쨌든 발밑에 단단한 사막의 모래땅이 느껴지는 것만으로도 안도감이 찾아왔다. 그리고 호머는 자리에서 일어나 준비한 말을 잔뜩 쏟아내는 마틸다를 제지하고 이렇게 물었다.

"집은 어디 있지?"

집은 사라져 있었다. 흔적조차 남아 있지 않았다. 그들은 창문 너머로 보았던 풍경인 황무지 한가운데 서 있었다. 그러나 고통스럽게 뒤틀린 나무 외에 보이는 것이라고는, 머리 위의 누런 하늘과 용광로처럼 열기를 내뿜는 태양뿐이었다. 열기는 이미 견디기 힘들 지경이었다.

베일리는 천천히 주변을 둘러보고는, 건축가 쪽으로 눈길을 돌렸다.

"음, 퀸터스…?" 호머의 목소리에는 불길한 기운이 서려 있었다.

퀸터스는 무력하게 어깨를 으쓱했다. "나도 알았으면 좋겠어. 여기가 지구인지라도 확인할 수 있었으면 좋겠는데."

"어쨌든 이대로 서 있을 수는 없잖아. 그러면 그대로 죽게 될 테니까. 어느 쪽으로 가야겠어?"

"어디든 무슨 상관이야. 일단 태양 반대쪽으로 걸어가보자고."

*

얼마를 걸었는지 짐작도 가지 않았지만, 마틸다가 쉬자고 해서 그들은 걸음을 멈추었다. 퀸터스는 호머를 옆으로 슬쩍 불러 물었다. "뭔가 생각 없어?"

"아니, 아니, 없어. 잠깐, 방금 무슨 소리 들리지 않았어?"

퀸터스는 귀를 기울였다. "어쩌면… 내 상상이 아니라면 말이야."

"자동차 소리 같은데. 아니, 자동차가 분명해!"

백 미터 정도 더 걸어가니 고속도로가 나왔다. 다가오는 자동차는 매연을 뿜어내는 낡은 소형 트럭으로, 농부처럼 보이는 사람이 차를 몰고 있었다. 손을 흔들자 농부는 차를 멈추었다. "여기 발이 묶였습니다. 태워다주실 수 있습니까?"

"물론. 올라타쇼."

"어디로 가는 중이십니까?"

"로스앤젤레스."

"로스앤젤레스요? 잠깐, 그러면 여기는 어딥니까?"

"글쎄, 여기는 조슈아트리 국립 공원 한복판인 것 같소만."

*

돌아오는 길은 모스크바 회군만큼이나 고통스러웠다. 호머와 마틸다는 운전사 옆 조수석에 탔고, 퀸터스는 홀로 트럭 짐칸에서 쉴 새 없이 흔들리며 햇볕을 가려보려 애썼다. 호머는 친절한 농부에게 테서랙트 집 쪽으로 방향을 틀어달라고 부탁했다. 그 건물을 다시 보고 싶어서가 아니라 그곳에 놔둔 자동차를 가져가기 위해서였다.

마침내 농부는 모퉁이를 돌아 그들이 처음 출발한 장소로 데려다주었다. 그러나 그곳에 그 집은 남아 있지 않았다.

심지어는 지상층조차 없었다. 건물이 통째로 사라져버린 것이다. 내키지는 않았지만, 흥미가 생긴 베일리 부부는 퀸터스와 함께 건물 토대를 살펴보았다.

“이 사태를 설명할 방법이 있어, 퀸터스?” 호머가 물었다.

“아무래도 마지막에 찾아온 충격 때문에 집이 통째로 다른 공간으로 떨어져버린 것 같은걸. 이제야 이 건물을 어떤 식으로 토대에 고정시켜야 했었는지 알 것 같아.”

“네가 했어야만 하는 일은 그게 다가 아닐 텐데.”

“글쎄, 그렇게 낙심할 이유는 조금도 없을 텐데. 집에는 보험도 들어놓았고, 상당히 많은 것을 알게 되었잖아. 가능성을 생각해봐, 호머, 가능성을! 그래, 방금 엄청나게 혁명적인 집의 아이디어가 떠올랐는데….”

퀸터스는 때맞춰 고개를 숙여 주먹을 피했다. 그는 언제나 행동이 앞서는 사람이었으니까.

마법 주식회사

Magic, Inc.

조호근 옮김

✦ 1940년 SF 잡지 〈언노운(Unknown)〉에 〈악마가 법을 만든다(The Devil Makes the Law)〉라는 제목으로 처음 발표, 1950년 〈마법 주식회사〉라는 제목으로 단행본 《왈도와 마법 주식회사》에 수록되었다.

"어이, 당신네는 누구 주문을 쓰시나?"

건달이 내 가게로 들어온 후 처음으로 꺼낸 말이었다. 그때까지 거의 20분 동안, 녀석은 방수 염료의 견본을 뒤적이거나 배관 카탈로그를 살펴보거나 전시해놓은 도구를 만지작거리거나 하면서 내가 홀로 남기를 기다리고 있었다.

나는 녀석의 태도가 마음에 들지 않았다. 손님이 정당한 사업관계 질문을 하는 것은 꺼리지 않지만, 불필요한 염탐질은 질색이었다.

"이 지역에서 사용 면허를 얻은 여러 마법 사용자들의 주문입니다만." 나는 차갑지만 정중한 목소리로 대답했다. "그건 왜 묻는 겁니까?"

"내 질문에 대한 답이 아닌데." 건달이 지적했다. "얼른. 빨리 말해. 온종일 기다릴 생각 없거든."

나는 성질을 억눌렀다. 항상 점원들에게 고객을 정중히 대하라고 요구해 왔으니, 눈앞의 녀석이 절대 고객이 되지 않을 것이 분명한 상황이라도 스스로 정한 규칙을 깨고 싶지는 않았다. "뭔가 구입하실 생각이시라면, 그 물건을 제작하는 데 어떤 주문이 사용되었는지, 그리고 그 주문을 시전한 마법사가 누구인지 기꺼이 설명해드리겠습니다."

"당신 태도가 너무 비협조적인데 말이야." 건달이 불평했다. "우린 사람들이 협조적으로 나오는 걸 좋아하거든. 협조적으로 굴지 않으면 어떤 불행한 일이 일어날지 모르는 거라서."

"'우리'라는 게 대체 누군데. 그리고 '불행'이라는 건 또 무슨 소리지?" 나는 예의를 차리는 것은 완전히 관두고 이렇게 쏘아붙였다.

"이제야 말이 좀 통하는군." 건달은 고약한 미소를 입가에 머금고는, 카운터 한쪽에 기대어 숨결이 느껴질 정도로 내게 딱 붙어섰다. 시칠리아 출신으로 짐작되는 작은 키와 거무스름한 얼굴에, 과도하게 딱 맞는 맞춤 양복을 입은 꼬락서니까지, 평소 싫어하는 부류에 딱 들어맞는 옷차림과 행동거지였다. "'우리'가 누구인지 알려주지. 나는 사람들을 불행에서 지켜주는 어떤 단체의 현장 대표다. 단, 똑똑하고 협조적으로 구는 사람들만 지켜주지. 그래서 당신한테 누구네 주문을 쓰는지 물어보는 거라고. 이 근방 마법사 중에는 협조적이지 못한 친구들이 많거든. 그러면 그 친구들은 운이 나빠지고, 그런 불행은 물건에까지 따라붙게 마련이라서."

"계속해봐." 나는 말했다. 여기서는 최대한 자기 정체를 드러내주는 편이 좋을 테니까.

"당신은 영리한 사람일 것 같았어." 그가 대답했다. "예를 들자면, 가게 안에 샐러맨더가 돌아다니면서 물건을 태워먹거나 손님들을 놀라게 해서 쫓아내면 어쩌겠어? 아니면 주택 건축용 자재를 팔았는데, 그 안에 폴터가이스트가 깃들어 있어서 접시를 깨고 우유를 상하게 만들고 가구를 걷어차고 돌아다닌다든가. 잘못된 마법사들과 거래하면 그런 일들이 일어나게 마련이거든. 그런 일이 조금만 일어나도 당신 사업은 끝장이지. 우리는 그런 일이 일어나는 것을 바라지 않아. 안 그런가?" 건달은 나를 다시 한 번 곁눈질했다.

나는 아무 말도 하지 않았고, 그는 말을 이었다. "자, 우리는 이 사업에 최고의 악마학자들을 투입하고 있단 말씀이야. 그들 자신도 숙련된 마법사들이라, 마법사가 반계에서 어떤 행실을 보이는지, 혹시나 고객들에게 불행을 가져다줄 사람은 아닐지를 파악할 수 있거든. 그 내용에 따라 우리는 고객들에게 거래해도 되는 마법사가 누구인지를 알려주고, 불행이 일어나지 않도록 지켜준다는 거야. 알아먹겠어?"

물론 아주 잘 알아먹었다. 내가 햇병아리도 아니고. 내가 거래하는 마법사들은 수년 동안 거래해온 지역 사업자들로, 이쪽 지역과 반계 양쪽에서 명성을 쌓은 사람들이었다. 함부로 정령의 분노를 살 일을 벌이지도, 불행을 깃들게 하지도 않는 이들이었다.

즉, 이 교활한 제안은 내가 그쪽에서 지정한 마법사와만 거래하고, 그쪽에서 책정한 대금을 지불하며, 그 대금과 내 사업에서 발생하는 이익의 일정 부분을 상납금으로 바치라는 소리였다. 만약 내가 '협조'를 하지 않으면, 그쪽에서 계약한 정령들이(아마도 인간적인 악성을 지닌 떠돌이 정령들일 것이다) 내 물건을 망치고 손님들을 놀래 쫓아낼 것이 분명했다. 거기까지 해도 내가 굽히고 들어가지 않으면, 나를 다치게 하거나 죽일 수 있는 정말로 위험한 흑마법을 사용할 것이다. 내가 잘 알고 좋아하는 사람들로부터 보호해준다는 명목하에 그런 뻔뻔한 수작을 벌이는 것이었다.

참 끝내주는 사기였다!

✶

멀리 동부에서 이런 일이 일어난다는 이야기는 들었지만, 우리 작은 도시에서까지 이런 일을 겪게 될 줄은 미처 생각지 못하고 있었다.

건달은 조소를 가득 머금은 얼굴로 카운터에 올라앉아서, 옷깃에 꽉 끼는 목을 한껏 비틀며 내 대답을 기다렸다. 덕분에 나는 한 가지를 눈치챘다. 잔뜩 멋 부린 옷차림에도 불구하고, 옷깃 바로 위 목덜미에 끈 하나가 슬쩍 보였던 것이다. 옷 안쪽에 무언가를 매달고 있는 것이 분명해 보였다. 아마도 부적이겠지. 그렇다면 요즘 같은 시대에도 미신을 믿는 사람이라는 소리였다.

"그쪽이 한 가지 빼먹은 게 있는데." 나는 그에게 말했다. "나는 사실 일곱 번째 아들이야. 양막을 쓰고 태어났고, 예지 능력까지 있지. 내가 보니 내 운에는 아무 문제도 없어. 하지만 자네 머리 위에는 무덤 위를 뒤덮은 노송나무처럼 불운이 감돌고 있거든!" 나는 손을 뻗어 목의 끈을 낚아챘고, 끈은 그대로 끊어지며 내 손을 따라 목덜미에서 빠져나왔다. 짐작대로 끈에는 부적이 달려 있었다. 딱히 명확한 형상이랄 것도 없는 점토 뭉치로, 새장 바닥만큼이나 구역질 나는 물건이었다. 나는 그것을 바닥에 떨어뜨리고 밟아 으깨서 흙뭉치로 만들어버렸다.

건달은 카운터에서 뛰어내리고는 숨을 헐떡이며 내 쪽을 바라보더니, 오른손으로는 단도를 빼 들고 왼손으로는 액을 막는 손동작을 취했다. 나를 향해 검지와 새끼손가락을 내밀어 아스모데우스의 뿔 모양을 만들고 있는 꼴을 보니 일단 이 작자를 확실히 압도하는 데는 성공한 모양이었다.

"여기 네놈이 들어본 적이 없을 마법이 하나 있지." 나는 이렇게 내뱉으며 카운터 뒤 서랍으로 손을 뻗어 권총을 빼 들고 그의 얼굴을 겨누었다. "차가운 쇳조각이다! 당장 네 주인에게 돌아가 그 작자에게도 차가운 쇳조각을 준비해놓았다고 전해라. 비유든, 실제로든!"

그는 내 얼굴에서 눈을 떼지 않은 채로 슬금슬금 물러섰다. 저걸 뭐라 부르더라, 눈빛으로 사람을 죽일 것 같은 표정이었나. 그는 문가에서 발걸음을 멈추고 문지방에 침을 뱉은 다음, 상당히 빠르게 내 시야 밖으로 도망쳐버렸다.

나는 총을 치우고는, 고약한 사기꾼이 나갈 때 엇갈려 들어온 두 명의 손님을 상대로 일을 계속했다. 그러나 걱정이 머리를 떠나지 않았다는 사실은 인정해야겠다. 장사하는 사람에게는 평판이야말로 가장 소중한 자산이다. 나는 젊은 나이에도 불구하고 믿을 수 있는 상품을 파는 사람으로 알려져 있었다. 그 건달과 동료들은 그런 평판을 파괴할 수 있다면 뭐든 할 것이 분명해 보였다. 흑마법사들이 얽혀 있다면 방법이야 셀 수 없이 많을 것이다!

물론 건설용 자재의 경우에는, 내구도가 중요하지 않은 다른 상품들보다는 마법이 개입할 여지가 비교적 적은 편이었다. 집을 짓는 사람들은 마법 자재를 사용했다가 한밤중에 갑자기 침대가 지하실까지 낙하하지는 않을지, 아니면 지붕이 사라져서 비를 홀딱 맞게 되지는 않을지 따위를 걱정하기 때문이다.

게다가 건물에는 상당히 많은 양의 쇠붙이가 사용되며, 차가운 쇠를 제대로 다룰 수 있는 마법사는 그리 많지 않다. 그 정도로 능력 있는 마법사들은 너무 몸값이 비싸서 건설 작업에 고용하기에는 수지가 맞지 않았다. 물론 온전히 마법만으로 건설한 별장이나 수영장 등을 자랑하고 싶은 상류 사회 부자들이 등장하면, 나는 기꺼이 그에 합당한 금액을 요구하고 작업을 수주한 다음, 비싼 1등급 마법사에게 하청을 맡기곤 했다. 하지만 전반적으로 내 일에서 마법은 부차적인 요소일 뿐이었다. 가격이 싸고 종종 갈아 끼워야 하는 소모품이나 소도구에만 들어가니까.

따라서 내가 걱정하는 것은 내 사업에서 사용하는 마법이 아니라, 마법으로 내 가게에 저지를 수 있는 온갖 일들이었다. 그러니까, 누군가가 작정하고 해코지를 하려 들 경우 말이다. 어쨌든 얼마 전에 디트워스라는 사람의 연락을 받은 이후로, 마법 문제를 염두에 두고 있기는 했다. 물론 디트워스는 고약한 협박이 아니라 사업 제안을 했고, 나는 결정을 보류하고 있었다. 그래도 우려가 된다는 점은 마찬가지였다….

나는 가게 문을 조금 일찍 닫고는 외투와 정장 가게를 운영하는 친구 조 제드슨을 만나러 갔다. 제드슨은 나보다 꽤 나이가 많고, 학위는 없어도 백마법과 흑마법, 사령학, 악마학, 주문, 부적, 실용 점술에 이르기까지 모든 종류의 마법에 나름의 조예가 있는 사람이었다. 뿐만 아니라 모든 면에서 노련하고 능숙하고 영리한 사람이기도 했다. 그의 조언은 여러 번 내게 큰 도움이 되었다.

이런 시간이면 사무실에서 별다른 일 없이 노닥거리고 있을 줄 알았는데, 내 짐작은 빗나가 버렸다. 사무실의 급사 아이는 평소에 사업 관계 회의를 하는 방으로 나를 안내해주었다. 나는 문을 두드리고는 그대로 열고 들어갔다.

"잘 있었나, 아치볼드." 제드슨은 들어온 사람이 나라는 것을 확인하자마자 말했다. "들어오게. 지금 일하는 중이라." 그러고는 고개를 돌렸다.

나는 안으로 들어가 주변을 둘러보았다. 제드슨 옆에는 30세 정도의 간호사 옷을 입은 훤칠하고 잘생긴 여자가 앉아 있었고, 제드슨의 관리인인 어거스트 웰커라는 친구도 보였다. 웰커는 3급 마법사 면허가 있는 유용한 만능 일꾼이었다. 그리고 재드키엘 펠드스타인이라는 뚱뚱하고 키 작은 친구도 눈에 띄었는데, 동네의 꽤 많은 2급 마법사, 그리고 소수의 1급 마법사의 대행업을 하는 사람이었다. 종교적인 문제 때문에 스스로 마법을 사용할 수는 없지만, 그의 종교에서도 정직한 직업 자체에는 신학적인 반대를 표하지 않는 모양이었다. 나도 펠드스타인과 몇 번 거래를 한 적이 있었다. 괜찮은 친구였다.

10퍼센트 수수료를 받는 마법사 대리인 펠드스타인은 불이 꺼진 시가를 움켜쥔 채로, 제드슨과 의자에 주저앉아 있는 또 다른 사람을 뚫어져라 쳐다보고 있었다.

그 다른 사람은 여성이었다. 많아 봐야 25세, 아니 그 정도도 되지 않았을지도 몰랐다. 금발에, 너무 깡말라서 빛이 몸을 뚫고 들어올 것처럼 보이는 여자였다. 긴 손가락이 달린 크고 감각적인 손, 그리고 크고 우울해 보이는 입을 가지고 있었다. 머리카락은 은백색이었지만 알비노로는 보이지 않았다. 그녀는 정신은 있지만 기력이 다 빠져나간 모습으로 의자에 파묻혀 있었다. 간호사가 그녀의 맥박을 짚었다.

"무슨 일이죠? 실신한 건가요?"

"전혀 아닐세." 제드슨은 나를 안심시키며 돌아보았다. "엘렌 메기스는 백마법사야. 무아지경에 빠져서 마법을 쓰지. 지금은 그저 조금 지친 것뿐이라네."

"전문 분야가 뭔데요?" 내가 물었다.

"옷 한 벌의 창조."

"네?" 충분히 놀랄 만한 일이었다. 직물을 생산하는 것만이라면 딱히 별다를 것도 없었다. 그러나 마감질까지 끝나 즉시 입을 수 있는 드레스나 양복을 만들어내는 일은 완전히 다른 차원의 문제였다. 제드슨은 공정의 모든 부분에 마법을 사용한 의복을 여러 종류 생산하고 판매했다. 스포츠용품, 이색 상품, 숙녀복 등, 착용감보다는 스타일이 중요한 물건들이 대부분이었다. 보통은 '한 시즌 유효'라는 단서가 붙어 있었지만, 소비자 단체의 평가에 의하면 그 시즌 동안은 완벽하게 만족스러운 물건이었다.

그러나 그런 옷은 한 번에 찍어내는 물건이 아니었다. 우선 필요한 직물을 생산해야 했는데, 이 작업은 주로 웰커가 수행했다. 염색과 도안 작업은 따로 진행했다. 제드슨은 작은 종족 여럿과 괜찮은 관계를 맺고 있었고, 반계의 색조나 무늬 중 일부의 독점 사용 권한도 가지고 있었다. 재단 작업에는 마법과 기존의 방식을 함께 사용하며, 그 분야에서 가장 뛰어난 장인들을 고용해서 부렸다. 그의 드레스 디자이너들 중 여럿은 합의하에 할리우드에서 프리랜서 마법 사용자로 일하기도 했다. 그 대가로 요구하는 것은 영화 협찬 목록에 이름을 올리는 것뿐이었다.

어쨌거나 일단은 금발 여성 이야기로 돌아가자.

"바로 그걸세." 제드슨이 대답했다. "옷 한 벌을 통째로, 그것도 품질 좋은 물건으로 만든다고. 가짜가 아니라는 점은 의심할 여지가 없어. 저지시티의 직물 공장에 계약되어 있거든. 하지만 나는 천 달러를 내도 좋으니 옷 전체를 만들어내는 모습을 한 번만이라도 보고 싶단 말이야. 지금까지는 별로 소득이 없었지. 달아오른 쇠집게 말고는 모든 방법을 시험해봤는데도 말이야."

젊은 여자는 이 말에 움찔하는 듯했고, 간호사의 얼굴에는 분노가 떠올랐다. 펠드스타인은 항의하려 입을 열었지만, 제드슨이 그의 말머리를 잘라버렸다. "이를테면 그렇다는 소리 아닌가. 내가 흑마법을 좋아하지 않는다는 사실을 알고 있을 텐데. 어디 보자, 엘렌." 그는 여자를 돌아보며 말을 이었다. "다시 해봐도 될 것 같아요?" 그녀는 고개를 끄덕였다. "좋아요, 그럼 다시 잠이 들 시간입니다!"

그리고 그녀는 다시 시도했다. 신음이나 침을 뱉는 과정은 최소한으로 줄이고 바로 작업이 시작되었다. 엑토플라즘이 술술 입 밖으로 흘러나오더니, 직물이 아니라 온전한 드레스의 형상을 갖추었다. XL 사이즈 정도에 물결무늬가 있는 하늘색 비단 야회복이었다. 절제된 품격이 있었고, 내 눈에는 그 물건을 본 업계 사람이라면 누구든 대량으로 물량을 수주할 것이 분명해 보였다.

제드슨은 드레스를 잡아서 옷감 일부를 떼어내고는 평소와 같은 시험에 들어갔다. 그리고 시험을 끝마친 후, 현미경 아래에서 견본을 빼내어 양쪽을 비교해보았다.

그는 욕설을 내뱉었다. "젠장, 의심할 여지가 없어. 이건 새로 만든 물건이 아니야. 저 여자는 오래된 걸레를 재활용했을 뿐이라고!"

"다시 말씀해주세요." 내가 말했다. "그게 무슨 소립니까?"

"응? 아치볼드, 자네 진짜로 공부 좀 해야겠구먼. 저 여자는 창조 마법을 시전한 게 아니야. 이 드레스는…." 그는 옷을 집어 들고 흔들어보았다. "다른 어딘가에 실체가 있는 물건이야. 그 물건의 한 조각, 천 조각이나 단추 하나 따위를 가지고서, 동종 공명과 관념성의 법칙을 이용해 그 물건의 복제를 만들어낸 거라고."

나도 그 정도는 이해할 수 있었다. 내 일에서도 그런 방법을 사용한 적이 있었으니까. 예전에 우리 가게에서 퍼레이드나 운동경기에 쓸 관람석을 취급했던 적이 있었다. 일단 내 상점의 작업장에서 고전적인 방식으로, 숙련된 장인들이 최고의 자재만을 사용해 실제 물건을 제작했다. 물론 쇠는 사용하지 않았다. 다음에는 그 물건을 여러 조각으로 잘랐다.

관념성의 법칙에 따라 각각의 조각은 예전 구조물의 일부분으로 남았다. 동종 공명의 법칙에 의해 각 조각은 전체 구조물이 될 가능성을 가지게 된다. 나는 독립기념일이나 서커스 퍼레이드의 군중을 수용할 관람석을 만드는 계약을 맺은 다음, 필요한 관람석의 숫자만큼 조각을 들린 마법사 한두 명을 파견했다. 마법사들은 조각마다 24시간 동안 유지되는 주문을 걸었다. 이렇게 만든 관람석은 일정 시간이 지나면 자동으로 사라지게 된다.

전체 과정에서 문제라곤 딱 하나밖에 없었다. 관람석이 사라진 후 나중에 다시 사용하기 위해 조각을 수거해 오는 업무를 맡은 마법사 도제 하나가, 어느 날 관람석이 있던 장소에서 잘못된 조각을 가져온 것이었다. 다음번에 그걸 사용한 것은 슈라인 컨벤션이 열릴 때였는데, 우리는 14번가와 바인 가의 교차점에 관람석 대신 방 네 개짜리 새 방갈로가 생겨난 것을 발견하고 말았다. 당황스러운 사태였지만, 나는 그 앞에 간판을 떡하니 붙였다.

'모델 하우스 전시 중'

그리고 반대쪽 끝에 관람석 한 구역을 덧붙였다.

한번은 도시 밖에서 온 업체에서 가격 경쟁으로 나를 쫓아내려 했지만, 그쪽에서 만든 구조물 하나가 무너져버렸다. 원 구조물을 만든 장인의 실력이 좋지 못했든가, 아니면 마법 실력이 부족했던 모양이었다. 덕분에 여러 사람이 다쳤고, 이후로 이 분야는 거의 내 독점 시장이 되어 있었다.

나로서는 제드슨이 이런 재활용에 반대하는 이유를 이해할 수 없었다. "그런다고 뭐가 달라지죠?" 내가 물었다. "어쨌든 드레스긴 하지 않은가요?"

"그래, 물론 드레스지. 하지만 새로운 물건은 아니야. 스타일이 어딘가 등록되어 있을 테니 내 것이 될 수가 없다고. 만약 저 여자가 내 소유인 물건을 사용한다 해도, 내가 원하는 건 재활용이 아니야. 저런 마법은 쓰지 않는 쪽이 더 수지가 맞아. 그렇지 않다면 나도 이미 사용하고 있겠지."

금발 여자는 정신이 들었고, 드레스를 본 다음 말했다. "아, 제드슨 씨. 제가 성공한 건가요?"

그는 무슨 일이 벌어졌는지를 말해주었다. 여자는 고개를 숙였고, 드레스는 즉시 녹아 없어졌다. "너무 속상해할 필요 없어요, 엘렌." 그가 여자의 어깨에 손을 올리며 덧붙였다. "지쳐 있었으니까. 내일 다시 해 봅시다. 당신이 불안하거나 신경이 날카로운 상태가 아니면 할 수 있다는 것을 알아요."

엘렌은 감사를 표하고 간호사와 함께 방을 떠났다. 펠드스타인은 온갖 변명을 늘어놓기 시작했지만, 제드슨은 오늘 일은 다 잊고 내일 같은 시간에 보자고 일축해버렸다. 우리 둘만 남은 다음, 나는 제드슨에게 무슨 일이 벌어졌는지를 설명했다.

제드슨은 심각한 얼굴로 아무 말 없이 이야기를 들었다. 내게 예지 능력이 있다고 방문객을 속여 넘긴 이야기를 할 때만 제외하고 말이다. 그는 그 이야기가 꽤 재미있다고 생각하는 모양이었다.

"자네 조만간 진짜로 그런 능력을 가지고 싶어질지도 모르겠어. 그러니까…." 마침내 그는 다시 진지한 태도로 돌아가며 말했다. "꽤 불길한 소리 아닌가. 공정거래위원회에는 신고했나?"

나는 아직 하지 않았다고 말했다.

"그럼 됐어. 내가 그쪽하고 통상국에도 언질을 주지. 아마 별 도움이 되지는 않겠지만, 미리 언질을 줘야 나름대로 주의를 기울일 수 있겠지."

나는 제드슨에게 경찰에도 신고해야 할지를 물었다. 그는 고개를 저었다. "지금은 아니야. 아직 불법 행위를 저지른 것도 아니고, 어차피 경찰서장이란 친구가 이 상황에 대응하기 위해 할 만한 일이라고는 도시 안에 있는 면허를 가진 마법사들을 모두 불러 모아서 괴롭히는 정도 아니겠나. 그래 봤자 별 도움도 안 될뿐더러, 도리어 면허를 가진 마법사들 사이에서 자네에 대한 반감을 불러일으킬 뿐이지. 이런 조직과 연관된 마법사들에게 마법 사용 면허가 있을 확률은 1할도 안 돼. 분명 숨어 있는 마법사들이겠지. 경찰이 그들에 대해 알고 있다면 이미 놈들을 보호하고 있다는 뜻인 셈이야. 모르고 있다면 아예 도움이 안 될 테고."

"그러면 제가 어떻게 해야 하죠?"

"지금 당장 할 일은 없지. 집에 가서 잠이나 푹 자면서 잊어버리라고. 그 사기꾼 혼자서 허풍으로 협박해서 푼돈을 뜯어내려던 것일 수도 있지 않나. 사실 그건 아닐 것 같기는 한데. 조직 폭력배 냄새를 풍기지 않나. 하지만 지금으로서는 정보가 더 필요해. 그쪽에서 패를 조금 더 보여주기 전까지는 아무것도 할 수가 없어."

그리 오래 기다릴 필요는 없었다. 다음 날 아침 가게로 나가보니 깜짝쇼가 하나 기다리고 있었다. 아니, 다양한 깜짝쇼들이라고 해야 할 것 같다. 그것도 하나같이 불쾌한 종류였다.

가게에 강도가 들어서 불을 지른 다음, 전체를 물로 헹구어낸 것 같은 모양새였다. 나는 즉시 제드슨을 불렀고, 그는 바로 와주었다. 처음에는 그도 딱히 할 말이 없는 듯 난장판을 이리저리 들쑤시고 다니며 몇 가지를 확인하기만 했다. 이내 그는 공구 창고가 있던 곳에서 멈추더니, 허리를 숙여 한 줌의 젖은 재와 진흙을 떠올렸다. "뭔가 눈치챈 것 없나?" 그는 손가락을 놀려 잔해 속에서 못이나 나사 등의 작은 금속 물품을 걸러내며 물었다.

"딱히 없는데요. 여기는 공구 창고가 있던 곳이에요. 그건 불에 타지 않는 물건들일 뿐이고요."

"나도 그건 아네." 그는 짜증을 섞어 대꾸했다. "하지만 다른 물건은 보이나? 자네 황동 부품도 상당히 많이 가지고 있지 않았나?"

"그랬죠."

"그럼 어디 한번 찾아보게!"

나는 황동 경첩이나 서랍 고리가 진흙 속에 섞여 있을 법한 위치를 발끝으로 뒤적거렸다. 그러나 부속함을 조립하는 데 사용한 못 외에는 아무것도 발견하지 못했다. 나는 주변 지형을 보고 위치를 확인한 후, 다시 시도해보았다. 볼트와 너트, 여닫이창 고리, 그 외의 비슷한 잡동사니는 잔뜩 있었지만, 황동으로 만든 물건은 없었다.

제드슨은 가소롭다는 웃음을 지으며 나를 바라보고 있었다.

"그래서요?" 나는 그의 태도에 조금 짜증이 나서 물었다.

"이해가 안 되나?" 그가 대답했다. "마법이라는 사실이 분명하지 않은가. 건물 부지 안에 차가운 쇠가 아닌 금속은 한 조각도 남아 있지 않단 말이야!"

명백한 사실이었다. 나도 알아챘어야 했다.

제드슨은 한동안 더 주변을 뒤적거리더니, 이내 묘한 단서를 하나 발견했다. 축축하고 끈적거리는 흔적이 내 가게 안을 돌아다니다가, 하수구 안으로 들어가며 사라지고 있었다. 마치 크로슬리* 크기의 거대한 민달팽이 한 마리가 가게를 헤집고 다닌 것 같았다.

"운디네야." 제드슨은 이렇게 선언하고 그 냄새에 코를 찡그렸다. 예전에 메가픽스 초대형영화제작사에서 만든 〈물의 왕의 딸〉이라는 영화를 보았던 적이 있었다. 영화 속의 운디네는 얼 캐럴**의 관심을 끌 수 있을 정도로 육감적인 정령이었는데, 아무리 그래도 이런 흔적을 남기고 다니는 놈들이라면 절대로 사양이었다.

제드슨은 손수건을 꺼내 바닥에 깔아서 앉을 만한 깨끗한 장소를 만들었다. 한때 시멘트 포대가 있던 곳이었다. 하이드롤리스라는 상표가 붙은 속성 경화 시멘트였는데, 한 포대에 80센트씩 하던 물건이지만 이제는 모두 커다란 바윗덩이로 변해 있었다.

그는 손가락을 꼽으며 지금까지의 상황을 정리했다. "아치볼드, 자네는 적어도 서너 가지의 서로 다른 정령의 공격을 받았어. 대지, 불, 그리

* 미국 최초의 경자동차

** Earl Carroll(1893~1948), 미국의 연극배우이자 감독. 브로드웨이 쇼걸의 전형을 만든 사람이다.

고 물. 어쩌면 공중에 실프가 있었을지도 모르지만, 그건 증명할 방도가 없지. 우선 노움이 와서 차가운 쇠를 제외한 대지에서 나온 모든 물건을 청소해버렸을 거야. 샐러맨더가 따라와서 가게에 불을 질러서 타는 물건은 전부 태워버리고, 나머지는 그을리거나 연기로 못쓰게 만들었겠지. 그리고 운디네가 이곳을 빌어먹을 늪으로 만들어서, 시멘트나 석회 같은 타지 않는 물건들을 망쳐버린 걸세. 자네 보험은 들었나?"

"당연하죠." 그러나 대답하고 보니 문득 다른 생각이 들었다. 일반적인 화재, 도난, 홍수에 대한 보험은 들었지만, 이런 부류의 사업상의 손해에 대한 보험은 제법 비싸게 먹혔다. 복구 과정에서 발생하는 잠재적 손실에 대해서는 보상을 받을 수가 없었고, 지금 진행 중인 계약을 완수할 방법도 없었다. 계약 불이행을 보상하려면 상당한 금액이 지출될 것이다. 그렇다고 무시해버리면 내 사업 평판은 나락으로 떨어질 것이고, 손해배상 소송이 줄을 이을 것이 뻔했다.

내가 처음 생각한 것보다 나쁜 상황이었고, 생각하면 할수록 불길한 생각만 늘어났다. 당연한 소리지만 이 난장판을 정리하고, 건물을 다시 짓고, 재고를 들여놓기 전까지는 새로운 일감을 받을 수도 없었다. 다행히도 서류는 대부분 강철제 방화 금고 안에 안전하게 보관되어 있었지만, 전부는 아니었다. 보여줄 서류가 없어서 대금을 회수할 수 없는 건도 여럿 있을 것이었다. 나는 자본 전체를 가게에 투자해서 소소한 이윤을 남기며 영업을 해왔다. 이쯤되니 자영업자 아치볼드 프레이저의 사업체가 비자발적 파산 상태에 도달할 것이라는 결론이 나왔다.

나는 이런 상황을 제드슨에게 설명했다.

"너무 빨리 포기하지는 말게나." 그가 나를 위로해주었다. "마법으로 벌인 일은 마법으로 되돌릴 수 있는 법이니까. 지금 필요한 사람은 도시 최고의 마법사야."

"그 대금은 누가 내는데요?" 나는 반대 의견을 피력했다. "그 친구들은 푼돈을 받고 일하지는 않아요. 그리고 나는 완전히 빈털터리고요."

"진정 좀 해, 이 친구야. 자네의 손해배상을 담당하는 보험사 측에서는 자네보다 더 큰 손해를 볼 상황이잖나. 비용을 절약할 방법을 제시해주면 거래를 할 수 있을 거야. 이 도시의 보험사 대리 업무는 어디서 맡고 있나?"

나는 중심가의 프로페셔널 빌딩에 있는 법률 사무소라고 말해주었다.

나는 사무직원을 불러서 오늘 배달받을 고객들에게 전화 통보를 하라고 시켰다. 배달 지연이 가능한 곳은 뒤로 미루고, 기다릴 수 없는 고객들에게는 과거 협력한 적이 있는 업체로 일감을 넘기는 식이었다. 나머지 직원들은 집으로 돌려보내면서 다시 부를 때까지 돌아오지 말라고 일러두었다. 죄다 8시 정각부터 사고 현장에서 쓸데없는 소리나 지껄이며 거치적거리고 있었기 때문이었다. 다행히도 토요일이라 해결책을 마련할 때까지 48시간의 여유가 있었다.

우리는 지나가던 마법 양탄자를 잡아타고 프로페셔널 빌딩으로 향했다. 나는 자리에 몸을 묻고 승차감을 즐기며 근심을 잊으려 해보았다. 나는 사치스러운 느낌을 주는 택시를 예전부터 좋아했고, 택시에서 바퀴가 사라진 이후로는 더욱 좋아하게 되었다. 이번 택시는 유선형 동체에 에어쿠션을 갖춘 신형 캐딜락이었다. 내가 생각에 잠긴 동안, 양탄자 택시는 지면에서 20센티미터도 떨어지지 않은 채로 아무 소리 없이 거리를 달려갔다.

시 당국에서 마법 교통수단의 주행 제한 조례를 발효하고 있다는 점을 미리 설명해두어야겠다. 모든 마법 교통수단은 공중이 아니라 지상의 교통 통제에 따라야만 한다. 놀랍게 생각할지도 모르지만, 이는 나와 같은 업종에 종사하는 어떤 사람의 실수에서 비롯된 일이었다. 그 친구는 도시 건너편에 있는 레스토랑의 재개장 공사에 사용할 유리벽돌을 배달해달라는 주문을 받았는데, 배달을 위해 일반수송 면허를 가진 마법사를 고용했다. 그 마법사가 부주의했던 것인지, 아니면 단순히 멍청한 자였기 때문인지는 알 수 없지만, 11톤의 벽돌이 그대로 프로스펙트 거리 침례교회 지붕 위로 떨어졌다. 축성을 받은 땅 위에서 마법이 힘을 발휘하지 못한다는 것은 누구나 알고 있는 사실이며, 지도를 확인하기만 했어도 일직선 경로를 택하면 화물이 교회 위를 지나게 된다는 사실을 확인할 수 있었을 것이다. 어쨌든 교회 관리인이 목숨을 잃었고, 까딱 잘못하면 신도 전원이 사망할 뻔했다. 덕분에 마법 교통수단은 거리로 내려와서 땅에 딱 붙어 움직일 수밖에 없게 되었다.

항상 그런 작자들이 다른 모두를 불편하게 만드는 것이다.

✴

우리가 찾는 사람은 자리에 있었다. '위긴, 스니드, 맥클래치&위긴 사무소' 소속의 위긴이었다. 그는 이미 내 가게의 '화재'에 대해 들었으나, 제드슨이 그 사건의 기저에 마법이 관련되어 있다는 확신을 말하자 즉시 반발했다. 완벽하게 우발적인 사고라는 것이었다. 제드슨은 묘하게도 참을성을 발휘했다.

"혹시 마법 전문가시오, 위긴 씨?" 제드슨이 물었다.

"마법 법학을 전공하지는 않았습니다. 그쪽을 물어보신 거라면 말입니다만, 선생님."

"뭐, 나도 사실 면허를 가지고 있지는 않소. 하지만 꽤 오랜 시간 동안 취미로 마법을 사용해왔지. 이 사건에서는 내 견해를 확신할 수 있소. 원한다면 프리랜서 전문가들을 불러도 좋소. 내 견해를 확인해줄 테니까. 그러면 일단 논의를 위해서, 이번 피해가 마법에 의해 일어난 것이라 가정해봅시다. 그 경우에는 우리 쪽에서 그 피해의 상당량을 복구할 가능성이 있소. 이런 경우의 협상권을 가지고 있지 않으시오?"

"글쎄요, 그렇다고 말할 수 있을 것 같습니다. 법적 구속력과 계약 조항의 제약을 받습니다만." 회계 감사원이 확인해주지 않으면 자기 오른손에 손가락이 다섯 개 붙어 있다는 사실에도 동의하지 않을 친구였다.

"그렇다면 의뢰한 회사의 손해를 최소한으로 줄이는 것이 이쪽 사무소의 일 아니겠소. 만약 내가 피해의 일부 또는 전체를 복구할 수 있는 마법사를 찾아낸다면, 그쪽 보험사의 권한으로 그 비용의 일정 부분을 부담해줄 수 있겠소? 이를테면 전체 배상액의 25퍼센트 정도라면?"

위긴은 한동안 망설이더니, 자신으로서는 그런 일을 할 수 없을 것으로 보인다, 그리고 만약 화재가 마법에 의한 것이었다면 마법을 사용한 복구는 범죄 행위의 담합 처리로 간주될 수 있다, 반계의 마법사들 사이에 어떤 연관이 있을지 모르기 때문이다, 따위의 말을 지껄였다. 덧붙여 내 쪽의 보험금 청구 가능 여부도 아직 확정되지 않았으며, 어제 가게에 들렀던 방문자의 일을 고지하지 않았기 때문에 청구에 제재가 가해질지도 모른다고 했다. 어쨌든 꽤 중요한 선례를 남길 수 있는 일이기 때문에 본사에 연락부터 해야 한다는 소리였다.

제드슨은 자리에서 일어섰다. "우리 서로의 시간을 낭비하고 있는 것 같소, 위긴 씨. 아치볼드 씨가 사건을 고지할 의무가 있었다는 주장은 허튼소리라는 사실을 알고 계실 텐데. 계약에 따르면 아치볼드 씨가 당신에게 고지할 이유는 조금도 없으며, 설령 있었다고 해도 고지 의무인 24시간이 채 지나지 않았다는 사실은 명백하지 않소. 아무래도 우리가 직접 본사에 연락을 해봐야겠군." 그는 모자로 손을 뻗었다.

위긴은 두 손을 들어 보였다. "여러분, 제발! 너무 서두르지 않도록 합시다. 아치볼드 씨가 대금의 절반을 납부한다면 동의하시겠습니까?"

"아니, 왜 그래야겠소? 그쪽 손해지 이쪽 손해가 아닌데. 이 사람은 그쪽 보험에 든 것 아니오."

위긴은 안경다리를 잘근잘근 씹다가 말했다. "대금 지급은 결과에 따른 조건부 계약으로 해야 할 것 같군요."

"마법사를 고용하는 일인데, 제정신인 사람이라면 당연히 그렇게 해야 하지 않겠소?"

20분 후, 우리는 회수한 금액의 25퍼센트를 넘지 않는 선에서 내 작업장을 복구하는 용도로 마법사 또는 마녀를 고용할 수 있다는 문서를 들고 가게에서 나왔다. "일을 전부 포기하시는 건가 했어요." 나는 안도의 한숨을 쉬며 제드슨에게 말했다.

제드슨은 웃음을 머금고 말했다. "이 드넓은 세상에서 그런 일이 있을 것 같나. 그 작자는 그저 자네를 꼬드겨 자기네 지출을 줄이도록 만들고 싶었을 뿐이야. 나는 그걸 알고 있다는 사실을 일러준 것뿐이고."

어느 마법사에게 자문을 구할지 결정하는 데는 제법 시간이 걸렸다. 제드슨은 자기 지인 중에서라면 뉴욕까지는 가야 이런 일을 믿고 맡길 사람이 나온다고 솔직하게 인정했고, 비용을 고려하면 그렇게 멀리까지 손을 뻗을 수는 없었다. 우리는 바에 들렀고, 내가 맥주를 한 잔 하는 동안 그는 여러 군데로 전화를 걸었다. 곧 그는 돌아와서 말했다. "적합한 사람을 찾은 것 같네. 예전에 거래해본 적은 없지만, 명망도 있고 교육도 받은 모양이야. 그리고 모든 사람들이 그 마법사의 이름을 언급하더군."

"그게 누군데요?" 내가 물었다.

"포티스큐 비들 박사야. 바로 이 거리에 있지. 레일웨이 익스체인지 빌딩이야. 걸어서 가자고."

나는 남은 맥주를 단번에 들이켜고 그를 따라나섰다.

비들 박사의 사무실은 꽤 대단한 곳이었다. 건물 14층의 모퉁이에 있는 최고급 방을 사용하고 있었는데, 가구와 장식에 비용을 아끼지 않은 모양이었다. 스타일은 현대적이었지만, 상류사회 의사의 사무실에서 찾아볼 수 있는 장중한 우아함을 갖추고 있었다. 음각 유리의 뒤편에 알루미늄을 댄 십이궁의 부조가 벽 위편을 빙 둘러 장식되어 있었다. 장식이라 할 만한 물건은 이것뿐이었고, 나머지 가구들은 전부 형태는 평범해도 제법 비싼 물건들로, 유리판과 크롬을 잔뜩 사용해 만든 것들이었다.

우리는 대기실에서 30분 정도를 기다려야 했다. 나는 그 시간 동안 이런 방을 얻으려면 뭘 해야 할지를 궁리하고 있었다. 전대(轉貸) 계약을 하고 10퍼센트 공제를 받으면 되려나. 그때 정말 예쁜 여성이 나오더니 나직한 목소리로 우리에게 들어오라고 말했고, 우리는 더 작은 방에 앉아서 10여 분을 더 기다렸다. 이번에는 대기실 분위기이기는 했지만, 유리 책꽂이와 오래된 아리스토텔레스 인쇄본이 자리하고 있었다. 나는 제드슨과 함께 책꽂이를 살펴보며 시간을 죽였다. 마법에 관한 오래된 고전 희귀본이 가득했다. 제드슨이 《레드 그리모어》를 가리켜 보였을 때, 우리 뒤편에서 목소리가 들렸다.

"멋지지 않습니까? 고대인들은 정말 많은 것을 알고 있었지요. 과학적이지는 않았지만 분명 현명한 이들이었죠…." 목소리가 차츰 잦아들었다. 우리는 뒤를 돌아보았다. 남자는 자신을 비들 박사라고 소개했다.

비들 박사는 제법 괜찮아 보이는 친구로, 여유와 위엄을 갖춘 미남이었다. 나보다 열 살 정도 나이가 많아 보였으니 40세 전후였을 것이다. 관자놀이에는 회색 머리카락이 빛났고, 작고 빳빳한 영국인 소령풍의 콧수염을 기르고 있었다. 복장은 〈에스콰이어〉의 스타일 면에서 튀어나온 것 같았다. 문제는 그가 마음에 안 드는 이유를 쉽사리 찾을 수 없다는 것이었다. 태도도 충분히 경쾌했는데, 그의 표정에 살짝 어린 거만한 기색 때문이었을까.

그는 우리를 안쪽 사무실로 데리고 가서 자리로 안내한 다음, 사업 이야기를 시작하기 전에 담배부터 권했다. 그가 말문을 열었다. "물론 그쪽 분은 제드슨 씨겠죠. 디트워스 씨가 보내신 겁니까?"

나는 그쪽으로 귀를 기울였다. 익숙한 이름이었다. 하지만 제드슨은 그저 이렇게 말할 뿐이었다. "전혀 아니오. 왜 그렇게 생각하시는 게요?"

비들 박사는 잠시 머뭇거리다 반쯤 혼잣말을 하듯 말했다. "그거 이상하군요. 디트워스 씨가 선생 이름을 언급하는 것을 분명 들었는데 말입니다. 두 분 혹시 디트워스 씨를 알고 계시는지요?"

우리는 동시에 고개를 끄덕이고, 동시에 놀랐다. 비들 박사는 조금 안심한 기색으로 말했다. "그러실 거라고 생각했습니다. 그렇기는 해도…, 정보가 더 필요할 듯하군요. 제가 전화를 하는 동안 잠시 기다려주시겠습니까?"

그 말과 함께 그는 사라졌다. 나로서는 처음 보는 마법이었다. 제드슨은 두 가지 방법이 있다고 가르쳐주었다. 하나는 환영을 이용하는 것이고, 다른 하나는 반계를 통해 정말로 방을 나가는 것이다. 어느 방식을 사용했든, 내게는 예의에 어긋나는 행동으로 보였다.

"그 디트워스라는 친구 말인데요, 사실 당신에게 물어볼 생각이었거든요…." 나는 제드슨에게 말하기 시작했다.

"그건 좀 기다리게. 지금 할 이야기가 아니야." 제드슨은 내 말을 잘랐다.

그와 동시에 비들 박사가 다시 나타났다. "괜찮은 모양입니다." 그는 바로 나를 보며 말했다. "당신 업무를 맡아도 될 것 같습니다. 어젯밤 당신 사업장에 일어난 문제 때문에 오신 거죠?"

"그렇습니다. 어떻게 아셨죠?" 내가 말했다.

"다 방법이 있지요." 그는 변명하는 듯 슬쩍 미소를 띠고 대답했다. "제 직업에도 나름의 기술이 있으니까요. 자, 그럼 그쪽 문제에 관해 이야기해볼까요. 원하는 게 뭡니까?"

나는 제드슨을 바라보았다. 제드슨은 어젯밤에 일어난 일에 대한 추측과 그렇게 생각하는 이유를 설명했다. "그쪽이 악마학 전공인지 아닌지는 모르지만, 내 생각으로는 그런 일을 벌인 존재들을 소환해서 피해를 복구하도록 하는 일이 가능할 것 같소. 만약 그쪽에서 그런 일이 가능하다면, 우리는 합리적인 가격을 전액 지급할 준비가 되어 있소."

비들 박사는 이 말에 슬쩍 웃으며 꽤 의식적으로 사무실 벽에 걸려 있는 다양한 학위 증명서들을 힐긋 바라보았다. "안심하셔도 될 만한 충분한 이유가 있는 듯합니다만, 그럼 현장을 한번 살펴보기로 할까요…." 그는 부드럽게 말하더니 다시 사라져버렸다.

나는 슬슬 짜증이 나고 있었다. 자기 일솜씨가 좋다고 하더라도 그 사실을 매번 저런 식으로 광고할 필요는 없는 것 아닌가. 그러나 예의에 대해 투덜대기도 전에, 비들 박사는 다시 이곳으로 돌아왔다.

"조사 결과는 제드슨 씨의 의견과 일치하는 듯하군요. 특별한 문제는 없을 것 같습니다." 그가 말했다. "그럼 이제… 아…, 사업상의 문제로 넘어가 보자면…." 그는 예의 바르게 헛기침을 하고 슬쩍 웃어 보였다. 마치 이런 저속한 문제를 다루어야 해서 애석하다는 듯한 태도였다.

돈을 버는 일이 자신의 섬세한 성정을 해치는 것처럼 행동하는 사람들은 대체 무슨 생각을 하는 걸까? 나는 합법적인 이윤을 추구하는 사람이고, 그 사실이 조금도 부끄럽지 않다. 사람들이 내 상품과 용역에 대해 돈을 지급한다는 사실은 내 직업이 쓸모 있다는 증명이나 다름없지 않은가.

어쨌든 우리는 별문제 없이 계약을 체결했고, 비들 박사는 15분 안에 내 사업장에서 만나자고 말했다. 제드슨과 나는 건물을 떠나 다른 택시를 잡았다. 택시에 올라탄 후, 나는 그에게 디트워스에 대해 물었다.

"어디서 만난 거죠?" 내가 물었다.

"나를 찾아와서 제안을 하나 하더군."

"흠…." 흥미로운 일이었다. 디트워스는 내게도 제안을 했었고, 그 일이 한동안 걱정거리가 되었기 때문이다. "어떤 종류의 제안이었는데요?"

제드슨은 이마에 주름을 잡았다. "글쎄, 말하기 힘들군. 상당히 인상적인 영업 방식을 사용하던데. 간단하게 말하자면, 그는 자신이 마법사의 기본 수준 향상을 목적으로 활동하는 비영리 단체의 지역 담당자라고 말했다네."

나는 고개를 끄덕였다. 내가 들은 것과 같은 이야기였다. "말씀 계속하세요."

"그는 현행 등록법의 불합리성에 대해 한참을 이야기하더니, 마법의 법칙에 대한 기초적인 지식이 없는 사람이라도 《그리모어》나 《흑서》를 한두 주 정도 공부하기만 하면 시험을 통과해서 간판을 내걸 수 있다는 사실을 지적했네. 그가 속한 조직은 전미의학협회나 전국대학협의회, 또는 변호사협회처럼 마법사의 기준을 향상시키는 기관이 될 것이라고 하더군. 만약 내가 그들의 요구 조건을 만족시키는 마법사들만을 후원하겠다는 동의서에 서명만 하면, 그쪽의 품질 보증서를 내걸고 내 상품에 인증서를 붙여도 된다는 말이었네."

"제드슨, 나도 똑같은 이야기를 들었어요." 나는 그의 말에 끼어들며 말했다. "그리고 대체 어떻게 해야 할지 모르겠더군요. 괜찮은 이야기로 들리기는 하지만, 예전에 좋은 물건을 공급해준 사람들과의 거래를 끊고 싶지는 않고, 협회에서 그런 사람들을 승인해줄지 알 수 없지 않은가요."

"그래서 자네는 뭐라고 대답했나?"

"지연작전을 폈죠. 먼저 변호사와 상의하지 않고서는 그런 구속력이 있는 문서에 서명할 수는 없다고 말했어요."

"잘했네! 그랬더니 뭐라고 하던가?"

"글쎄, 정말로 꽤 순수한 의도에서 하는 일 같았고, 도움이 되고 싶어 하는 모양이었어요. 내가 현명한 사람인 줄 알았다고 하면서 읽어보면 도움이 될 거라는 물건들을 남기고 갔죠. 그 친구에 대해 아는 것 없나요? 그 사람 본인도 마법사인 건가요?"

"아니, 마법사는 아니야. 하지만 다른 사실을 몇 가지 발견했지. 통상국의 거물이었다는 정도는 어렴풋이 짐작하고 있었다네. 내가 몰랐던 것은 그가 열몇 군데의 우량 사업체의 임원 목록에 이름을 올리고 있다는 거지. 법조인이기는 하지만 변호사로 개업한 건 아니고. 사업 문제에 시간을 전부 사용하고 있는 것 같더군."

"꽤 거물인 것처럼 들리는데요."

"나도 그렇게 생각하네, 그런데 그 정도로 재계에서 권위가 있는 사람치고는 너무 알려지지 않았단 말이야. 사람들과 어울리기를 꺼리는 부류일 수도 있겠지. 우연히 그쪽을 뒷받침해주는 사실도 발견하게 되었고."

"그게 뭔데요?" 내가 물었다.

"내무부 쪽에서 그 친구의 협회 법인 문서를 찾아봤지. 이름이 딱 세 개 올라가 있더라고. 그 친구하고 다른 두 사람. 그리고 그 두 사람은 모두 그의 사무실 직원이었네. 비서와 접수계."

"유령 법인인가요?"

"의심할 나위가 없지. 하지만 뭔가 묘한 점이 있더라고. 내 흥미를 끈 점은 이것이었네. 그 이름 중 하나가 눈에 익었거든."

"네?"

"자네도 알겠지만, 나는 우리 당의 주 위원회에서 자문위원으로 활동하고 있다네. 그 비서 이름을 본 적이 있다는 생각이 들어서 한번 찾아보았지. 역시나 짐작한 곳에 있더군. 그 비서는 마티어스라는 남자인데, 우리 주지사의 개인 선거운동 자금에 상당량을 댄 친구야."

그러고는 더 이상 이야기를 할 시간이 없었다. 택시가 내 가게에 도착했기 때문이었다. 비들 박사는 우리보다 먼저 와서 준비를 끝마쳐놓고 있었다. 작업을 위해 1제곱미터 정도의 작은 수정 천막을 세워놓고, 부지 전체에 불투명한 칸막이를 세워 구경꾼의 시선을 차단해놓았다. 제드슨은 나에게 칸막이에 손대지 말라고 주의를 주었다.

비들 박사가 자기 사무실에서 보였던 장난질 없이 작업했다는 사실만은 인정해야겠다. 그는 우리를 맞이하고 혼자 천막으로 들어가서는, 의자에 앉아 고리 달린 수첩을 주머니에서 꺼내 낭독을 시작했다. 제드슨은 그가 마법 도구도 여럿 사용하고 있다고 일러주었다. 하지만 내 눈에는 전혀 보이지 않았다. 자기 기술을 감추고 일하는 모양이었다.

몇 분 동안은 아무 일도 벌어지지 않았다. 그러다 칸막이벽이 천천히 흐릿해지며, 안쪽을 제대로 알아볼 수 없게 되었다. 바로 그때쯤, 나는 천막 안에 비들 박사 외에 다른 무언가가 있다는 것을 깨달았다. 정확하게 무언지는 알 수가 없었으며, 솔직히 말해 알고 싶지도 않았다.

안에서 무슨 말을 하는지는 들을 수 없었지만, 말다툼이 벌어지고 있음은 분명했다. 비들 박사는 자리에서 일어나 손으로 공기를 휘젓기 시작했다. 그 존재는 고개를 뒤로 젖히고 크게 웃었다. 그러자 비들 박사는 걱정스러운 얼굴로 우리 쪽을 바라보더니 오른손을 서둘러 흔들었다. 순식간에 천막의 벽이 불투명해지더니 안을 볼 수 없게 되었다.

5분 후 비들 박사는 자신의 작업실에서 걸어 나왔고, 천막은 그 즉시 사라져버렸다. 꽤 볼 만한 몰골이었다. 머리는 까치집에, 얼굴에는 땀이 흥건했고, 옷깃은 푹 젖어 쭈글쭈글해져 있었다. 게다가 더 심각한 건 동요한 기색이 역력했다는 것이었다.

"어떻소?" 제드슨이 물었다.

"이건 손을 쓸 수 없는 일입니다, 제드슨 씨. 전혀 손을 쓸 수 없습니다."

"당신이 손을 쓸 능력이 안 된다는 이야기겠죠?"

그는 이 말에 굳은 표정이 되었다. "어떤 사람도 손을 쓸 수 없습니다, 여러분. 포기하시죠. 다 잊어버려요. 제가 드릴 수 있는 충고는 이것뿐입니다."

제드슨은 아무 말 않고 추궁하는 듯한 표정으로 그를 바라볼 뿐이었다. 나는 침묵을 지켰다. 비들 박사는 천천히 자존심을 되찾고 있었다. 그는 모자를 바로 쓰고, 넥타이를 고쳐 맨 다음, 이렇게 덧붙였다. "이제 사무실로 돌아가겠습니다. 조사비는 5백 달러입니다."

나는 이 뻔뻔한 자세에 완벽하게 할 말을 잃어버렸지만, 제드슨은 그의 말을 이해하지 못한 것처럼 행동했다. "물론 그 정도 나왔겠지. 돈 벌 기회를 놓치다니, 참 안타깝게 됐소."

비들 박사는 얼굴이 시뻘게졌지만 세련된 태도를 포기하지는 않았다. "이거 제대로 이해하지 못하신 것 같습니다, 선생님. 디트워스 씨와 계약한 내용에 따르면 협회에서 인증한 마법사는 무료로 상담을 제공할 수 없습니다. 이 직업의 질적 기준을 낮추는 일이니까요. 제가 언급한 액수는 용역의 내용과 무관하게 제 직급의 마법사라면 요구해야 하는 최저 금액입니다."

"잘 알겠소." 제드슨은 침착하게 대답했다. "그게 당신이 사무실에서 나와서 행차하는 데 드는 비용이라는 소리 아니오. 하지만 미리 고지하지 않았으니 이 경우에는 적용되지 않겠지. 디트워스 씨에 대해서라면,

당신이 그 친구와 어떤 계약을 했든 우리에게는 전혀 구속력이 없소. 사무실로 돌아가서 계약서를 다시 한 번 읽어보기 바라오. 우리는 어떤 대금도 지급할 의무가 없으니까."

이번에는 비들 박사가 감정을 분출할 것이라 생각했지만, 그는 그저 이렇게 대답할 뿐이었다. "선생님과 언쟁할 필요는 없는 일이지요. 나중에 다시 연락하겠습니다." 그리고 그는 실례하겠다는 말 한마디 없이 그대로 사라져버렸다.

뒤쪽에서 누군가가 키득거리는 소리가 들렸고, 나는 목을 물어뜯을 준비를 한 채로 뒤를 돌아보았다. 짜증 나는 하루가 흘러가고 있는지라 뒤에서 비웃는 사람을 용납할 생각은 추호도 없었다. 그곳에는 내 나이 또래의 젊은이가 한 명 있었다. "당신 누구지? 왜 웃고 있는 거야?" 나는 쏘아붙였다. "여기는 사유지인데."

"미안하네, 친구." 남자는 분노가 절로 잦아들게 하는 미소와 함께 사과했다. "자네를 비웃고 있던 건 아니야. 방금 그 뻣뻣한 거물 마법사를 비웃고 있었던 거지. 자네 친구가 아주 말끔하게 퇴치해버린 모양이던데."

"자네는 여기서 뭘 하는 건가?" 제드슨이 물었다.

"저요? 아무래도 설명해야 마땅하겠지요. 저 역시 이쪽 사업을 하는 사람입니다만…."

"건설업 말인가?"

"아뇨, 마법이죠. 여기 제 명함입니다." 그는 제드슨에게 명함을 건넸고, 제드슨은 명함을 한번 훑어본 다음 내게 건넸다. 그 내용은 다음과 같았다.

잭 보디

1급 마법사 면허 소지자

전화 호출번호 3840

"거물 하나가 오늘 여기에 험악한 일을 벌일 거라는 소문을 반계에서 들었거든요. 그래서 뭐 재미있는 일이 있을까 해서 들렀을 뿐입니다. 하지만 대체 어쩌다 비들 박사 같은 허풍쟁이를 고르게 된 겁니까? 저 친구는 이런 일에는 전문이 아니에요."

제드슨은 손을 뻗어 명함을 다시 받아들었다. "보디 씨, 당신은 어디서 교육을 받았나?"

"네? 하버드에서 석사 학위를 땄고, 시카고에서 대학원을 다녔죠. 하지만 그건 별로 중요한 일이 아니에요. 제가 아는 모든 것은 아버지에게서 배웠거든요. 하지만 아버지는 제가 대학에 가야 한다고 주장하셨죠. 요즘 시대에는 학위 없는 마법사는 괜찮은 일을 맡을 수 없다고 하셨거든요. 옳은 말씀이었고."

"자네라면 이 일을 할 수 있을 것 같나?" 내가 물었다.

"아마 힘들겠지. 비들 저 작자처럼 망신을 당하고 싶은 생각도 없고. 하지만 이봐, 혹시 이 일을 할 수 있는 사람을 찾을 생각이 있나?"

"당연하지. 우리가 무엇 때문에 여기 있다고 생각하는 거야?"

"흠, 그렇다면 방향을 잘못 잡은 것 같은데. 비들 박사는 그저 하이델베르크와 빈에서 공부를 했기 때문에 명성을 얻은 거야. 그게 무슨 의미가 있겠어. 아마 자네는 고전적인 마녀에게 이 작업을 맡겨야 한다는 생각은 해보지도 않았을걸."

제드슨은 이 말에 반응했다. "그건 사실이 아닐세. 나는 이쪽 업계 친구들에게 두루 물어봤지만, 일을 맡겠다는 사람을 단 한 명도 찾을 수가 없었어. 어쨌든 기꺼이 알고 싶군. 자네라면 누구를 추천하겠나?"

"아만다 토드 제닝스 부인을 아십니까? 여기 구시가지, 연합교회 공동묘지 뒤편에 살고 계시죠."

"제닝스 부인이라… 제닝스, 흠…. 아니, 모르는 것 같군. 잠깐만! 혹시 제닝스 할머니라고 부르는 그 노부인인가? 퀸메리 모자를 쓰고 장을 보러 나오는?"

"바로 그분입니다."

"하지만 그 노부인은 마녀가 아니잖나. 점쟁이지."

"그렇게 생각하시겠죠. 사실 그분은 일반적인 상업용 마법을 사용하시는 분이 아니긴 합니다. 아마 산타클로스보다 아흔 살은 더 드셨을 테고, 덤으로 허약하기까지 하시죠. 하지만 그분의 새끼손가락만 따져도 《솔로몬의 서》보다 강대한 마법이 깃들어 있을 겁니다."

제드슨은 나를 바라보았다. 나는 고개를 끄덕였고, 제드슨은 다시 말했다.

"그분이 이번 건을 맡아줄 수 있을 것 같나?"

"글쎄요, 당신들을 좋아한다면 해줄 것 같은데요."

"계약 수수료는 얼마면 되겠어?" 내가 물었다. "전체 대금의 10퍼센트면 만족하겠나?"

잭 보디는 이 말에 당황한 모양이었다. "망할, 배당을 받을 생각은 없어. 지금까지 나한테 아주 잘해주신 분이라고."

"유용한 조언에는 돈을 지급할 가치가 있지." 나는 계속 주장했다.

"아, 그만두라고. 언젠가 그쪽에서 내 일을 도와줄 기회도 생길 거 아니야. 그 정도면 충분하지."

우리는 금방 다시 길을 떠났다. 보디는 함께 가지 않았다. 그는 다른 곳에 약속이 있는 모양이었고, 우리가 찾아갈 거라고 제닝스 부인에게 일러두겠다고 약속했다.

그리 찾기 힘든 곳은 아니었다. 느릅나무가 줄지어 서 있는 오래된 거리의 차도로부터 멀찍이 들어가 있는 작은 단층집이었다. 베란다에는 줄톱으로 깎아 만든 싸구려 장식물이 가득했다. 정원은 그리 제대로 관리가 되어 있지 않았지만, 계단 위로 드리운 덩굴장미는 사랑스러워 보였다.

제드슨은 문에 붙어 있는 초인종을 울렸고, 우리는 잠시 기다렸다. 문 옆면 색유리의 삼각형 문양을 살펴보다 보니 아직 이런 작업을 할 수 있는 사람이 남아 있을지 궁금해졌다.

곧 노부인이 우리를 맞이했다. 정말로 여러 면에서 놀라운 사람이었다. 너무 작아서 정수리를 그대로 내려다볼 수 있을 정도였는데, 깔끔하지만 숱이 적은 하얀 머리카락 사이로는 깨끗한 분홍색의 두피가 보였다. 외출복을 입어도 30킬로그램이 안 되어 보였지만 자주색 알파카 외투와 흰색 옷깃에 감싸인 작은 몸은 당당하고 꼿꼿했고, 예카테리나 대제 혹은 캘러미티 제인*에게나 어울릴 법한 생기 넘치는 검은 눈으로 우리를 바라보았다.

"좋은 아침이야. 들어오게나." 제닝스 부인이 말했다.

그녀는 우리를 이끌고 구슬을 엮어 만든 커튼 안쪽의 작은 홀을 지나, 의자에 앉아 있는 고양이를 "쉿, 세라핀!" 하며 쫓아내고는 응접실의 자리로 안내했다. 고양이는 의자에서 뛰어내려 느긋하고 당당한 자세로 천천히 걸어가더니, 자리를 잡고 사뿐하게 앉아서는 꼬리를 다리 옆으로 늘어뜨리고 자신의 주인과 비슷한 눈빛으로 우리를 차분히 살펴보았다.

"보디 그 아이가 자네들이 온다고 일러주었어. 자네가 아치볼드고, 자네가 제드슨이지." 노부인은 우리 둘을 정확하게 알아맞히며 말을 시작했다. 질문이 아니라 이미 알고 있는 사실을 말하는 것이었다. "미래를 알고 싶은 모양이로군. 어떤 방식이 좋겠나? 손금, 점성술, 아니면 막대점?"

그런 게 아니라고 입을 열었으나, 제드슨이 나보다 먼저 끼어들었다. "방법이야 원하시는 대로 맡기고 싶습니다, 제닝스 부인."

"좋아, 그러면 찻잎으로 하지. 주전자를 올리고 오겠네. 금방 될 거야." 그녀는 서둘러 방에서 나갔다. 부엌에서는 리놀륨 바닥 위에 울리는 가벼운 발소리, 주방기구가 긁히고 덜걱거리는 소리가 부산스럽고 정겨운 불협화음을 이루며 들려왔다.

그녀가 돌아오자 나는 말했다. "저희가 너무 성가시게 구는 것이 아닌지 모르겠는데요, 제닝스 부인."

* 미국 서부 개척시대의 여걸

"아니, 전혀 그렇지 않아. 아침에는 차를 한잔 즐기는 것도 좋으니까. 몸이 편안해지지. 불 위에 사랑의 묘약을 올려놓아야 해서 너무 오래 걸린 것뿐이네."

"폐를 끼쳐드려…."

"급한 일은 아니니 상관없네."

"제케르보니* 공식을 쓰십니까?" 제드슨이 물었다.

"그런 말도 안 되는 소리를!" 그녀는 그 질문만으로도 화가 난 것처럼 보였다. "나는 절대 불쌍한 작은 동물을 죽이는 짓은 하지 않아. 산토끼에 제비에 비둘기라니…, 대체 어떻게 그런 생각을! 그 공식을 써내려갔을 때 피에르 모라가 대체 무슨 생각을 하고 있었는지 모르겠어. 귀싸대기를 후려주고 싶을 지경이야! 나는 오렌지와 용연향을 대체품으로 사용한다네. 효력은 다를 바가 없지."

그러자 제드슨은 그녀가 버베나 즙을 사용해본 적이 있는지 물었다. 그녀는 대답하기 전에 그의 얼굴을 지그시 바라보았다.

"자네도 그쪽으로 재능이 있는 모양이구먼. 내 말이 맞나?"

"조금뿐입니다, 부인. 아주 조금뿐이지요." 그는 진지하게 대답했다.

"갈수록 힘이 늘어날 걸세. 어떻게 사용할지 잘 생각해보게. 버베나 이야기라면 자네도 알다시피 물론 효력이 있겠지."

"그쪽이 더 간편하지 않겠습니까?"

"물론 그렇겠지. 하지만 그런 간편한 방식이 알려지면 모든 사람이 그걸 만들어서 난잡하게 사용하지 않겠나. 곤란한 일이지. 그리고 마녀들은 손님이 없어서 쫄쫄 굶게 될 테고. 그건 어쩌면 좋은 일일지도 모르겠구먼!" 그녀는 하얀 눈썹 한쪽을 치켜 올려 보였다. "하지만 간편한 걸 원한다면 버베나를 쓸 것도 없다네. 잘 보게." 그녀는 손을 뻗어 내 한쪽 손을 만졌다. "베스타베르토 코룸피트 비스케라 에이우스 비릴리스(*Bestarberto*

* 17세기 초반 밀라노 출신의 악마숭배자, 흑마법사. 본명은 피에르 모라. 제케르보니 또는 제코르벤이라는 이름으로 활동했다.

corrumpit viscera ejus virlis).*" 나로서는 그녀의 말을 최대한 정확하게 옮겨 보려고 시도한 것이다. 물론 틀렸을 수도 있다.

그러나 나는 그녀가 입 밖에 낸 주문에 대해 생각할 시간조차 없었다. 나를 뒤덮은 놀라운 감정에 완벽하게 사로잡혀 버렸으니까. 나는 사랑의 달콤한 희열에 빠져버렸다. 제닝스 할머니에게 말이다! 그녀가 갑자기 아름다운 젊은 여인으로 보였다는 말은 아니다. 그런 것이 아니었다. 그녀는 여전히 작고, 늙고, 영리한 원숭이처럼 생긴 쪼그라든 여인으로, 내 고조할머니뻘은 될 법한 노부인으로 보였다. 그래도 상관없었다. 그녀는 완벽한 여성이었다. 모든 남성이 열망하는 헬레네, 사랑스러운 동경의 대상이었다.

그녀는 나를 보며 이해한다는 듯 따뜻한 미소를 지어 보였다. 모든 것이 온전해졌고, 나는 완벽하게 행복했다. 그러자 그녀는 "너를 놀릴 생각은 아니란다, 얘야."라고 말하고, 다시 한 번 내 손을 건드리며 무언가 다른 말을 중얼거렸다.

그리고 순식간에 모든 것이 사라져버렸다. 그녀는 다시 흔히 볼 수 있는 친절한 여성으로 돌아왔다. 손자를 위해 케이크를 구워주거나 앓아누운 이웃을 간호해주는 그런 사람 말이다. 아무것도 변하지 않았으며, 고양이는 눈 하나 깜빡하지 않았다. 낭만적인 갈망은 감정 없는 기억으로 졸아붙었다. 그러나 나는 그 변화가 서운하게 느껴졌다.

주전자가 끓고 있었다. 그녀는 종종걸음으로 그쪽을 살펴보러 가서는, 곧 다기, 견과류가 든 과자, 얇게 잘라 달콤한 버터를 바른 수제 빵을 담은 쟁반을 들고 돌아왔다.

적절한 의식을 치르고 한 잔씩을 마신 후, 그녀는 제드슨의 잔을 받아들고 그 찌꺼기를 살펴보았다. "재물운은 별로 안 보이는군. 하지만 그렇게 많이 필요하지도 않겠지. 충분히 훌륭한 삶이니까." 그녀는 티스푼

* 여성을 유혹한다는 '지브리 주문'을 남성 상대로 응용한 것이다.

끄트머리로 고인 찻물을 휘저어 작은 물결을 일으켰다. "그래, 자네에게는 재능이 있어. 그 재능에 따르는 깨달음을 갈망하기도 하지. 하지만 자네는 위대한 기술, 아니 사소한 기술조차도 추구하지 않고 사업을 하고 있군. 그 이유가 뭔가?"

제드슨은 어깨를 으쓱해 보이고는 반쯤 사과하듯 대답했다. "당장 눈앞에 해야 할 일이 있으니까요. 저는 그걸 할 뿐입니다."

제닝스 부인은 고개를 끄덕였다. "그것도 좋지. 어느 직업에든 깨달음은 존재하기 마련이고, 자네는 그걸 얻게 될 거야. 서두를 필요는 없네. 시간은 많으니까. 자네의 일이 찾아올 때쯤이면 자네도 알게 될 테고, 준비도 되어 있을 테지. 그럼 자네 찻잔도 좀 보세." 그녀는 말을 맺고는 나를 돌아보았다.

나는 찻잔을 건넸다. 그녀는 잠시 그 안을 살펴보다가 말했다. "글쎄, 자네에게는 여기 친구만큼 확실한 재능은 없지만, 자네 일을 제대로 하기 위한 직관력은 가지고 있군. 그러니 더 많은 재능은 필요 없지. 자네한테서는 재물운이 보이니까. 아치볼드 프레이저, 자네는 돈을 많이 벌게 될 거야."

"제 사업 관련해 눈앞에 닥친 문제가 있습니까?" 내가 재빨리 물었다.

"아니, 직접 보게." 그녀는 찻잔 쪽으로 손짓했다. 나는 몸을 앞으로 숙이고 그 안을 살펴보았다. 몇 초 동안 찻잎 찌꺼기의 표면 너머에서 살아 움직이는 풍경이 보이는 듯했다. 나는 즉시 그 풍경을 알아보았다. 바로 내 사업장이었다. 서투른 트럭 운전사가 모퉁이를 너무 바투 돌다가 긁고 지나간 진입로 입구 기둥까지, 완벽하게 똑같은 모습이었다.

아니, 똑같지는 않았다. 작업장 오른편으로 새로 올린 별관 건물이 있었고, 내 이름이 적힌 훌륭한 신형 5톤 덤프트럭 두 대가 안뜰에 서 있는 모습도 보였으니까!

눈앞에서 나 자신이 사무실 문을 나와 거리를 걸어가는 모습이 보였다. 새 모자를 쓰고 있기는 했지만, 양복은 지금 제닝스 부인의 응접실에서 입고 있는 바로 그 옷이었다. 우리 가문의 격자무늬가 들어간 넥타이도 마찬가지였다. 나는 손으로 실제 넥타이를 만져보았다.

제닝스 부인이 말했다. "지금은 이 정도면 되겠지." 그리고 다음 순간, 나는 찻잔의 바닥을 바라보고 있었다. "직접 보았겠지만, 자네는 사업 때문에 걱정할 필요가 없네. 사랑과 결혼과 아이와 질병과 건강과 죽음에 대해서는…, 어디 살펴보기로 할까." 그녀는 손가락 끝으로 찌꺼기를 건드렸다. 찻잎이 살짝 움직였다. 그녀는 한동안 그 내용을 자세히 들여다보았다. 눈썹이 움찔거렸다. 입을 열려다가 그러지 않는 편이 좋겠다는 결론을 내렸는지, 다시 다물고는 찻잔 안을 들여다보았다. 그리고 마침내 입을 열었다. "이해할 수가 없군. 명확하게 보이지가 않아. 내 그림자가 그 위를 가로지르니 말이야."

"제가 한번 보지요." 제드슨이 말했다.

"가만히 좀 있게!" 그녀가 격렬하게 말하는 바람에 나는 깜짝 놀라고 말았다. 그녀는 찻잔 위를 손으로 덮고는 동정하는 눈빛으로 나를 돌아보았다. "명확하지가 않네. 가능한 미래가 두 가지 있어. 이성으로 감정을 다스리고, 영혼이 가질 수 없는 것을 탐하지 않도록 하게. 그러면 자네는 결혼도 하고, 아이도 가지고, 만족스러운 삶을 살 수 있을 거야." 이걸로 그녀는 이야기를 매듭지으려는 듯했다. 즉시 우리 둘을 보며 이렇게 말했기 때문이다. "자네들은 점을 보러 온 것이 아니지. 다른 종류의 도움을 구하러 온 거야." 이번에도 질문이 아니라 선언이었다.

"어떤 종류의 도움 말씀입니까, 부인?" 제드슨이 물었다.

"이것 말이지." 그녀는 내 찻잔을 제드슨의 얼굴 앞으로 들이밀었다.

제드슨은 그 안을 들여다보고는 대답했다. "네, 사실입니다. 도와주실 수 있으십니까?" 나 역시 찻잔 안을 들여다보았지만 찻잎 외에는 아무것도 보이지 않았다.

제닝스 부인이 대답했다. "그런 것 같네. 애초에 비들 박사를 고용해서는 안 되는 일이었지만, 그런 실수야 결국 언젠가는 저지르게 마련이지. 그럼 가보도록 하세." 더 이상의 흥정은 하지 않고, 그녀는 장갑과 지갑, 외투를 찾아들고 터무니없이 낡은 모자를 머리에 쓰더니, 서둘러 우리를 집 밖으로 몰아냈다. 조건 협상은 없었다. 그럴 필요도 없어 보였다.

✳

가게로 돌아오니 제닝스 부인의 작업실은 이미 세워진 상태였다. 비들 박사의 칸막이벽처럼 멋들어진 물건이 아니라 집시 천막처럼 생긴 낡은 사각 천막이었는데, 꼭짓점이 높이 솟고 다양한 원색의 천으로 만들어진 물건이었다. 그녀는 장막을 걷어내고는 우리를 안으로 이끌었다.

안은 어두컴컴했지만, 부인은 곧 커다란 초를 꺼내 불을 붙이고 바닥 가운데 세운 다음, 그 불빛에 의지해 바닥에 다섯 개의 마법진을 그렸다. 커다란 마법진 하나, 그리고 그 앞에 조금 작은 마법진 하나. 다음에는 맨 처음 그린 큰 마법진 양쪽에 두 개를 더 그렸다. 하나하나가 사람이 들어가 설 만큼 커다란 원이었고, 그녀는 우리에게 각자 그 안에 서라고 말했다. 마지막으로 그녀는 한쪽에 지름 30센티미터 정도의 작은 마법진을 하나 더 그렸다.

나는 마법사의 작업에 이토록 관심을 기울여본 적이 없었다. 내가 마법사를 대하는 태도는 토머스 에디슨이 수학자들에 대해 말한 내용을 인용해 설명할 수 있을 것이다. 그러니까, 필요할 때마다 한 사람 고용하면 끝나는 일이라고. 그러나 제닝스 부인의 경우는 뭔가 달랐다. 나는 그녀가 무슨 일을 하는지, 왜 그런 일을 하는지 이해하고 싶었다.

나는 그녀가 마법진 안의 흙 위에 카발라의 기호를 여럿 그렸다는 사실을 알고 있었다. 다양한 형태의 별도 있었고, 히브리어처럼 보이지만 제드슨이 그렇지 않다고 지적한 글자들도 보였다. 그중에서도 안에 고리가 들어간 길고 납작한 Z와 비슷한 글자와 몰타 십자가를 겹쳐놓은 기호가 특히 눈에 띄었다. 그녀는 초 두 개에 불을 붙인 다음 이 기호 양쪽으로 세웠다.

그리고 그녀는 땅에 기호를 그릴 때 사용했던 단도(제드슨은 그 칼을 '애더미'*라고 불렀다)를 커다란 마법진 맨 위에 박아 넣었는데, 너무 세게 박아 부르르 떨릴 지경이었다. 단도는 그 후로도 진동을 계속했다.

부인은 가장 큰 마법진의 가운데에 작은 접이식 의자를 가져다놓고는, 그 위에 앉아서 작은 책을 꺼내 나직하게 속삭이듯 낭독하기 시작했다. 내용은 알아들을 수 없었는데, 어쩐지 그게 당연하다는 생각이 들었다. 한동안 이런 의식이 이어졌다. 나는 주변을 둘러보다가 한쪽 작은 원에 뭔가 들어와 있다는 사실을 깨달았다. 부인의 고양이인 세라핀이었다. 분명 그 고양이를 집에 둔 채로 문을 잠그고 왔는데 말이다. 고양이는 조용히 앉아서 위엄찬 모습으로 주변에서 벌어지는 일을 흥미롭게 바라보고 있었다.

곧 그녀는 책을 덮고 가장 큰 초의 불꽃 속으로 가루를 한 움큼 뿌렸다. 불길이 일어나며 엄청난 연기가 피어올랐다. 연기가 들어와서 눈을 깜빡이느라 다음에 벌어진 일은 제대로 살펴보지 못했다. 제드슨이 나를 보고 훈증 정화 의식을 전혀 이해하지 못한다고 평한 것을 제외한다면 말이다. 그러나 나는 눈을 믿는 쪽을 선호한다. 어쨌든 그 연기가 뭉쳐서 형상이 되었거나, 아니면 연기가 무언가가 들어오는 모습을 가렸거나, 둘 중 하나일 것이다.

연기가 걷히니 제닝스 부인의 정면 마법진에 키가 120센티미터도 안 되어 보이는 작고 건장한 남자가 서 있었다. 어깨는 나보다 훨씬 떡 벌어졌고, 상완은 내 허벅지만큼 두꺼운 데다 근육과 힘줄이 불거져 있었다. 허리에는 천을 두르고 발엔 샌들을 신고 있었으며, 머리에는 두건을 둘렀다. 털은 한 올도 없었고, 피부는 대지와 같은 거친 느낌이었다. 윤기라고는 찾아볼 수조차 없었다. 그의 몸은 머리부터 발끝까지 똑같이 축축한 색이었다. 분노를 억누르는 듯 녹색으로 빛나는 눈동자만 제외하고.

* 검은 자루를 가진 단도. 악마와 관계된 마법에 사용하는 주술용 도구이다.

제닝스 부인은 기운차게 말했다. "자! 여기까지 오는 데 정말로 오래 걸렸구나. 변명이라도 하는 게 어떠니?"

마법진 안의 남자는 나쁜 짓을 하다 걸렸지만 조금도 반성하지 않는 구제불능 꼬맹이처럼 퉁명스럽게 대답했다. 귀에 거슬리는 목 긁는 소리와 슛슛거리는 소리로 가득한 언어였다. 제닝스 부인은 한동안 귀를 기울이더니 그대로 말을 잘라버렸다.

"난 누가 명령을 내렸는지는 상관 안 한단다. 그럼 내 명령을 들어라! 이곳의 피해를 복구해놓아라. 변명을 늘어놓는 데 걸리는 시간보다 더 빠르게!"

남자는 성이 나서 대꾸를 했고, 그녀는 그의 언어를 사용하며 말하기 시작했다. 덕분에 나는 더 이상 대화의 내용을 따라갈 수가 없었다. 하지만 내가 연관되어 있다는 점은 명백했다. 그가 나를 고약한 표정으로 흘겨보더니, 마침내 노려보며 내 쪽으로 침을 뱉었기 때문이다.

제닝스 부인은 손을 뻗어 손등으로 그의 입을 후려쳤다. 그는 눈에 살의를 담은 채로 그녀를 바라보며 뭔가를 말했다.

"그래서?" 그녀는 손을 뻗어 그의 목덜미를 잡고는 끌어당겨 자기 무릎 위에 엎어지게 만든 다음, 신발 한 짝을 벗겨서 흠씬 두들겼다. 그는 크게 한 번 소리를 지르더니 조용해졌다. 얻어맞을 때마다 매번 몸을 움찔거리기만 할 뿐이었다.

모든 일이 끝나자, 그녀는 자리에서 일어나며 그자를 땅으로 내팽개쳤다. 그는 자리에서 일어나더니 서둘러 자기 마법진으로 돌아간 다음, 그 안에 서서 맞은 자리를 문질렀다. 제닝스 부인은 그자를 노려보며 쩡쩡 울리는 목소리로 소리쳤다. 유약한 모습은 조금도 찾아볼 수 없었다. "너희 노움들은 항상 자기 주제를 모르지." 그녀가 꾸짖었다. "감히 어디서 그런 소리를 하는 게냐! 한 번만 더 그런 식으로 행동했다가는 너희 동족들을 불러서 엉덩이를 맞는 모습을 보여주겠다! 그럼 이제 썩 꺼져라. 네 일을 도울 동족들을 불러오고, 네 형제와 형제의 형제를 소환하거

라. 위대한 테트라그라마톤*을 걸고 말하노니, 당장 네게 지정된 자리로 돌아가거라!"

그자는 사라졌다.

다음 손님은 거의 즉시 도착했다. 처음에는 공중에 작은 불꽃이 아른거리는 것 같았다. 불꽃은 점차 살아 있는 화염으로, 지름이 15센티미터가 넘는 불의 구체로 자라나더니, 두 번째 마법진 속에서 제닝스 부인의 눈높이에 맞추어 둥실둥실 떠 있었다. 춤추다 휘돌다 태울 것도 없는데 타들어 가기도 했다. 예전에 본 적은 없었지만, 샐러맨더라는 사실은 즉시 알 수 있었다. 다른 것일 수가 없었다.

제닝스 부인은 잠시 불꽃을 바라보다 입을 열었다. 나와 마찬가지로 그녀 역시 불꽃의 춤을 즐기고 있는 것으로 보였다. 전혀 흠결이 없는 완벽하고 아름다운 모습이었다. 그 안에는 인간의 옳고 그름 따위 가치에는 전혀 신경 쓰지 않고 아무런 흥미도 없는, 즐겁게 노래하는 순수한 생명만이 깃들어 있었다. 그 색조와 움직임의 조화는 그 홀로 완결되는 것이었다.

나는 상당히 현실적인 사람이라고 자부하며 살아왔다. 최소한, 내 본분을 다하면서 남의 일엔 신경 끄자는 원칙만은 지키며 살았으니까. 그러나 여기에, 나 자신에게는 해를 끼침에도 불구하고 존재 자체가 가치 있는 것이 바로 눈앞에 있었다. 심지어는 고양이조차 목을 울려대고 있었다.

제닝스 부인은 언어의 형태를 가지지 않는 명료한 소프라노의 노랫소리로 말을 걸었다. 정령은 물 흐르는 소리로, 음조에 따라 불꽃의 색을 바꿔 가며 여기에 대답했다. 제닝스 부인이 나를 돌아보며 말했다. "자기가 자네 가게를 태웠다는 사실을 즉각 인정하고 있네. 하지만 그렇게 하라고 초대를 받았기 때문에 한 일이라는군. 자네의 사고방식을 이해하지

* 신의 이름 네 글자. 카발라 전통에서는 우주의 모든 신비가 깃들어 있는 성스러운 단어로 여긴다.

못하는 아이야. 이 아이의 본성에 거스르는 행동을 하도록 강제하고 싶지는 않은데, 혹시 공물 같은 것을 제공할 수 있겠나?"

나는 한동안 생각해보았다. "춤추는 모습을 보니 행복한 기분이 된다고 전해주세요." 그녀는 다시 노래로 말을 걸었다. 불꽃은 허공에서 빙글빙글 돌고 뛰어올랐다. 불의 꼬리가 허공에서 휘돌며 복잡하고 즐거워 보이는 형상을 만들었다.

"괜찮기는 했는데 충분하지는 않구나. 다른 공물을 생각해낼 수 있겠나?"

나는 골똘히 생각했다. "우리 집에 벽난로를 지을 테니 원한다면 언제든 그곳에 와서 살아도 된다고 전해주세요."

제닝스 부인은 내 대답이 마음에 들었는지 고개를 끄덕이고는 다시 불꽃에게 말을 걸었다. 내가 보아도 불꽃의 대답을 이해할 수 있을 것 같았지만, 제닝스 부인은 굳이 통역을 해주었다. "네가 마음에 든 모양이야. 이 아이가 가까이 가도 되겠니?"

"다치지는 않을까요?"

"여기서는 괜찮아."

"그럼 좋습니다."

제닝스 부인은 우리의 마법진 사이에 T자를 그렸다. 불꽃은 마치 문이 열리기를 기다리는 고양이처럼 그녀의 단도 뒤를 바싹 따라서 들어왔다. 불꽃은 내 주위를 휘감아 돌더니 내 손과 얼굴을 살짝 건드렸다. 불꽃의 손길은 전혀 뜨겁지 않았다. 도리어 열기를 직접 진동으로 느끼는 것처럼 간지러운 느낌이 들었다. 불꽃이 내 얼굴을 휘감고 돌았다. 오로라의 한가운데로 들어온 것처럼 빛의 세계가 사방으로 펼쳐졌다. 처음에는 숨을 쉬기가 두려웠지만 참는 데도 한계가 있었다. 입을 열자 피해는 전혀 없었지만 간지러운 느낌이 늘어났다.

나중 일이지만, 묘하게도 샐러맨더의 손길이 닿은 후로 나는 감기에 걸린 적이 없다. 예전에는 겨우내 코를 훌쩍이곤 했는데 말이다.

"됐다, 이제 그만." 제닝스 부인의 목소리가 들렸다. 불꽃의 구름이 나를 떠나 자기 마법진으로 돌아갔다. 음악적인 대화가 재개되었고, 그들은 거의 즉시 협정에 동의한 모양이었다. 제닝스 부인은 만족한 듯 고개를 끄덕이고 말했다.

"그럼 이제 가보아라, 불의 아이야. 그리고 네 힘이 필요할 때 돌아오너라. 위대한 테트라그라마톤을…." 그녀는 노움왕에게 사용했던 주문을 다시 읊조렸다.

운디네는 즉시 나타나지는 않았다. 제닝스 부인은 다시 한 번 작은 책을 펴들고 단조로운 목소리로 낭독을 시작했다. 천막 속이 답답한지라 조금 졸음이 오기 시작하고 있을 때 갑자기 고양이가 날카롭게 울었다. 고양이는 발톱을 빼고 등을 활처럼 휘고 꼬리를 부풀린 채로 가운데 마법진을 노려보고 있었다.

그 마법진 안에는 형체가 없는 무언가가 있었다. 마법진의 원 안에서 끈적이는 습기를 계속해서 퍼져나갔다. 물고기와 해초와 요오드 냄새와 함께 축축한 인광이 빛났다.

"늦었구나." 제닝스 부인이 말했다. "내 전갈을 받았을 텐데. 왜 내가 힘을 사용할 때까지 기다린 거지?"

그것은 끈적이는 한숨 소리를 냈으나 대답은 하지 않았다.

"잘 알았다." 그녀는 단호하게 말했다. "너와 말다툼을 하지는 않겠다. 내가 무엇을 원하는지 알겠지. 그대로 행하거라!" 그녀는 자리에서 일어나 커다란 가운데 양초를 쥐었다. 불꽃이 뜨겁게 일어나며 1미터 높이로 치솟았다. 그녀는 자신의 마법진에서 운디네 쪽으로 불꽃을 던졌다.

달구어진 쇠에 물이 닿을 때와 같은 칙 소리가 나며 부글거리는 비명 소리가 이어졌다. 그녀는 계속해서 불꽃으로 찌르고 또 찔렀다. 마침내 공격을 멈춘 그녀는 운디네가 꿈틀대고 헐떡이며 누워 있는 곳을 바라보며 말했다. "이 정도면 되겠지. 다음번에는 네 주인의 명령을 제대로 따르도록. 썩 물러가라!" 놈은 땅속으로 스며드는 듯 마른 먼지를 뒤로 남기고 사라졌다.

놈이 사라지자, 그녀는 단도로 우리 마법진을 깨고는 자기 마법진으로 들어오라고 손짓했다. 세라핀은 가볍게 자기 마법진에서 뛰쳐나와 큰 마법진으로 들어와서는 그녀의 발목에 몸을 문질러대며 끙끙 소리를 냈다. 그녀는 다시 알 수 없는 음절을 반복해 읊고는 짝 소리가 나게 손뼉을 쳤다.

폭풍이 일어나는 것처럼 울부짖는 소리가 들렸다. 천막의 네 면이 펄럭이며 부딪쳤다. 물이 철썩이는 소리와 불이 타닥거리는 소리, 그리고 그 사이로 서둘러 움직이는 발소리가 들렸다. 그녀는 사방을 둘러보았고, 그녀의 시선이 닿은 쪽의 천막은 바로 투명하게 변했다. 내게는 이루 말할 수 없는 혼돈 속에서 바삐 움직이는 그림자들이 보일 뿐이었다.

문득 놀랄 정도로 순식간에 모든 혼돈이 잦아들었다. 정적이 귓가에 울렸다. 천막은 사라졌다. 우리는 주 창고 앞의 야적장에서 서 있었다.

창고는 원래 모습 그대로였다! 돌아온 것이다. 불이나 물에 의한 피해는 흔적도 없이 완벽하게 돌아와 있었다. 나는 서둘러 뛰쳐나가 정문 쪽으로 달려갔다. 도로를 마주한 내 사무실이 있던 곳이었다. 사무실도 예전과 똑같은 모습으로 서 있었다. 햇살을 받아 반짝이는 진열장 유리에, 한쪽 구석에 박힌 로터리 클럽 인장에, 지붕에 달린 커다란 양면 간판까지 전부 그대로였다.

아치볼드 프레이저

건축용 자재 & 공사 수주 및 계약

제드슨이 곧 나를 따라 나와 팔을 건드렸다. "뭘 그렇게 소리를 지르고 있어, 아치볼드?"

나는 그를 멍하니 바라보았다. 나 자신이 고함을 치고 있다는 사실도 눈치채지 못하고 있었던 것이다.

*

월요일 아침에는 평소와 같이 업무를 재개할 수 있었다. 나는 모든 문제가 해결되어 정상으로 돌아갔다고 생각했다. 너무 성급한 낙관론이었다.

처음에는 딱 짚어 말할 수 없는 일들이 일어났다. 업무상 흔히 일어나는 이런저런 사건들, 어떤 작업에서든 일어나서 생산을 지연시킬 수 있는 작은 문제들이었다. 그런 문제는 애초에 일어날 것이라 간주해서 비용에서 공제하는 법이다. 구태여 언급을 할 필요가 없는 문제들이었다. 너무 자주 일어났다는 점만 제외하면 말이다.

모두 아는 사실이지만, 지속적인 관리를 필요로 하는 사업에서는 항상 예측하지 못한 비용 손실이 일어난다. 그러나 한 해의 실적을 취합하면 결국 전체 비용 대비 일정한 비율로 수렴하게 마련이다. 이런 지출은 애초에 손실 비용으로 감안하고 들어가면 되는 일이었다. 그러나 이제는 자잘한 사고가 너무 자주 일어나서 이윤에 영향을 끼칠 지경이 되었다.

어느 날 아침에는 트럭 두 대에 시동이 걸리지 않았다. 문제의 원인도 찾을 수가 없었다. 두 대 모두 정비소에 집어넣고 나니, 남은 트럭 한 대로는 부족해서 한 대를 임대할 수밖에 없었다. 배달은 무사히 마쳤지만, 트럭 임대료에 수리비까지 나가고, 운전기사들에게 추가근무 수당을 1.5배로 쳐서 줘야 했다. 그날 업무는 전액 손실로 마무리되었다.

바로 다음 날은 한두 해 동안 공들인 계약을 마무리 지을 예정이었다. 그 계약 자체가 중요한 것은 아니었지만, 이후 더 많은 사업 기회로 이어질 수 있는 일이었다. 상당한 부동산을 소유한 사람이었기 때문이었다. 주택 몇 채에 연립주택 한두 채, 사업장 여러 군데, 그리고 도시 안의 여러 괜찮은 부지의 권리 또는 옵션을 가지고 있었다. 기존 건물에는 항상 수리할 일이 있는 데다, 새로운 건물도 꽤 자주 짓는 사람이었다. 이 사람을 만족시킬 수 있다면 납기일을 어기지 않고 돈을 지급하는 정규 고객이 한 명 늘어나는 셈이었다. 이윤을 줄이더라도 확보해야 하는 그런 부류의 고객이었다.

우리는 막 계약 조건에 합의한 후 사무실 바로 바깥의 전시장에 서서 대화를 나누는 중이었고, 우리 옆 1미터 정도 떨어진 곳에 내광성 페인트 통이 깔끔하게 피라미드 형태로 쌓여 있었다. 우리 둘 다 그걸 건드리지 않았다고 맹세할 수 있다. 하지만 양철통은 그대로 바닥으로 무너져 내리며 끔찍한 굉음을 울렸다.

그것만으로는 귀찮기는 해도 손해는 아니었다. 그러나 양철통 하나의 뚜껑이 벗겨져 날아가며, 우리 거물 고객 예정자가 붉은 페인트를 흠뻑 뒤집어쓰게 되면 이야기가 달라진다. 그는 비명을 내질렀고, 나는 '혹시 그가 졸도하는 건 아닐까' 하는 생각을 했다. 나는 간신히 그를 사무실로 끌고 들어와서 손수건으로 그의 양복을 닦아내려는 부질없는 시도를 하며 그를 진정시키려 애썼다.

그는 정신적으로도 육체적으로도 완전히 흥분해 있었다. 그는 분노하며 말했다. "아치볼드, 저 페인트 통을 엎은 직원을 당장 해고해버려! 이걸 좀 봐! 85달러짜리 양복이 완전히 못 쓰게 됐잖아!"

"너무 서두르지 마세요." 나는 스스로의 감정을 추스르려 애쓰며 그를 달래려 했다. 고객을 만족시키려고 직원을 해고할 수는 없었고, 그러라는 명령을 듣는 것도 썩 기분 좋은 일이 아니었다. "페인트 통 주변에는 우리밖에 없었습니다."

"그러면 자네, 내가 그랬다고 생각하는 건가?"

"전혀 아닙니다. 안 그러셨다는 것을 아니까요." 나는 몸을 펴고 손을 닦은 후 책상으로 가서 수표책을 꺼냈다.

"그럼 자네가 한 게 분명하군."

"그렇지도 않을 겁니다." 나는 침착하게 대답했다. "양복이 얼마라고 하셨죠?"

"왜 묻나?"

"그 금액에 해당하는 수표를 써드리려고 그럽니다." 나는 충분히 그럴 생각이 있었다. 나 때문은 분명 아니지만, 내 가게에서 일어난 일인 데다 그는 조금도 잘못이 없었으니까.

"그따위로 해결할 수 있다고 생각하는 건가!" 그는 이성을 잃고 소리쳤다. "내가 양복값 때문에 지금 이러는 거라고 생각한다면…." 그는 머리에 모자를 눌러쓰고 쿵쿵대며 걸어나갔다. 나는 그가 어떤 사람인지 익히 들어 알고 있었다. 그것이 그를 본 마지막이었다.

내가 말하는 문제란 이런 부류의 것이었다. 물론 페인트 통을 잘못 쌓아서 생긴 사고일 수도 있었다. 하지만 폴터가이스트일 가능성도 있었다. 사고는 저절로 일어나지 않는 법이다.

*

하루 정도 후에 디트워스가 비들 박사의 영수증 사기 문제 때문에 나를 보러 왔다. 나는 밤을 꼬박 새우고 아침까지도 사소한 사고에 시달린 후라 참을성이 한계에 도달한 상태였다. 바로 그날 벽돌공 한 무리가 일을 그만두기로 결정했다. 어떤 머저리가 벽돌에 대고 백묵으로 낙서를 끄적거려 놓았기 때문이었다. 벽돌공들은 그게 '부두 표식'이라고 말하고는 벽돌에 손도 대지 않으려 했다. 나는 디트워스에게 발목을 잡힐 기분이 아니었다. 그를 퉁명스럽게 대한 이유도 아마 그래서였을 것이다.

"좋은 날입니다, 아치볼드 씨." 디트워스는 제법 경쾌하게 말했다. "몇 분 정도 시간을 내주실 수 있으십니까?"

"아마 10분 정도는 될 겁니다." 나는 손목시계를 쳐다보며 대답했다.

디트워스는 자기 의자 다리에 서류가방을 기대어놓고 문서 몇 장을 꺼냈다. "그럼 바로 본론으로 들어가지요. 비들 박사의 청구 사항이 문제입니다. 저도 당신도 공정한 사람 아닙니까. 우리가 공정한 합의를 도출할 수 있으리라 확신하고 있습니다."

"비들 박사 쪽에서 저한테 청구할 만한 비용은 없을 텐데요."

그는 고개를 끄덕였다. "어떤 기분이실지 알 법합니다. 물론 문서상에는 그에게 대금을 지급해야 할 이유를 전혀 찾아볼 수 없겠지요. 하지만 암묵적 계약도 문서 계약과 마찬가지로 효력을 가지게 됩니다."

"이해가 안 되는군요. 제 사업 계약은 전부 문서로 합니다만."

"물론 그러시겠죠. 그건 사장님이 사업자이시기 때문입니다. 하지만 전문직의 경우에는 문제가 달라집니다. 만약 치과로 가서 아픈 이를 뽑아달라고 부탁해 의사가 그 요구를 들어준다면, 사장님은 실제로 서류상 대금을 언급하지 않았다고 하더라도 비용을 지급할 의무가 있는 겁니다…."

"그건 그렇죠." 나는 말을 끊으며 말했다. "하지만 그건 같은 상황이 아닙니다. 비들 박사는 '이빨을 뽑는' 일을 하지 않았으니까요."

"어떻게 보면 했다고 볼 수 있습니다." 디트워스는 끈덕지게 주장했다. "사장님에 대한 비용 청구는 상황 탐사에 대한 것인데, 계약서를 작성하기 전에 벌어진 용역 행위니까요."

"하지만 용역비에 대해서는 서로 언급한 바가 없는데요."

"바로 그 때문에 암묵적 계약을 언급하는 겁니다, 아치볼드 씨. 비들 박사에게 저와 이야기한 적이 있다고 말씀하셨더군요. 그는 제가 사장님께 협회 소속의 기본 지급 시스템을 설명한 적이 있다는 올바른 추론을 한 것입니다…."

"하지만 나는 협회에 가입하지 않았는데!"

"알아요, 압니다. 저도 다른 관리자들에게 설명했지만, 그들은 어떤 식으로든 조율해야 한다고 주장하더군요. 저로서도 사장님께 온전히 책임이 있다고 생각하지는 않습니다. 하지만 분명 저희 입장을 이해하시겠지요. 비들 박사에 대한 공정성을 기하기 위해 저희 측에서는 이 문제에서 타협을 이끌어내기 전까지는 사장님의 협회 가입을 허가할 수 없습니다."

"내가 협회에 가입할 거라고 생각하는 이유는 뭡니까?"

그는 상처받은 표정이었다. "그런 식으로 말씀하실 거라고는 생각도 못 했습니다, 아치볼드 씨. 협회는 사장님처럼 수준 높은 회원분을 필요로 합니다. 하지만 사장님 자신을 위해서라도 가입하시는 편이 좋을 겁니다. 얼마 지나지 않아 협회의 회원이 아니고서는 효율적인 마법 제품을 얻기가 힘들어질 테니까요. 저희는 사장님을 돕고자 하는 겁니다. 부디 일을 어렵게 만들지 말아주십시오."

나는 자리에서 일어섰다. "그냥 나를 고소하고 법원의 결정에 따르는 편이 좋을 것 같군요, 디트워스 씨. 서로 만족할 수 있는 유일한 해결책은 그것뿐일 듯합니다."

"유감이군요." 그는 고개를 저으며 말했다. "나중에 회원이 되기를 원하실 때 사장님의 지위에 안 좋은 영향을 끼칠 겁니다."

"그렇다면 그대로 받아들여야겠죠." 나는 딱 잘라 말하고는 비상구를 손짓해 보였다.

그가 나간 후 나는 사무실 직원에게 어제 시킨 일을 또 시킨 다음 사과를 했다. 할 일이 잔뜩 쌓여 있었지만 나는 한동안 불안하게 사무실 안을 거닐고만 있었다. 초조했던 것이다. 나를 화나게 하는 일이 계속해서 일어나는 와중에(여기서 언급하지 않은 일이 열 가지를 넘었다) 디트워스가 가져온 터무니없는 요구가 뚜껑을 날려 버린 셈이었다. 그가 나를 고소한다고 해서 그 터무니없는 보수를 받아내지는 못하겠지만, 골칫거리인 건 변함없었다. 중국인들은 죄수의 머리 위에 몇 분마다 한 방울씩 물방울이 떨어지게 하는 고문을 한다고 한다. 나도 딱 그런 기분이었다.

마침내 나는 제드슨에게 전화를 걸어 함께 점심을 먹자고 청했다.

식사를 하고 나니 기분이 좀 나아졌다. 제드슨은 언제나 그랬듯이 나를 위로해주었고, 나는 그에게 짜증 나는 일을 전부 털어놓고 과거의 일로 묻어버렸다. 커피를 두 잔째 마시고 담배를 피우고 나자, 나는 거의 상류계층에 어울릴 정도의 이성을 되찾았다.

우리는 함께 걸어서 가게로 돌아오며 화제를 바꿔 그의 문제에 관해 이야기했다. 일전의 금발 여자, 즉 저지시티에서 온 백마법사 여자는 마침내 신발 합성에 성공한 모양이었다. 그러나 아직 실용성은 없었다. 한쪽 신발을 8백 개 넘게 생산해냈지만, 아직 오른쪽 신발은 하나도 나오지 않은 것이었다.

그렇게 된 원인이 무엇일지 따져보던 와중에, 문득 제드슨이 말했다.

"저기 보게, 아치볼드. 몰래카메라 팬들이 자네에게 관심을 가지기 시작한 모양이군."

나는 그쪽을 바라보았다. 내 작업장 바로 건너편의 보도 위에서 한 친구가 가게를 카메라로 찍고 있는 모습이 보였다.

나는 그자를 자세히 살펴보고는 다급하게 말했다. "제드슨, 저번에 말했던 건달 녀석이에요. 우리 가게로 들어와서 문제를 일으킨 녀석이요!"

"확실한가?" 그는 목소리를 낮추며 물었다.

"분명해요." 의심할 여지가 없었다. 우리와 같은 쪽 보도 위 얼마 떨어지지 않은 곳에 있었던 것이다. 소위 '보호권'을 사라고 협박했던 바로 그 깡패 녀석이었다. 똑같은 지중해풍 얼굴에, 똑같이 화려한 옷을 걸치고 있었다.

"놈을 잡아야 해." 제드슨이 속삭였다.

나도 이미 같은 생각을 하고 있던 참이었다. 나는 놈에게 달려가서 무슨 일이 벌어지는지 눈치채기도 전에 외투 옷깃과 바짓가랑이를 붙들고는, 그대로 밀어붙여 내 앞의 골목으로 들어갔다. 함께 바닥을 뒹굴 뻔했지만, 너무 화가 나서 신경도 쓰지 않았다. 제드슨이 내 뒤를 따라 서둘러 달려왔다.

야적장에서 사무실로 통하는 문이 열려 있었다. 나는 몸무게를 실어 그 건달 놈을 문지방 너머로 밀어붙인 다음, 그대로 바닥에 내동댕이쳐 버렸다. 제드슨이 바로 뒤에서 따라왔다. 나는 전부 방에 들어오자마자 빗장을 걸어버렸다.

제드슨은 내 책상으로 가서 가운데 서랍을 활짝 열고는, 서둘러 그런 곳에 있을 만한 물건을 찾아 뒤적였다. 그는 곧 자신이 찾던 물건인 목공용 푸른색 연필을 들고는 우리 건달 친구가 제정신을 차리고 자리에서 일어서기 전에 얼른 돌아왔다. 제드슨은 주변의 바닥에 마법진을 그렸다. 너무 서두르느라 자기 발에 걸려 넘어질 뻔하기도 했다. 그리고 마지막으로 화려한 장식 문양을 그려 마법진을 마무리했다.

우리의 '비자발적 손님'은 제드슨이 무슨 짓을 하고 있는지를 깨닫자 비명을 지르며 작업이 끝나기 전에 마법진 밖으로 몸을 던지려 했다. 그러나 제드슨이 더 빨랐다. 마법진이 완성되어 결계가 발동했던 것이다. 그는 마치 유리벽에 부딪힌 것처럼 마법진 안으로 다시 튕겨 들어갔고, 그대로 무릎을 꿇으며 주저앉았다. 그는 한동안 그 자세를 유지한 채 이탈리아어처럼 들리는 언어로 끊임없이 욕설을 읊어댔다. 다른 언어로 된 욕설도 섞인 것 같기는 했다. 적어도 영어 욕설은 분명히 있었다.

그것도 꽤 유창했고.

제드슨은 담배를 꺼내 불을 붙이고는 내게도 한 대를 권했다. "일단 자리에 앉지, 아치볼드. 그리고 여기 꼬마 친구가 사업 이야기를 할 수 있을 정도로 진정될 때까지 기다리자고."

나는 제드슨의 말에 따라 욕설의 홍수 속에서 한동안 담배를 피웠다. 이내 제드슨은 그 친구를 향해 한쪽 눈썹을 치켜 올리며 말했다. "방금 그 욕은 아까도 한 것 같은데?"

그 말에 정곡을 찔렸는지, 그는 이제 자리에 얌전히 앉아 노려보기만 했다. 제드슨은 말을 이었다. "좋아, 그럼 혹시 순순히 털어놓을 생각 없나?"

그는 숨을 헐떡이고 신음을 흘리면서 말했다. "변호사를 불러줘."

제드슨은 즐거운 것 같은 표정이었다. "상황이 이해가 안 되는 모양인데, 자네는 체포된 게 아니야. 그리고 우리는 자네의 법적 권리 따위에는 눈곱만큼도 신경 쓰지 않거든. 그냥 여기다 구멍을 하나 소환한 다음에, 자네를 그 안에 떨어뜨리고 그대로 닫히게 만들 수도 있어." 녀석의 거무스레한 얼굴이 조금 창백해졌다. 제드슨은 말을 이었다. "아, 그래. 충분히 그런 일, 아니 더 고약한 일도 할 수 있지. 자네도 알겠지만, 우린 자네를 좋아하지 않거든."

그리고 제드슨은 생각에 잠긴 듯 덧붙였다. “물론 그냥 자네를 경찰에 넘길 수도 있겠지. 때로는 마음이 약해지기도 하니까.” 녀석은 떨떠름한 표정이었다. “자네도 그걸 원하지는 않겠지? 아마 범죄자로 지문이 등록되어 있을 테니까?” 제드슨은 훌쩍 자리에서 일어나 크게 두 발짝을 내디뎌 마법진 바로 바깥에 서서 그 작자를 굽어보았다. “좋아, 그럼. 똑바로 대답을 해보게! 왜 사진을 찍고 있었던 건가?”

녀석은 눈을 내리깐 채로 뭐라고 중얼거렸다. 제드슨은 즉시 그 대답을 일축했다. “헛소리 하지 마. 우리 둘 다 어린애가 아니잖나! 그런 짓을 하라고 시킨 게 누구지?”

건달은 제드슨의 말에 완전히 당황한 듯 아예 입을 다물어버렸다.

“잘 알았네.” 제드슨은 말하며 나를 돌아보았다. “모형제작용 점토나, 뭐 그런 물건 가지고 있나?”

“퍼티는 어떨까요?” 내가 제안했다.

“그거면 딱 좋지.” 나는 유리작업용 물품을 보관하는 방으로 가서 2킬로그램짜리 깡통 하나를 가지고 돌아왔다. 제드슨은 깡통을 따서 퍼티를 한 움큼 크게 떠낸 다음, 내 책상에 앉아 아마씨 기름을 넣고 반죽해서 모양을 빚을 수 있을 정도로 말랑말랑하게 만들었다. 우리의 죄수는 아무 말 없이 두려움에 사로잡혀 그 모습을 바라보고 있었다.

“됐어! 이 정도면 되겠지.” 제드슨이 말하며 내 장부 받침 위에 부드러운 덩어리를 내려놓았다. 손가락으로 주무른 퍼티 덩어리는 점차 25센티미터 크기의 작은 인형의 모습으로 변해갔다. 딱히 사물이나 사람을 닮은 모양은 아니었다. 제드슨이 예술가는 아니었으니까. 그러나 그는 계속해서, 모델을 참고해서 점토 모형을 만드는 조각가처럼 인형과 마법진 속의 사람을 번갈아 바라보았다. 그 작자의 초조한 두려움이 매 순간 커져가는 꼴을 확실히 알아볼 수 있었다.

“완성!” 제드슨은 말하며 퍼티 인형과 모델을 다시 한 번 번갈아 바라보았다. “딱 자네만큼 못생겼구먼. 그 사진을 찍은 이유가 뭔가?”

건달은 대답하지 않고 마법진 안에서 최대한 먼 쪽으로 몸을 웅크렸다. 그 어느 때보다도 고약해 보이는 얼굴이었다.

"말하라고!" 제드슨은 코웃음을 치며 엄지와 검지로 인형의 발을 비틀었다. 우리 죄수의 같은 쪽 발이 툭 튀어나오더니 격렬하게 비틀렸다. 그는 고통으로 비명을 지르며 바닥에 쓰러졌다.

"이 장소에 마법을 걸 예정이었겠지?"

놈은 처음으로 알아들을 수 있는 대답을 했다. "아뇨, 아닙니다, 선생님! 제가 아니에요!"

"네가 아니라고? 알았어. 아무래도 그냥 심부름꾼인 모양이군. 마법을 쓰는 사람은 누군가?"

"저도 몰라요…. 으악! 아, 세상에!" 건달은 오른쪽 종아리를 붙잡고 문질렀다. 제드슨이 인형 다리를 펜 끝으로 찌른 것이었다. "정말로 모른다고요. 제발, 제발!"

"모를 수도 있지. 하지만 적어도 명령을 내린 사람이나 자네 조직의 동료들 이름 정도는 말할 수 있지 않겠나. 말해보게."

건달은 몸을 앞뒤로 흔들며 손으로 얼굴을 가렸다. "할 수가 없어요, 선생님. 제발 그런 걸 시키지 말아요…." 제드슨이 다시 펜으로 인형을 찔렀다. 녀석은 벌떡 일어나며 움찔거렸지만, 이번에는 단호하게 결심한 얼굴이었다.

"좋아. 그런 식으로 나온다면…." 제드슨은 이렇게 말하더니, 담배를 한 모금 빨고는 불이 붙은 쪽 끄트머리를 천천히 인형의 얼굴로 가져갔다. 마법진 안의 남자는 불을 피하고 얼굴을 보호하려는 것처럼 손을 쳐들었지만, 아무 소용 없는 짓이었다. 그의 손 아래에서 피부가 붉게 달아오르더니 곳곳에 물집이 맺히는 것이 보였다. 딱히 저 쥐새끼를 동정하는 것은 아니었지만, 보고만 있어도 끔찍한 광경이었다. 나는 제드슨을 돌아보며 이제 그만 하라고 말하려 했다. 바로 그 순간 제드슨이 인형의 얼굴에서 담배를 떼어냈다.

"말할 준비가 됐나?" 제드슨이 물었다. 남자는 불에 지져진 뺨 위로 눈물을 쏟으며 힘없이 고개를 끄덕였다. 거의 쓰러지기 직전인 모양이었다. "어이, 기절하지 말라고." 제드슨은 이렇게 덧붙이며 손가락 끝으로 인형의 얼굴을 후려쳤다. 얻어맞는 소리가 들렸고, 녀석의 머리는 충격으로 흔들렸다. 그러나 덕분에 제정신을 차린 모양이었다.

"좋아, 아치볼드. 자네가 받아 적어." 제드슨은 뒤를 돌아보며 말했다. "그리고 친구, 슬슬 말해보지 그러나. 깡그리 불어달라고. 아는 건 전부 말해. 만약 잘 기억나지 않는 일이 있을 땐 이 인형의 눈알에 담배를 쑤셔 넣으면 기분이 어떨지 잘 생각해보고!"

그리고 그자가 입을 열었다. 사실 횡설수설하기는 했지만, 정신이 완전히 무너져버린 건지, 때로 훌쩍이거나 눈가를 훔치는 것을 제외하고는 아예 말하고 싶어 안달이 난 모습이었다. 제드슨은 명확하지 않은 부분을 확인하려고 다시 질문하기도 했다.

그쪽 패거리에는 녀석이 아는 사람이 다섯이 더 있었고, 사업 자체는 우리가 대충 짐작한 대로였다. 그들은 도시 이쪽에서 마법과 관계가 있는 모든 이들에게서 보호비를 받아낼 작정이었다. 마법사와 그 고객들 모두에게. 아니, 실제로는 자신들의 장난질 외의 다른 것들로부터 보호해줄 생각은 조금도 없었다. 보스는 누구인가? 건달은 아는 대로 말했다. 그 보스가 이 사기의 최상층에 있나? 아니, 하지만 꼭대기에 누가 있는지는 그도 알지 못했다. 놈의 보스가 다른 사람을 위해 일한다는 점은 명백했지만, 누구인지는 알지 못했다. 다시 얼굴을 태운다 해도 말할 수 없다고 했다. 하지만 대형 조직임은 확신하고 있었다. 그 자신도 동부의 어느 도시에서 이곳 조직을 돕기 위해 파견된 것이었다.

그 자신이 마법사인가? 딱 봐도 뻔하지만 아니었다. 그의 지부 보스가 마법사인가? 아니라고 확신할 수 있었다. 그런 일들은 전부 윗선에서 처리했다. 그게 아는 것의 전부였고, 건달은 가도 되겠느냐고 물었다. 제드슨은 다른 것들을 기억해내라고 그를 압박했다. 사소한 세부 사항이 더해질 뿐이었지만, 나는 그것들도 전부 받아 적었다. 그가 말해준 마지막 내용은 우리 둘 다 특별 경계 대상자로 낙인찍혔다는 것이었다. 첫 번째 '교훈'을 성공적으로 극복했기 때문이었다.

드디어 제드슨이 질문을 마쳤다. "그럼 이제 자넬 내보내주지. 도시에서 떠나는 편이 좋을 거야. 이 근처에서 다시 마주치고 싶지는 않으니까. 하지만 너무 멀리 가지는 말라고. 자네의 도움이 필요할지도 모르거든. 이거 보이나?" 제드슨은 인형을 들고는 가슴팍을 지그시 눌렀다. 그 불쌍한 녀석은 마치 구속복이 몸을 조이는 것처럼 숨을 헐떡이기 시작했다. "내가 원한다면 언제든 자네를 끝장낼 수 있다는 사실을 잊지 말게." 그는 손가락을 떼었고, 놈은 안도의 한숨을 헐떡였다. "여기 있는 자네의 다른 자아는, 아, 물론 자네한테는 인형으로 보이겠지만, 차가운 쇠 너머에 안전하게 보관해놓겠네. 자네가 필요하면 이런 식의 고통이 느껴질 걸세." 그는 말하면서 손톱으로 인형의 왼쪽 어깨를 찔렀다. 남자는 비명을 질렀다. "그러면 나한테 전화를 하게. 어디에 있든 말이야."

제드슨은 조끼 주머니에서 주머니칼을 꺼내 마법진 위를 세 번 그은 후 그 끝을 하나로 연결했다. "그럼 이제 나와!"

나는 녀석이 해방되자마자 즉시 뛰쳐나갈 것이라고 생각했지만, 그는 주저하며 연필 자국을 넘은 다음 한동안 그곳에 서 있다가 몸을 부르르 떨기만 했다. 그러더니 문을 향해 비틀대며 걸어갔다. 그리고 문을 넘어가기 전에 고개를 돌려 두려움이 가득한 눈으로 우리를 바라보았다. 애원하는 기색이 실린 눈빛에, 금방이라도 입을 열 것만 같았다. 하지만 그러다 생각을 고쳐먹었는지 몸을 돌려 그대로 나가버렸다.

남자가 사라지자 나는 제드슨을 돌아보았다. 그는 내가 적은 내용을 집어 들어 살펴보고 있었다. 그러고는 중얼거렸다. "이걸 전부 공정거래위원회로 넘겨서 그쪽에서 처리하게 할지, 아니면 우리가 직접 파고들어야 할지 모르겠군. 상당히 유혹적이란 말이지."

나는 그쪽에 신경을 쓰고 있는 것이 아니었다. "제드슨, 그 친구에게 화상까지 입힐 필요는 없었잖아요."

"어? 그게 무슨 소린가?" 제드슨은 놀랐는지 턱을 긁던 것을 멈추었다. "내가 화상을 입힌 것이 아니야."

"발뺌하지 말라고요. 그 인형으로 화상을 입혔잖아요. 그러니까, 마법으로!" 나는 약간 화가 나서 말했다.

"하지만 아니라고, 아치볼드. 정말로 내가 한 일이 아니야. 그 친구가 스스로 한 일이지. 그리고 마법도 아니었어. 나는 아무것도 안 했다고!"

"대체 그게 무슨 소리예요?"

"최면술은 진짜 마법이 아니야, 아치볼드. 그저 신경정신학과 콜로이드 화학을 적용했을 뿐이지. 그 모든 일은 그 친구가 스스로 한 짓이야. 실제로 믿었기 때문이지. 나는 그저 그의 정신 상태를 제대로 판단했을 뿐이고."

우리의 말다툼은 도중에 끝나버렸다. 건물 밖 어딘가에서 고통스러운 비명이 들려왔기 때문이었다. 비명이 최고조에 이르렀을 때 소리가 갑작스럽게 멈췄다. "방금 그거 뭐였죠?" 나는 제드슨에게 묻고 침을 꿀꺽 삼켰다.

"나도 모르겠군." 제드슨은 대답하며 문가로 향했다. 그는 잠시 말을 멈추고 주변을 둘러보았다. "좀 떨어진 곳인 것 같은데. 여기서 딱히 보이는 건 없어." 그는 다시 방 안으로 들어왔다. "그러니까 내 말은, 실제로 그랬다면 꽤 재미있었겠지만…."

이번에는 경찰의 사이렌 소리였다. 꽤 먼 곳에서부터 들려오기 시작했지만, 빠르게 가까워지더니 골목을 돌아, 바로 우리 작업장 앞 길가에서 멈추었다. 우리는 서로를 바라보았다. "아무래도 직접 가서 보는 게 좋겠어." 우리는 동시에 이렇게 말하고는 서로 멋쩍게 웃었다.

비명의 주인공은 아까 그 건달이었다. 반 블록 정도 떨어진 곳에서, 호기심 많은 구경꾼들에 둘러싸여 있었다. 보도 옆에 댄 경찰차에서 경찰들이 내려와 구경꾼들을 한쪽으로 몰아내고 있었다.

죽은 것이 확실해 보였다.

바닥에 드러누워 있지만 휴식과는 아주 거리가 멀어 보이는 모습이었다. 이마에서 허리까지 찢겨나간 자국이 보였는데, 세 개의 평행한 상처가 뼈가 드러날 정도로 깊이 파여 있었다. 마치 매나 독수리의 발톱이 할퀴고 지나간 느낌이었다. 그러나 이런 상처를 남길 수 있는 새라면 5톤 트럭 정도 크기는 되어야 할 것이다.

표정에서는 아무것도 읽을 수가 없었다. 그의 얼굴과 목구멍, 그리고 입속까지 군데군데 자주색이 섞인 누런 물체가 뒤덮고 있었기 때문이다. 묽은 코티지치즈 정도로 연한 물질이었지만, 지금까지 마주친 중에서도 가장 구역질 나는 냄새를 풍기고 있었다.

나는 제드슨을 돌아보았다. 그 역시 별로 즐거워 보이는 표정은 아니었다. 그는 내게 말했다. "사무실로 돌아가지."

우리는 그렇게 했다.

*

결국 우리는 공정거래위원회나 경찰에 지금까지 알게 된 내용을 제보하기 전에 나름의 조사를 해보기로 했다. 결과적으로 잘한 짓이었다. 우리가 이름을 확보한 깡패들은 모두 우리가 확인한 장소에서 찾을 수 없었기 때문이었다. 그런 사람들이 존재하며 제드슨이 그들의 친구에게서 뽑아낸 위치에 살고 있었다는 증거는 잔뜩 있었다. 그러나 놈들은 동료가 살해된 그 날 오후에 단 한 명도 빼놓지 않고 다른 은신처로 내뺀 모양이었다.

우리는 경찰서로 가지 않았다. 그 끔찍한 사건에 연루되고 싶지 않았기 때문이었다. 그 대신 제드슨은 공정거래위원회의 친구에게 조심스레 구두 보고를 했고, 그 친구는 다른 경로를 통해 부정거래 담당 부서나 기타 자신이 필요하다고 생각하는 관련 부서에 언질을 주었다.

그 이후 한동안은 내 사업에도 별문제가 없었고, 나는 아주 열심히 일해서 온갖 문제를 극복하고 해당 분기에 흑자를 내려 노력했다. 마법에 관련된 일 쪽으로는 생각을 돌리지 않을 수 있었다. 예외는 제닝스 부인의 집에 가끔 들를 때뿐이었다. 사업에 마법이 필요할 때면 그녀의 젊은 친구인 잭 보디를 한두 번 고용했다. 보디는 성실한 일꾼이었고, 부정행위를 저지르거나 가격을 속이는 일이 없었다.

그리고 세상이 제대로 돌아가고 있다고 느낄 때쯤 다시 일련의 사고가 벌어졌다. 이번에는 내 사업을 위협한 것이 아니었다. 위협 대상은 바로 나 자신이었다. 그리고 나는 다른 이들과 마찬가지로 내 목숨을 소중하게 여기는 사람이다.

내가 사는 집에는 주방에 탕비기가 설치되어 있다. 흔히 말하는 저탕식 온수기인데, 점화용 불꽃과 자동 온도 조절기가 딸린 저수장치가 있고, 바로 옆에는 점화용 불꽃을 사용하는 스토브가 달려 있다.

나는 한밤중에 잠에서 깨어나 물을 한잔 마셔야겠다고 생각했다. 그런데 부엌으로 들어서자(왜 세면대에서 물을 마시지 않았느냐고 묻지 말길 바란다. 나도 이유를 모르겠으니까.) 숨이 막힐 정도로 가스 냄새가 가득한 것이었다. 나는 서둘러 창문을 활짝 열고, 재빨리 뛰쳐나와 거실로 달려가서 커다란 창문을 열어 환기를 시키려 했다.

바로 그 순간 둔중한 훅 소리와 함께 폭발음이 울렸고, 정신이 들자 나는 거실 양탄자 위에 앉아 있었다.

다치지는 않았고, 주방에도 접시 몇 장이 깨진 것 외에는 별다른 피해가 없었다. 창문을 연 덕분에 폭발이 흘러나가 파괴력이 줄어든 모양이었다. 천연가스는 공간에 가득 차지 않는 한 폭발하지 않는다. 현장을 살펴보니 무슨 일이 벌어졌는지는 명백했다. 탕비기의 점화용 불꽃이 꺼져 있었다. 저수조 속의 물이 차가워지자 자동 온도 조절기가 주 가스 분사기의 전원을 켰고, 즉시 방 안으로 가스가 쏟아져 들어온 것이었다. 가스 혼합물이 충분히 쌓이자 스토브의 점화용 불꽃 때문에 불이 붙은 것이다.

그리고 내가 바로 그 폭발의 순간에 들어선 모양이었다.

나는 집주인과 언쟁을 벌였고, 내가 전기 탕비기를 원가로 판 후 직접 설치까지 해주는 것으로 겨우 합의를 보았다.

마법이 전혀 관련되지 않은 사건으로 보이지 않는가? 그때는 나도 그렇게 생각했다. 이제 와서 생각하니 확신할 수가 없지만.

✴

내가 겁을 먹은 것은 다음에 벌어진 일 때문이었다. 그 주에 전혀 관련이 없어 보이는 다른 사고가 일어났다. 우리 사업장에서는 모래, 돌, 자갈 등의 건조 혼합물을 콘크리트 지지대 위의 커다란 적재함에 보관해놓는다. 트럭을 깔때기 아래로 가져다 대면 바로 화물을 적재할 수 있도록 말이다. 문을 닫을 시간이 지난 어느 날 밤, 나는 그 적재함 근처를 지나가다 누군가가 깔때기 아래의 진입로에 삽을 두고 간 것을 발견하게 되었다.

마침 밤마다 인부들이 공구를 정리하지 않고 퇴근하는 바람에 곤란을 겪던 중이었다. 나는 삽을 내 차에 가져다두고 아침이 되면 주인을 찾아 야단치겠다고 마음먹었다. 바로 구덩이로 뛰어내리려는 순간, 누군가가 내 이름을 부르는 소리가 들렸다.

"아치볼드!" 놀랍게도 제닝스 부인을 똑 닮은 목소리였다. 당연히 나는 주변을 둘러보았지만, 아무도 없었다. 다시 구덩이 쪽으로 고개를 돌리는 순간 무언가 박살 나는 소리가 들렸고, 뒤이어 삽이 20톤 분량의 중간 크기 자갈에 파묻히는 모습이 보였다.

그런 식으로 생매장을 당해도 살아남을 수야 있겠지만, 내가 사라진 것을 사람들이 발견하고 자갈을 파낼 때까지 하룻밤을 견뎌야 한다면 이야기가 달라진다. 사고의 원인은 단조강 내부의 결정 형성 때문인 것으로 밝혀졌다. 나는 그 정도면 납득이 된다고 생각했다.

언제나 자연스러운 원인이 있긴 했지만, 이후 2주 동안 나는 계속해서 바나나 껍질을 밟고 다녔다. 비유적으로도, 말 그대로도. 단순히 몸놀

림이 빨라서 목숨을 건진 것이 적어도 열두 번은 되었을 것이다. 나는 마침내 참지 못하고 제닝스 부인에게 모든 것을 털어놓았다.

"너무 걱정하지는 마라, 아치볼드." 그녀는 나를 위로해주었다. "마법으로 사람을 죽이는 일은 쉽지 않단다. 피해자 본인이 마법과 연관이 있고 민감하지 않은 한은 말이야."

"이러다간 마법에 죽는 게 아니라 놀라서 죽겠어요!" 나는 항의했다.

그녀는 예의 그 멋진 미소를 지으며 말했다. "정말로 겁에 질린 것 같지는 않구나, 얘야. 적어도 드러내 보이지는 않았잖니."

나는 이 말에 숨겨진 속뜻을 알아채고 그녀를 추궁했다. "저를 계속 지켜보면서 위험에서 구해주고 계셨던 거죠?"

그녀는 더욱 활짝 웃으며 대답했다. "그게 내 일이란다, 아치볼드. 하지만 젊은이가 노인에게 매달려 도움을 구하는 것은 좋은 일이 아니야. 조금만 기다려봐라. 내 조금 더 생각을 해보마."

이틀 후에 가늘고 길쭉한 스펜서체 글씨로 쓴 쪽지가 내게 우편으로 배달되었다. 글씨체에는 지난 세기의 위엄이 담겨 있었고, 살짝 떨리는 것이 병자 또는 아주 나이가 많은 사람이 쓴 듯했다. 예전에 그 필적을 본 적은 없었지만 개봉하지 않아도 누가 쓴 것인지 명확하게 알 수 있었다. 그 내용은 다음과 같았다.

> 사랑하는 아치볼드. 존경해야 마땅한 내 친구 로이스 워딩턴 박사를 소개하기 위해 이 편지를 쓴다. 지금 벨몬트 호텔에 묵고 있는데, 네 연락을 기다리고 있을 거다. 워딩턴 박사는 지난 몇 주 동안 너를 괴롭히던 문제를 해결하기에 딱 알맞은, 더 자격을 갖춘 사람이란다. 그의 판단이라면 완벽하게 신뢰해도 좋아. 특히 비상식적인 대처를 요구하는 경우에는 말이다.
>
> 원한다면 네 친구 제드슨 씨와 함께 만나러 가도 좋다.
>
> 진심으로 너를 걱정하는, 아만다 토드 제닝스

나는 제드슨에게 전화를 걸어 편지 내용을 읽어주었다. 그는 즉시 오겠다고 말하고는 워딩턴 박사에게 전화를 해보라고 했다.

"워딩턴 박사님 계십니까?" 나는 접수원이 전화를 연결해주자마자 물었다.

"접니다만." 옥스퍼드 억양이 살짝 섞인 교양 있는 영국인의 목소리가 들렸다.

"박사님, 저는 아치볼드 프레이저입니다. 제닝스 부인이 한번 찾아가 뵈라고 편지를 써주셔서요."

"아, 그래요!" 그는 훨씬 더 따뜻해진 목소리로 대답했다. "전화해주셔서 기쁘군요. 시간은 언제가 괜찮으십니까?"

"별일 없으시다면 지금 당장 그쪽으로 가겠습니다."

"어디 보자…." 그는 딱 시계를 확인하는 데 걸릴 시간만큼 말을 멈추었다. "그쪽 지역으로 갈 일이 있긴 합니다만. 30분, 아니면 조금 더 후에 그쪽 사무실로 찾아뵈어도 되겠습니까?"

"물론 괜찮습니다, 박사님. 폐를 끼치는 것이 아니라면…."

"전혀 아닙니다. 그럼 곧 뵙지요."

얼마 지나지 않아 제드슨이 도착해 바로 워딩턴 박사에 관해 물었다.
"아직 만나보지는 못했어요. 하지만 영국 대학교수 스타일로 점잔 빼는 사람 같던데요. 곧 이리 올 겁니다."

30분 후 사무실 직원이 워딩턴 박사의 명함을 가져왔다. 나는 그를 맞이하기 위해 자리에서 일어섰다. 키가 크고 건장한 풍채의, 위엄과 지성이 드러나는 얼굴의 남자가 그곳에 서 있었다. 비싼 맞춤 양복에 장갑, 지팡이, 커다란 서류 가방까지, 상당히 보수적인 차림새였다. 하지만 그 얼굴은 제도공의 잉크만큼이나 검은색이었다!

나는 놀란 티를 내지 않으려 했다. 무례한 태도를 보이고 싶지는 않았기 때문에 그저 성공적으로 놀란 기색을 숨겼기를 빌 뿐이었다. 워딩턴 박사가 흑인일 리가 없다고는 생각지 않았다. 미처 예상하지 못했을 뿐이었다.

제드슨이 도움을 주었다. 그 친구는 달걀프라이가 윙크를 해도 내색하지 않을 사람이었으니까. 서로 인사를 하고 몇 분 동안은 그가 대화를 이끌어나갔다. 우리는 함께 자리에 앉아서 낯선 사람을 가늠해볼 때 흔히 하는 정중하고 의미 없는 대화를 나누었다.

워딩턴 박사가 먼저 주제로 들어갔다. "제닝스 부인의 말씀으로는, 제가 여러분께 도움을 드릴 수 있을 상황이 발생한 모양입니다만…."

나는 물론 그렇다고 대답하고, 가게에 처음으로 사기꾼이 찾아온 이후 벌어진 모든 일을 자세히 설명했다. 그는 몇 가지 질문을 던졌고, 세세한 내용을 설명할 필요가 있을 때는 제드슨이 도움을 주었다. 제닝스 부인이 이미 대부분의 사실을 알려주었고, 그는 그저 내용을 확인하고 있을 뿐일 것이라는 생각이 들었다.

"잘 알겠습니다." 마침내 그가 입을 열었다. 그의 깊고 감미로운 목소리는 공기 속으로 전달되기 전에 그 넓은 가슴 속에서 이미 한 번 공명을 거쳐 나오는 듯했다. "여러분의 문제에 대한 대처 방법을 찾을 수 있으리라 나름 확신하고 있습니다만, 우선 진단을 완료하기 전에 몇 가지 시험을 해봐야 할 것 같습니다." 그는 몸을 기울여 서류 가방의 잠금쇠를 풀기 시작했다.

"어… 박사님. 작업을 시작하시기 전에 우선 계약 사항을 확인하셔야 하지 않을까요?" 내가 제안했다.

"계약요?" 그는 순간 이해하지 못한 듯 했지만 곧 활짝 웃어 보였다. "아, 비용 말씀이시군요. 친애하는 선생, 제닝스 부인의 부탁을 들어드리는 일은 오히려 제 쪽에서 영광입니다."

"하지만… 하지만… 그게, 박사님. 그쪽이 제가 더 기분이 나을 것 같은데요. 저는 마법에 대해 대가를 지급하는 일에 익숙한 사람이라…."

워딩턴 박사는 한쪽 손을 들어 내 말을 제지했다. "선생, 그런 행동은 두 가지 이유로 불가능합니다. 우선, 저는 이 주에서 사용 가능한 마법사

면허를 가지고 있지 않습니다. 두 번째로, 저는 마법사가 아닙니다."

그 말에 대답하는 내 표정이 얼마나 한심해 보였을지 짐작이 간다. "네? 뭐라고 하셨죠? 아! 죄송합니다, 박사님. 저는 그저 제닝스 부인이 보내셨기 때문에, 그리고 그 박사 학위 때문에 자연스럽게 그럴 거라고 생각해서…."

그는 계속 웃고 있었는데, 내가 당황하는 모습을 보는 것이 즐거워서가 아니라 내 상황을 이해할 만하다는 뜻의 웃음이었다.

"놀랄 일도 아니지요. 저와 같은 국적을 가진 시민들도 종종 그런 실수를 하니까요. 저는 케임브리지 대학에서 명예 법학박사 학위를 받았습니다. 제 전공 분야는 인류학이고, 종종 남아프리카 대학교에서 교편을 잡기도 하지요. 하지만 인류학에는 기묘한 샛길이 하나 존재합니다. 저는 바로 그것을 수행하기 위해 이곳에 온 거지요."

"어, 그렇다면, 혹시 그게 뭔지 여쭤봐도…."

"물론입니다, 선생. 제 부업은, 발음하기도 힘든 단어라서 조악하게 번역해보자면 '마녀 탐지꾼'입니다."

나는 여전히 갈피를 잡지 못하고 있었다. "하지만 그건 마법이 필요한 일 아닌가요?"

"그렇기도 하고, 아니기도 하지요. 아프리카에서는 마법과 연관된 위계질서와 분류 범주를 이 대륙과 다르게 정의합니다. 저는 마법사나 주술사가 아니라, 그런 존재들의 해독제로 여겨지는 사람입니다."

제드슨은 무언가 생각하는 것이 있는 모양이었다. 그는 질문을 던졌다. "박사님, 혹시 남아프리카 출신은 아니신지요?"

워딩턴 박사는 자기 얼굴을 가리켜 보였다. 나는 제드슨이 거기서 내 지식의 범위를 넘어서는 무언가를 읽어냈다고 생각했다. "짐작하신 대로입니다. 그래요, 저는 콩고강 하류 남부의 소부족 출신입니다."

"그곳 출신이시라니 흥미롭군요. 혹시나 해서 여쭙는 겁니다만, 응강가십니까?"

"은뎀보의 응강가입니다. 잘 알고 계시는군요." 그는 나를 돌아보며 친절하게 설명했다. "여기 친구분께서는 제가 아프리카 전역에 걸쳐 있고 제 고향 지역에서 가장 세를 떨치는 오컬트 단체의 일원이 아닌지 여쭤보신 것입니다. 그곳의 회원을 '응강가'라고 부르지요."

제드슨은 호기심을 거두지 않았다. "박사님, 제가 보기에는 워딩턴이라는 이름은 편의를 위한 가명인 듯합니다만. 혹시 다른 이름을 가지고 계시지 않으신지요."

"당연하지만 이번에도 제대로 보셨습니다. 제 부족 이름은…, 듣고 싶으십니까?"

"알려주신다면 듣고 싶습니다."

"제 이름은…." 나는 그가 중얼거린 기묘하게 혀를 차고 입술을 맞부딪치는 소리를 여기서 재현할 수가 없다. "아니면 영어로 말하는 편이 나을지도 모르겠군요. 그 의미가 중요한 것이니까요. '불편한 질문을 캐묻는 사람'입니다. '지방 검사'와도 비슷하다고 할 수 있겠군요. 이쪽은 부족 내에서의 역할을 고려한 것이니 같다고는 할 수 없겠지만요. 하지만 제가 보기에는…." 그는 악의없는 유머를 담아 말을 이었다. "이 이름은 저보다는 선생께 더 어울리는 듯하군요. 이 이름을 드린다면 받아주시겠습니까?"

지금 일어나는 일이 우리의 관습이나 생각과는 완전히 동떨어진 어떤 아프리카의 습속에 기초한다는 것 외에는 전혀 이해할 수 없는 상황이었다. 나는 박사가 재미있는 농담을 하려고 한 거라고 생각해 박사의 유머 감각에 웃음을 터뜨릴 준비를 하고 있었다. 그러나 제드슨은 상당히 진지하게 그 말에 대답했다.

"그렇게 해주시면 진심으로 영광이겠습니다."

"영예를 얻는 쪽은 제가 되겠지요, 형제여."

이 순간부터, 그와 함께하는 동안 계속 워딩턴 박사는 제드슨을 예전에 자신이 가지고 있던 아프리카 이름으로 불렀고, 제드슨은 그를 '형제'

또는 '로이스'라고 불렀다. 그들의 서로를 향한 태도도 완전히 바뀌었는데, 마치 이름을 제공하고 받아들인 일로 인해 실제로 형제가 된 것처럼 보였다. 형제라는 관계에 따르는 모든 특권과 의무를 포함해서 말이다.

"자네를 이름 없는 상태로 둘 수는 없는데." 제드슨이 덧붙였다. "세 번째 이름, 진짜 이름이 있겠지?"

"그럼, 물론이지." 워딩턴 박사가 인정했다. "우리가 언급할 필요는 없는 이름이지."

"당연한 소리." 제드슨이 동의했다. "언급해서는 안 되는 이름이지. 그럼 작업을 시작해볼까?"

"그래, 시작해보지." 그는 나를 돌아보았다. "혹시 제가 준비를 할 만한 장소가 있습니까? 그리 넓지는 않아도 됩니다만…."

"여기면 될까요?" 나는 사무실 옆에 딸린 화장실 겸 세면실의 문을 열어 보이며 말했다.

"충분하지요. 감사합니다." 그는 말하고는, 서류 가방을 들고 안으로 들어가 문을 닫았다. 그리고 적어도 10분은 그 안에 들어가 있었다.

제드슨은 별로 대화를 나누고 싶은 기분이 아닌 듯했다. 그저 사무실 직원에게 우리를 방해하거나 사람들이 외부 사무실에서 안으로 들어오지 못하게 하라고 일렀을 뿐이었다. 우리는 자리에 앉아서 기다렸다.

워딩턴 박사는 곧 화장실에서 나왔고, 나는 그날 들어 두 번째로 깜짝 놀라고 말았다. 도회적이고 세련된 워딩턴 박사는 사라져버렸다. 그 자리에는 180센티미터가 넘는 키에, 드넓은 가슴 위에 흑요석처럼 빛나는 큼직하고 매끄러운 검은 근육을 자랑하는 맨발의 아프리카인이 있었다. 그는 허리에 표범 가죽을 두르고 온갖 도구를 들고 있었다. 허리춤에 달린 주머니가 특히 눈에 띄었다.

그러나 나를 놀라게 한 것은 도구나 존 헨리와 비슷한 신체 비례를 가진 전사의 풍모가 아니라 그의 얼굴이었다. 눈썹, 그리고 이마와 머리카락의 경계에 하얀 칠을 하고 있었는데, 그런 사소한 변화는 눈에 띄지도 않았다. 문제는 그의 표정이었다. 웃음기라고는 전혀 없는, 힘과 위엄으로 가득한 그 준엄한 얼굴은 직접 봐야 그 느낌을 알 수 있다. 내가 이해할 엄두도 나지 않는 지혜가 이글거리는 눈에서는, 자비라고는 조금도 느껴지지 않았다. 도저히 직접 대면하고 싶지 않은 준엄한 정의만이 느껴질 뿐이었다.

이 나라의 백인은 흑인을 과소평가하는 경향이 있다. 나 자신도 그렇고. 그건 우리가 자신의 문화적 유기체 바깥에 있는 흑인을 보기 때문이다. 우리가 아는 흑인이란 수세대 전에 자신들의 문화를 빼앗긴 다음 강제로 노예의 거짓 문화를 주입받은 이들이다. 우리는 흑인들에게 자신만의 문화가 있다는 사실을, 우리보다 더 오래되고 굳건한, 덧없는 싸구려 기계가 아니라 인간의 정신과 인격에 기반을 두는 문화가 존재한다는 사실을 잊어버린다. 그러나 그렇게 엄격하고 격렬한 문화는, 약하고 가치 없는 이들에 대해서 감성적인 자세를 가지지 않는 문화는, 절대 쉽사리 사그라지지 않는 법이다.

나는 워딩턴 박사가 방 안으로 들어오자 절로 경외감을 느끼며 자리에서 일어났다.

"그럼 시작해봅시다." 그는 너무나 평이한 목소리로 말하고는 자리에 쭈그려 앉았다. 크고 강한 발가락이 쫙 펴지고 바닥을 단단히 붙드는 모습이 보였다. 주머니에서 여러 물건이 나왔다. 개의 꼬리, 남자 주먹 크기의 검고 쭈그러든 물체, 그리고 기타 알아보기 힘든 물건들이었다. 그는 개의 꼬리를 허리에 달아서 뒤로 늘어뜨렸다. 그러고는 주머니에서 꺼낸 물건 중 하나를 집어 들었다. 붉은색 비단에 싼 작은 물건이었다. 이후 내게 말했다. "금고를 열어주시겠습니까?"

나는 금고를 연 후 비켜섰다. 워딩턴 박사는 금고 안에 작은 꾸러미를 던져 넣고는 문을 쾅 닫고 자물쇠를 돌렸다. 나는 상황을 묻는 눈으로 제드슨을 바라보았다.

"내 형제는 그러니까… 저 꾸러미 안에 자기 영혼을 담아놓은 걸세.

그걸 차가운 쇠 안쪽에 봉인한 거지. 어떤 위험을 마주치게 될지 모르니까." 제드슨이 속삭였다. "저걸 보게." 워딩턴 박사가 금고의 문 가장자리를 세심하게 엄지로 더듬으며 확인하는 모습이 보였다.

워딩턴 박사는 방 가운데로 돌아와서 쭈그러든 작은 물체를 들고는 애정을 담아 문질렀다. "이분은 제 어머니의 아버지십니다." 그가 말했다. 자세히 살펴보니 그 물체는 가장자리에 머리카락이 조금 남아 있는, 미라가 된 인간의 머리였다! 그는 차분하게 사실을 나열하듯 말했다. "매우 현명하신 분이죠. 이분의 조언이 필요할 겁니다. 할아버지, 여기 새 아들과 그의 친구가 있습니다." 제드슨은 머리를 조아렸고, 나 역시 무의식적으로 제드슨의 행동을 따랐다. "이들이 할아버지의 도움을 원합니다."

워딩턴 박사는 자신의 언어로 머리와 이야기를 시작했다. 한동안 말을 듣고 있다가 대답을 하기도 했다. 한번은 말다툼을 벌이는 듯했으나 수다가 곧 잦아드는 것을 보니 만족스러운 결론이 나온 모양이었다. 몇 분 후 그는 말을 멈추고 방 안을 돌아보았다. 그는 선풍기를 놓으려고 만든, 바닥에서 제법 높이 떨어져 있는 선반을 보고 눈을 반짝였다.

"저기! 저기면 되겠습니다. 할아버님께서 살펴보시려면 높은 곳에 계셔야 합니다." 그는 그쪽으로 가서 방 안을 볼 수 있도록 작은 머리를 선반 위에 올려놓았다. 그러고는 방 가운데로 돌아와 네 발로 엎드려서 냄새를 추적하는 사냥개처럼 코를 킁킁대기 시작했다. 뒤섞인 흔적을 보고 걱정하는 우두머리 사냥개처럼 사방으로 달려가고, 코를 킁킁대다 멈추고 낑낑 소리를 내기도 했다. 허리춤에 매단 꼬리는 마치 살아 있는 동물의 일부인 양 꼿꼿하게 서거나 부르르 떨렸다. 자세나 행동이 너무 완벽하게 사냥개 같은 모습이라, 그가 자리에 앉아 갑자기 말하기 시작하자 나는 놀라서 눈을 껌뻑일 지경이었다.

"마법의 흔적이 이토록 강하게 느껴지는 곳은 처음입니다. 제닝스 부인의 마법과 선생의 사업에 사용하는 마법이 강하게 느껴집니다. 하지만 그걸 배제한 다음에도 공기 속이 여전히 북적이는군요. 기우제와 사바트를 제외한 모든 일이 선생님 주변에서 벌어졌던 모양입니다!"

그는 우리에게 대답할 기회도 주지 않고 다시 개의 형상으로 돌아가 조금 더 넓은 구역을 살펴보기 시작했다. 곧 어떤 막다른 골목에 도달한 것처럼 뒤로 한 발짝 물러서더니 머리를 바라보며 기운차게 낑낑 소리를 냈다. 그리고 기다리기 시작했다.

돌아온 답변이 마음에 드는 모양이었다. 그는 날카롭게 짖더니 서류함의 맨 아래 서랍을 끌어내 열었다. 마치 손이 아니라 앞발을 사용하는 듯한 어색한 동작이었다. 그는 열심히 서랍 뒤편을 파서 뭔가를 끄집어내 자기 주머니에 넣었다.

그리고 그는 잠시 아주 즐겁게 주변을 돌아다니더니 곧 구석구석에 코를 들이밀었다. 일을 끝내자 방 가운데로 돌아와서 다시 쪼그려 앉아 말했다. "일단 지금으로서는 이곳의 문제는 전부 끝났습니다. 이곳이 공격의 중심지였던 것 같으니, 제가 선생의 집 주변에 금줄을 둘러 마녀를 쫓아내기 전까지 할아버지께서 여기 계시면서 감시를 해주겠다고 하십니다."

나는 그 말에 조금 당황했다. 우리 사무실 직원이 저 머리를 보면 혼이 빠져나갈 정도로 놀랄 것이 분명했다. 나는 최대한 정중하게 그런 의견을 피력해보았다.

"어떻게 생각하십니까?" 그는 머리에게 이렇게 묻고는 잠시 귀를 기울인 후 나를 돌아보았다. "할아버지께서는 괜찮다고 하시는군요. 정식으로 소개를 받은 사람이 아니면 눈에 띄지 않게 있겠다고 하십니다." 그의 말은 완벽하게 사실이었다. 심지어는 청소부조차도 그 머리를 눈치채지 못했던 것이다.

"자, 그럼, 최대한 빨리 제 형제의 사업장도 살펴보고 싶군요. 그리고 여러분의 집도 추적해서 해코지를 막아야겠습니다. 그러는 동안 여러분은 이걸 지켜주셨으면 합니다. 낯선 이들이 여러분 신체의 일부를 손에 넣지 못하도록 하십시오. 손톱 조각, 침, 잘라낸 머리카락까지 전부 간수해야 합니다. 불에 태워버리거나 흐르는 물로 씻어버리십시오. 그러면 우리 일이 훨씬 간단해질 겁니다. 여기 일은 끝났습니다." 그는 자리에서 일어나 다시 화장실로 들어갔다.

10분 뒤에는 근엄한 학자풍의 워딩턴 박사가 우리와 함께 담배를 태우고 있었다. 나는 정글의 왕이 여기 있었다는 사실을 확인하기 위해 그의 할아버지의 머리를 올려다보아야만 했다.

*

그 이후로 사업은 점차 잘 풀려나갔고, 워딩턴 박사가 청소를 해준 이후로 괴상한 사고는 더 이상 일어나지 않았다. 이번 분기에는 흑자를 낼 수 있을 것 같았고, 나는 다시 기분이 나아지기 시작했다. 비들 박사의 말도 안 되는 청구 문제로 디트워스로부터 편지를 받기는 했지만, 제대로 확인하지도 않고 그대로 쓰레기통으로 던져버렸다.

어느 날 정오가 조금 지나서 마법사 대행업을 하는 펠드스타인이 내 사무실에 들렀다. 나는 그가 걸어오는 것을 보고 경쾌하게 말을 걸었다.

"어이, 펠드스타인! 사업은 좀 어때?"

"아치볼드 씨, 하고많은 질문 중에서 하필이면 그걸 물어봐야겠습니까?" 그는 우울한 표정으로 고개를 크게 저으며 말했다. "사업이라, 끔찍하죠."

"왜 그런 소리를 하는 거야? 그쪽 업계는 아주 활기가 넘치는 것 같던데…."

"겉보기에 속아 넘어가기 쉽지요. 특히 제 사업에서는 말입니다. 그래서 말인데, 혹시 '마법 주식회사'라고 하는 단체에 대해 들어본 적이 있습니까?"

"그거 묘하군. 사실 조금 전에 처음으로 들었거든. 방금 우편으로 도착했지." 나는 열지도 않은 편지를 들어 보였다. 반송 주소가 이렇게 적혀 있었다. '마법 주식회사, 700호실, 커먼웰스 빌딩.'

펠드스타인은 마치 건드렸다 중독이라도 될까 걱정하는 것처럼 조심스레 편지를 받아들고 확인했다. "이게 제가 말하는 단체입니다. 망할 도둑놈들!"

"아니, 왜 그러는 건데, 펠드스타인?"

"이자들은 정직하게 일하는 사람들을 두고 보지를 못합니다, 아치볼드 씨." 그는 초조하게 말을 멈추더니 이렇게 물었다. "항상 정직하게 거래하던 오랜 친구들과 갑자기 거래를 끊거나 하지는 않으시겠죠?"

"그럴 리가 있나. 펠드스타인, 대체 무슨 일이길래 그래?"

"읽어보세요, 얼른." 그는 내 쪽으로 다시 편지를 들이밀며 말했다.

나는 편지를 열었다. 워터마크가 들어간 질 좋은 래그본드 종이로 되어 있었고, 인쇄된 문구에는 품위와 위엄이 감돌았다. 나는 위원회의 명단을 훑어보며 그들이 임원과 간부로 받아들인 사람들의 수준에 꽤 감탄했다. 들어보지도 못한 관리직 한두 명을 제외하고는 전부 상당한 거물들이었다.

편지 그 자체는 설립 취지를 안내하는 내용이었다. 새로운 아이디어라 할 만했는데, 마법사들을 위한 지주 회사를 설립한다고 해도 좋을 법했다. 그들은 모든 종류의 마법 용역을 제공한다고 말하고 있었다. 고객들은 둘러보며 물건을 고르는 대신, 이곳에 전화를 걸어 필요한 내용을 말하면 되는 것이었다. 그러면 회사에서 필요한 용역을 제공하고 명세서를 보낸다고 했다. 충분히 공정한 거래로 보였다. 유한 책임 회사와 다를 것이 없었으니까.

나는 그 아래 내용을 훑어보았다. '신용 있는 회사로부터 자산 지원을 받는 완벽하게 보증된 서비스', '대행사에 지급하는 수수료를 없애고 중앙 통제로 실현한 놀랍도록 낮은 기준 가격', '이 위대한 직업에 종사하는 분들께서 마법 주식회사를 계속 찾아오신다는 점을 고려하면, 우리 회사야말로 모든 분야에서 경쟁력 있는 용역을 원하는 사람들이 찾는 곳이 될 것입니다. 진정한 1급 마법을 원하는 사람이라면 누구나….'

편지를 내려놓았다. "뭐 이런 걸 걱정하고 있어, 펠드스타인? 그냥 흔한 대행업체일 뿐이잖아. 이건 광고라고. 자네도 최고의 마법사들은 전부 자네가 확보하고 있다고 말하고 다닌 적이 있잖아. 사람들이 그 말을 믿을 거라 생각하지는 않았겠지?"

"그렇지는 않죠." 펠드스타인도 인정했다. "아마 우리 사이에서는 그럴지도 모릅니다. 하지만 이건 정말로 심각한 일입니다, 아치볼드 씨. 그 작자들은 나로서는 감당할 수 없는 월급과 보너스를 약속하고 진짜 일류 마법사들을 데려갔어요. 그리고 그 사람들은 이제 나한테 남은 사람들보다도 낮은 가격으로 대중에 서비스를 제공합니다. 분명히 말하지만, 이제 완전히 끝장이에요."

심각하게 들리는 말이었다. 펠드스타인은 소중한 아내와 초롱초롱한 눈동자의 다섯 아이를 위해 푼돈이라도 그러쥐려 애쓰는 선량하고 작은 친구였다. 그러나 나는 그가 과장하는 거라고 여겼다. 그에겐 뭐든 극적으로 표현하는 버릇이 있었으니까.

"걱정하지 말라고. 나는 자네 쪽에 붙어 있을 테니까. 그리고 자네 고객 대부분도 그럴 거야. 그 회사에서 세상의 모든 마법사를 끌어모을 수는 없다고. 마법사란 족속들은 죄다 개인주의자들이잖나. 디트워스 좀 봐. 그 작자는 협회를 만들려고 했지. 그래서 얻은 것이 뭔가?"

"디트워스… 으아!" 그는 침을 뱉으려다가 자신이 내 사무실에 있다는 걸 간신히 떠올렸다. "이게 디트워스입니다. 이 회사가요!"

"그걸 어떻게 안 건가? 여기 문구에는 적혀 있지 않은데."

"제가 알아냈습니다. 그 작자가 성공하지 못했다고 말씀하시는 건 선생님이 굴복하지 않았기 때문이에요. 협회의 임원, 즉 디트워스와 그의 비서 두 명이 모여 회의를 한 후 그들이 한 계약을 새로운 회사에 넘기기로 다수결로 정했습니다. 그런 다음 디트워스는 사임을 하고, 꼭두각시가 비영리 단체의 수장으로 나선 겁니다. 디트워스는 양쪽 조직을 동시에 경영하고 있어요. 곧 알게 될 겁니다! 마법 주식회사의 장부를 보면 그 작자가 의결권을 쥐고 있다는 사실이 밝혀질 거예요. 장담할 수 있어요!"

"말이 안 되는 소리 같은데." 나는 천천히 말했다.

"확인해보시라니까요! 자, 기준의 향상 따위 헛소리를 지껄이는 디트워스가 지금 마법 주식회사 주변에서 돌아다니고 있을 이유가 있겠습니까? 없겠죠? 하지만 거기 전화를 걸어서 그를 찾기만 하면…."

나는 대답을 하는 대신 편지지에 적힌 번호로 전화를 걸었다. 여자 목소리가 대답했다. "좋은 아침입니다, 마법 주식회사입니다."

"디트워스 씨 부탁합니다."

교환원은 한참을 머뭇거리다 말했다. "실례지만 전화 거신 분 성함이 어떻게 되십니까?"

그 말에 이제는 내가 머뭇거리게 되었다. 나는 디트워스와 말하고 싶지 않았다. 사실을 확인하고 싶었을 뿐이었다. 나는 결국 이렇게 말했다. "비들 박사의 사무실이라고 전해주십시오."

이 말에 그녀는 즉시 반응했지만 목소리에는 영문을 모르겠다는 기색이 섞여 있었다. "하지만 디트워스 씨는 지금 사무실에 계시지 않습니다. 30분 전에 비들 박사의 사무실로 떠나셨는데요. 아직 도착하지 않으셨나요?"

"아, 이미 박사님과 함께 계시는데 제가 들어오시는 것을 못 봤을지도 모르겠군요. 죄송합니다." 그리고 전화를 끊었다.

"자네 말이 맞는 것 같아." 나는 펠드스타인을 돌아보며 인정했다.

그는 내 말에 기뻐하기에는 너무 근심이 많았다. "저기, 저하고 점심이나 같이하면서 조금 더 이야기하는 건 어떨까요."

"상공인 모임에 가려는 중이었는데. 같이 가면서 이야기하지. 자네도 회원 아닌가."

"좋습니다." 그는 수심에 잠긴 목소리로 동의했다. "다음 모임부터는 회원으로 남지 못할지도 모르니까요."

*

우리는 조금 늦어 따로 자리를 잡아야 했다. 회계 담당자는 나한테 벌금함을 밀어놓으며 몸을 배배 꼬았다. 지각 벌금인 10센트를 원하는 모양이었다. 벌금함은 평범한 프라이팬의 손잡이에 기계식 자전거 경적을 매단 물건이었다. 우리는 모두 바로 그 자리에서 벌금을 냈는데, 협회의 재정 상황에도 도움이 되고 나름 즐거움을 안겨주는 일이었다. 회계 담당자는 벌금을 낼 사람 앞으로 프라이팬을 들이밀고는 돈을 낼 때까지 경적을 울려대곤 했으니까.

나는 서둘러 10센트 동전을 꺼내 그 안에 떨어뜨렸다. 자동차 대리점을 운영하는 스티븐 해리스는 "바로 그거야! 저 스코틀랜드 놈이 돈을 뱉어내게 하라고!"라고 소리치며 내 쪽으로 명부를 던졌다.

"소란죄로 10센트 벌금." 우리 의장인 노먼 서머스가 고개도 들지 않고 선언했다. 회계 담당은 스티브 쪽으로 경적을 울렸다. 프라이팬에 동전이 떨어지는 소리가 들렸지만, 회계 담당자는 다시 경적을 울리기 시작했다.

"뭐가 문제인가?" 노먼이 물었다.

"스티브가 또 잔재주를 부렸습니다. 이번에는 요정의 동전이군요." 회계 담당자가 지친 목소리로 대답했다. 스티브는 친한 마법사가 만들어준 합성 동전을 던져 넣은 것이었다. 차가운 쇠에 닿자 동전은 녹아 사라져 버렸다.

"위조죄로 벌금 두 배. 그리고 수갑을 채워서 연방 검사에게 인도하게." 노먼이 선언했다. 스티브도 제법 재간둥이지만 노먼을 상대하기에는 역부족이었다.

"먼저 점심부터 마저 먹으면 안 될까요?" 스티브가 몹시 불쌍한 척 하는 목소리로 물었다. 노먼은 그의 말을 무시했고, 스티브는 벌금을 냈다.

"스티브, 할 수 있을 때 충분히 즐기라고." 드라이브 인 식당 체인을 운영하는 알 도너휴가 말했다. "마법 주식회사와 계약을 하면 마법으로 장난질 치는 일은 관둬야 한단 말이야." 나는 자세를 바로 하고 귀를 기울였다.

"내가 왜 그 친구들하고 계약을 하는데?"

"응? 당연히 해야지. 그게 사리에 맞는 일이잖아. 멍청한 소리 하지 마."

"왜 해야 하냐니까?"

"왜 해야 하냐고? 그게 진보된 쪽이니까 그렇지, 이 친구야. 내 경우를 보라고. 우리 식당은 이 도시에서 최고로 다양한 종류의 사라지는 디저트를 제공한단 말씀이야. 원한다면 세 개쯤 먹어도, 배도 부르지 않고 1그램도 살이 찌지 않는단 말이지. 적자가 나는 물건이지만 그래도 여자 손님들을 불러오니까 광고를 멈출 수가 없었어. 그런데 이제 마법 주식회사가 등장해서 내가 이득을 볼 수 있는 금액으로 동일한 물품을 공급하겠다고 했단 말이야. 당연히 계약했지."

"물론 그렇겠지. 만약 그 작자들이 도시의 모든 제대로 된 마법사들을 고용하거나 경쟁에서 밀려나게 만든 다음에 가격을 올리면 어떻게 할 건데?"

도너휴는 거만하고 짜증 나게 웃었다. "계약서가 있잖아."

"그래서? 그 계약은 얼마나 오래가는데? 그리고 취소 항목은 제대로 읽어봤어?"

도너휴가 어떨지는 몰라도 나는 그게 무슨 뜻인지 잘 알고 있었다. 그런 일을 겪은 적이 있으니까. 5년쯤 전에 포틀랜드의 시멘트 회사가 우리 도시로 들어와서 소규모 도매상을 사들이고 가격을 후려치기 시작했다. 60센트짜리 시멘트 포대의 가격을 35센트까지 내려서 경쟁자들을 파산하게 만든 것이다. 그런 다음 그들은 마침내 시멘트 한 포대가 1달러 25센트가 될 때까지 단계적으로 가격을 올렸다. 업계 모두가 무슨 일이 일어났는지 알기도 전에 크게 타격을 받았다.

그 정도에서 우리 모두 입을 다물어야 했다. 초대 강사인 거물 개발업자 B. J. 팀켄 씨가 들어왔기 때문이었다. 그는 '기업과 용역'에 대해서 강연을 했는데, 언변이 화려한 편은 아니었지만, 기업가가 공동체에 기여하고 서로를 도울 방법에 대하여 상당히 인상적인 강연을 했다. 나는 그의 강연을 재미있게 들었다.

박수 소리가 잦아들자 노먼은 팀켄에게 감사를 표하고는 말했다. "여러분, 오늘은 여기까지입니다. 물론 회의에서 다룰 만한 새로운 사업상의 문제가 없다면 말입니다만…."

제드슨이 자리에서 일어났다. 나는 제드슨의 반대쪽을 향해 앉아 있었기 때문에 그가 참석했다는 사실조차 알지 못하고 있었다. "의장님, 사실 문제가 하나 있는 것 같습니다. 아주 중요한 일이지요. 잠시 비공식 토의를 해도 될지 의장님의 허가를 구합니다."

노먼은 대답했다. "물론이지, 제드슨. 자네 이야기가 중요한 것이라면 말이야."

"감사합니다. 제 생각에는 매우 중요합니다. 사실 이 문제는 좀 전에 알 도너휴와 스티브 해리스가 나누었던 대화의 연장선에 있습니다. 제 생각에 이 도시에서의 사업 환경이 우리 코앞에서 바뀌었는데도 아직 다들 눈치채지 못하고 있는 것 같습니다. 우리와 직접 관련이 있는 분야를 제외하고는 말입니다. 저는 상업용 마법에 대해 말하고 있는 겁니다. 여기 자기 사업에서 마법을 사용하는 분이 얼마나 되십니까? 손을 들어보시죠." 법률가 몇 명을 제외한 모두의 손이 올라갔다. 난 언제나 법률가들을 마법사와 동일한 족속으로 간주하고 있었다.

"좋습니다." 제드슨이 말을 이었다. "내려주십시오. 예상대로의 결과입니다. 우리는 모두 마법을 사용하니까요. 저는 직물 제작에 마법을 사용합니다. 여기 행크 매닝은 세탁과 다림질에 마법을 사용하고, 아마 염색 작업에도 쓸 겁니다. 월리 하이트의 가구점에서는 고급 가구를 조립하고 마감을 할 때 마법을 씁니다. 스탠 로버트슨은 르 봉 마르셰의 훌륭한 쇼윈도 진열대가 마법으로 구성된 것이며, 그의 가게에 있는 물건의

3분의 2가량이, 특히 아이들의 장난감이 전부 마법으로 만들어졌다고 증언해줄 겁니다. 그럼 다른 질문을 하나 해보지요. 마법에 지급하는 비용이 순이익보다 큰 경우는 얼마나 됩니까? 잘 생각해보고 답변하십시오." 그는 잠시 말을 멈추었다 말했다. "좋습니다. 손을 들어보세요."

조금 전과 거의 비슷한 수의 손이 올라갔다.

"바로 이것이 현 사태의 요점입니다. 우리는 사업을 유지하기 위해 마법이 필요합니다. 만약 누군가가 우리 공동체의 마법을 독점하고자 한다면, 우리는 모두 그의 손에 놀아나게 되는 겁니다. 그쪽에서 말하는 금액을 받아들이고, 일러주는 대로 물건 가격을 매기고, 우리에게 허가되는 만큼만의 이득을 남겨야 합니다. 아니면 사업을 접든가요!"

의장이 그의 말에 끼어들었다. "잠깐 기다려보게, 제드슨. 자네가 하는 말이 사실이라고 하고, 뭐 당연히 사실이겠지만, 우리가 이 문제로 당장 급박한 상황에 놓였다고 생각할 이유가 있는 건가?"

"네, 바로 그렇습니다." 제드슨은 매우 심각하고 낮은 목소리로 대답했다. "대부분은 사소한 문제들이지만 그것들을 전부 더하면 누군가가 상업 활동을 제약하려는 음모를 꾸미고 있다는 확신이 듭니다." 제드슨은 디트워스가 마법의 수준을 높인다는 명목으로 마법사들과 그 고객을 협회로 끌어들이려 시도했다는 점을 말하고, 그 비영리 조직의 바로 옆에 지주회사가 떡하니 등장했으며 이미 독점 상황으로 흘러가고 있다는 사실을 지적했다.

"잠깐만, 제드슨." 임시 고용직 소개 사업을 하는 에드 파멀리가 끼어들었다. "그 협회 이야기는 나쁘지 않은 것 같은데. 마법사를 골라서 쓰라고 나를 협박하는 건달 놈들이 왔었단 말이야. 협회에 가입했더니 그 문제를 처리해줬다고. 그 후로는 아무 문제도 없었어. 사기꾼들을 막아줄 수 있는 조직이라면 그리 나쁠 것도 없잖아."

"도움을 얻기 위해서 그 협회에 가입해야 하지 않았나?"

"뭐, 그렇지. 하지만 그거야 당연한 일이 아닌가…."

"자네를 괴롭힌 깡패들이 사실은 협회에 가입시키려는 목적으로 행동한 것일 수도 있지 않겠나?"

"아니, 그건 좀 상상이 과한 것 같은데."

"그게 진실이라고까지는 말하지 않겠지만, 분명 가능한 일이지 않나. 독점을 노리는 작자들이 깡패를 고용해서, 오른손이 들어갈 수 없는 곳에 왼손을 넣게 해달라고 설득하는 일은 이번이 처음도 아니라고. 자네들 중에서 혹시 비슷한 경험을 한 사람은 없나?"

그들 중 여럿이 그런 경험이 있는 것으로 밝혀졌다. 그들은 제각기 생각에 잠기는 듯했다.

자리에 참석한 법률가 중 한 명이 의장을 통해 공식적으로 질문을 던졌다. "의장님, 잠시 협회에서 그 마법 주식회사 쪽으로 주제를 돌리고 싶습니다만, 이 회사는 결국 마법사들의 조합일 뿐이지 않습니까? 그렇다면 그들에게는 조합을 이룰 법적인 권리가 있습니다."

노먼은 제드슨을 돌아보았다. "답변을 해줄 수 있겠나, 제드슨?"

"물론이죠. 그 회사는 노동조합 같은 것은 전혀 아닙니다. 도시의 모든 목수가 한 명의 도급인에게 계약되어 있는 것과 같은 상황인 겁니다. 그 도급인을 통하지 않으면 건물을 지을 수 없는 상황인 거죠."

"그렇다면 단순한 독점 상황인 것 아닙니까. 독점이 성립된다면 말이죠. 그렇다면 리틀 셔먼 법령이 적용됩니다. 기소할 수 있는 사항입니다."

"독점이 분명하다는 사실을 곧 알게 되실 겁니다. 오늘 회의에 마법사가 한 사람도 참석하지 않았다는 사실을 깨달으신 분 없으십니까?"

우리는 모두 사방을 둘러보았다. 그의 말은 명백한 사실이었다. "제 생각에는, 앞으로 이 회의에는 마법 주식회사의 임원 한 명이 마법사의 대표로 참석하게 될 것입니다. 기소 가능성에 대해 말하자면…." 제드슨은 주머니에 접어 넣은 신문을 꺼내며 말했다. "혹시 여기서 주지사가 특별 입법 회의를 소집했다는 사실에 주목하신 분 계십니까?"

알 도너휴는 자신이 정치 놀이에 신경 쓰며 시간을 낭비하기에는 너무 바쁘다고 거만하게 선언했다. 대놓고 제드슨을 빈정거리는 소리였다. 제드슨이 위원회에 소속되어 있으며, 공공 업무에 상당한 시간을 바친다는 사실을 모든 사람들이 알고 있었기 때문이다. 제드슨은 이 조롱을 꽤 심각하게 받아들인 듯 동정하는 말투로 이렇게 대꾸했다. "도너휴, 우리 중 일부가 정부 일에 시간을 쏟는 것은 정말 자네에게 빌어먹게 다행이라고 생각하지 않나. 아니면 어느 날 아침 눈을 떠보니 그 작자들이 자네 집 앞 보도블록을 훔쳐간 것을 발견하게 될 테니 말이야."

의장은 정숙을 요구했고, 제드슨은 사과를 했다. 도너휴는 정치는 죄다 지저분할 뿐이며, 정치에 발을 들인 사람은 누구나 타락하게 마련이라는 요지의 말을 중얼거렸다. 나는 재떨이를 찾아 손을 뻗다가 그만 물컵을 엎질렀고, 물은 그대로 도너휴의 무릎으로 쏟아졌다. 그의 관심도 다른 데로 옮겨갔고, 제드슨은 계속 말을 이었다.

"물론 몇 가지 이유로 특별 입법 회의가 열릴 예정이기는 했습니다. 하지만 어젯밤에 펴낸 의제 목록을 보다가 저는 맨 마지막에 '마법 사용의 규제'라는 항목이 추가된 것을 발견했습니다. 무언가 일이 있지 않고는 이런 문제를 특별 입법 회의에서 다룰 이유가 있을 리가 없다고 생각했지요. 그래서 저는 어젯밤 의회에 있는 위원회 동료인 제 친구에게 전화를 걸었습니다. 그녀는 그 문제에 대해서 아무것도 알지 못한다고 했지만, 나중에 다시 전화를 걸어주더군요. 그녀가 알아낸 내용은 다음과 같습니다. 그 항목은 몇몇 주지사의 선거 후원자들이 요청해서 집어넣은 것이고, 주지사 본인은 별 관심이 없다는 것입니다. 그 내용이 무엇인지 아는 사람은 아무도 없는 것 같지만, 이미 그 항목과 관련된 법안이 하나 상정된 상태이며…." 누군가가 그의 말을 끊었다. 법안의 내용이 무엇인지를 알고 싶은 모양이었다.

"지금 말하려던 참입니다." 제드슨은 차분하게 말을 이었다. "그 법안은 표제만 가지고 상정되었으므로, 정확한 내용은 위원회로 넘어온 다음에야 확인할 수 있을 겁니다. 하지만 표제는 다음과 같습니다. '마법 사용자들의 직업적 기준을 확립하고, 마법사의 직업 활동을 규제하고, 검사, 등록, 관리에 있어 위원회를 임명하기 위한…' 이런 식으로 이어지지요. 심지어 이건 제대로 된 표제도 아닙니다. 그저 마법과 관련된 모든 조례를 집어넣을 수 있는 제목일 뿐이지요. 원한다면 반독점법에 대한 예외 조항도 삽입할 수 있을 겁니다."

잠시 침묵이 흘렀다. 내가 보기에는 다들 그리 익숙하지 못한 정치라는 주제를 다룰 방법을 고민하는 것 같았다. 곧 누군가가 입을 열고 말했다. "그럼 우리가 어떻게 대처해야 할 것 같나?"

"글쎄, 적어도 일의 결말이 나기 전에 의사당에 우리 측의 대표를 보내야 하지 않겠습니까. 그것 외에 적어도 우리 쪽의 법안을 상정할 준비는 하고, 만약 이번 법안에 술수가 숨어 있다면 최대한 합의점을 이끌어낼 각오를 해야겠지요. 독점 금지법을 제대로 어기는 법안이 나온다면 적어도 그걸 대체할 수 있는 수정안 정도는 확보해야 할 겁니다. 적어도 마법이 관련된 분야에서는요." 그리고 제드슨은 웃음을 지었다. "이걸로 '적어도'가 네 개가 된 셈이군요."

"주 상공회의소에서 우리 대신 그 일을 맡아줄 수는 없소? 거기에도 입법국이 있을 텐데."

"물론 법안을 통과시킬 수는 있지만, 상공회의소는 우리 같은 소규모 자영업자들의 시선에서 생각해주지 않는다는 사실을 다들 알지 않습니까. 그들에게 의존할 수는 없어요. 지금 싸워야 하는 적이 바로 그들일 수도 있습니다."

제드슨이 자리에 앉자 정신없이 토론이 계속되었다. 어떻게 해야 할지 모두가 나름의 의견을 가지고 있었고, 다들 한 번에 발표하려 했다. 전반적인 합의가 불가능하다는 점이 명백해지자, 노먼은 휴회를 선언한 다음 의사당으로 대표를 보내는 일에 관심이 있는 사람은 뒤에 남으라고 말했다. 도너휴와 같은 완고한 사람 몇 명은 자리를 떴고, 나머지 사람들은 노먼이 자리에 앉자 다시 모여들었다. 제드슨이 대표자로 가야 한다는 의견이 나왔고, 그도 임무를 맡겠다고 기꺼이 동의했다.

펠드스타인은 자리에서 일어나 눈물을 글썽거리며 발언했다. 횡설수설하느라 도저히 결론에는 도달하지 못할 것 같았으나, 그는 제드슨이 의사당에서 제대로 임무를 수행하려면 군자금이 제법 많이 필요할 것이며, 그의 비용과 시간 소모에 대한 보상도 주어야 한다는 결론에 이르렀다. 그는 지폐 뭉치를 꺼내더니 그 자리에서 1천 달러를 세어 제드슨의 앞으로 밀어놓아 우리 모두를 놀라게 했다.

이런 진정성 덕분에 펠드스타인은 자금 담당자로 임명되었고, 이후로는 꽤 수월하게 지원금이 모이기 시작했다. 나는 펠드스타인과 같은 액수를 기부하려는 자연스러운 충동을 억눌러야 했다. 사실 그가 그렇게 충동적인 결정을 내리지 않았으면 좋았을 거라 생각하기는 했지만 말이다. 잠시 시간이 흐른 후에는 펠드스타인도 마음이 살짝 변했는지, 제드슨에게 돈을 아껴 쓰고 '의사당의 그 멍청이들'에게 술을 사는 일에 낭비하지 말라고 주의를 주기도 했다.

제드슨은 이 말에 고개를 젓고는, 자신의 경비는 자신이 대겠으나 이 경비 자체는 유흥을 위해 자유롭게 사용해야 한다고 말했다. 이성이나 사심 없는 애국심에 호소하기에는 시간이 너무 부족하다는 것이었다. 그 멍청이들 중 일부는 풍향계만큼이나 생각이 없으며 마지막으로 함께 술을 마신 사람에게 유리한 쪽으로 투표한다고도 했다.

뇌물 이야기에 충격을 받았는지 누군가가 격한 말을 내뱉었고, 여기에 제드슨은 냉담한 목소리로 대꾸했다. "나는 매수에 가담할 생각은 없네. 애초에 뇌물의 액수 문제로 들어가면 우리는 완전히 가망이 없으니까. 나는 그저 말로 설득하고 적절한 위협을 가해서 우리 편으로 끌어들일 수 있는 중립표가 아직 많이 남았기를 바랄 뿐이야."

제드슨에게도 나름의 방식이 있겠지만, 개인적으로는 펠드스타인의 의견에 동의하지 않을 수가 없었다. 그리고 나는 이후로 정치에 조금 더 관심을 가지기로 마음먹었다. 우리 지역 의원 이름도 모르는 상황이니 말이다. 그 친구가 거물일지, 아니면 싸구려 기회주의자일 뿐인지 무슨 수로 알겠는가?

이렇게 해서 제드슨, 잭 보디, 그리고 나는 의사당으로 향하는 기차에 오르게 되었다.

보디가 오게 된 것은 제드슨이 정보 수집에 1급 마법사가 필요하다고 했기 때문이었다. 무슨 사태가 일어나게 될지 모른다는 것이었다. 나는 자원해서 따라갔다. 주 의회 의사당은 그냥 지나가면서 본 것이 전부였지만, 입법 과정이 어떻게 진행되는지에도 흥미가 생겼기 때문이었다.

제드슨은 즉시 주 정무 담당관의 사무실로 가서 로비 담당자로 등록을 했고, 보디와 나는 컨스티투션 호텔로 짐을 옮기고 방을 잡았다. 제드슨의 친구이자 위원회 소속인 샐리 로건이 그가 돌아오기 전에 우리를 찾아왔다.

제드슨은 기차 여행 도중 샐리 로건에 대해 많은 것을 말해주었다. 그는 그 여자가 마키아벨리의 교활함과 올리버 웬델 홈스의 대범한 고결함을 한데 섞은 사람이라고 여기는 모양이었다. 나는 그가 쏟아내는 칭찬에 깜짝 놀랐다. 제드슨이 종종 정치에 끼어든 여성에 대해 불평을 늘어놓는 말을 들었기 때문이었다.

"자네가 잘 모르는 거야, 아치볼드." 그가 설명했다. "샐리는 여성 정치인이 아니야. 그저 정치인일 뿐이고, 자신의 성별에 신경 써주기를 바라지 않는다고. 의사당에서 가장 강력한 협잡꾼과도 맞서서 주먹다짐을 할 수 있는 사람이지. 내가 여성 정치인에 대해 하는 말은 전적으로 사실이야. 통계학적으로 보면 말이지. 하지만 특정한 한 명의 여성에 대해서는 전혀 들어맞지 않을 수도 있다고.

말하자면 이런 거지. 미국의 여성 대부분은 근시안적인 시골 감성의 개인주의를 갖고 있어. 그건 19세기에 남성들이 창조한 로맨틱한 전통에서 나온 거거든. 아름다운 창조물이다, 인류가 아니라 천사에 가깝다, 뭐 그런 말을 계속 들어 왔으니까. 생각하려고도, 사회적인 의무를 짊어지려고도 하지 않아. 그런 암시를 깨고 나오려면 강한 정신력이 필요하지. 남성이든 여성이든, 대부분의 사람들은 그 정도의 정신력을 가지고 있지 않아.

결과적으로 여성 유권자들은 로맨틱한 헛소리를 따라가는 사람들일 뿐이야. 말로 꼬드기기만 하면 남자보다 훨씬 쉽게 자신의 투표권을 잘못 사용하도록 만들 수 있지. 그들이 스스로 만든 독선적인 도덕관념에 시골뜨기의 판단력이 뒤섞이면, 결국 '보스' 트위드*마저 관 속에서 몸을 뒤척이게 만들 싸구려 사기꾼이 정치판에 등장하게 된다고.

하지만 샐리는 그런 사람이 아니야. 시시한 수작을 떨쳐낼 수 있는 강인한 정신을 가진 사람이지."

"설마 그 여자하고 사랑에 빠진 것은 아니겠죠?"

"누굴 두고 하는 소린가? 샐리는 결혼했고, 내가 아는 중에서는 가장 훌륭한 두 아이를 키우고 있어."

"남편은 뭘 하는데요?"

"법률가야. 주지사의 후원자 중 하나지. 샐리는 선거 운동 중에 남편의 대타로 활동하면서 정계에 입문했어."

"여기서 공식 직함이 뭔데요?"

"공식 직함은 없어. 주지사의 오른팔이야. 바로 그게 강점이지. 후원을 받은 적도 없고, 자신의 업무 때문에 돈을 받은 적도 없어."

이렇게 잔뜩 기대하게 된 상황이라, 나는 이 여성 정치인의 모범이라 할 만한 사람을 만나고 싶어 안달 날 지경이었다. 그녀가 호텔로 찾아와 내선으로 전화를 걸었을 때, 나는 로비로 지금 내려가겠다고 말하려다가 그녀가 올라온다고 말하고 전화를 끊는 바람에 당황했다. 그때는 아직 정치인들이 호텔 방을 침실이 아니라 사무실로 여긴다는 사실을 몰랐기 때문에, 이런 격식 없는 태도에 놀랐던 것이다.

* 19세기 뉴욕주 의원이었던 윌리엄 M. 트위드(1823~1878)를 말한다. 부패와 정경유착으로 악명을 떨쳤다.

내가 문을 열어주자 그녀가 말했다. "아치볼드 프레이저 씨죠? 샐리 로건입니다. 제드슨은 어디 있나요?"

"곧 돌아올 겁니다. 앉아서 기다리시겠어요?"

"고마워요." 그녀는 의자에 털썩 앉아서 모자를 벗고 머리채를 흔들었다. 나는 그녀를 살펴보았다.

나는 무의식적으로 강인한 여장부 타입의 사람을 기대하고 있었던 모양이다. 그러나 내 눈앞에 있는 사람은 젊고 통통하며 쾌활해 보이는 금발의 여성이었다. 어수선하게 뒤엉킨 노란 머리카락과 솔직해 보이는 푸른 눈이 눈에 띄었다. 매우 여성스럽고, 겉보기는 서른 살을 넘을 것 같지 않았으며, 왠지 모르게 꽤 믿을 만하다는 느낌이 들었다.

지역 축제와 갓 길은 우물물과 설탕 쿠키를 연상시키는 사람이었다.

"유감이지만 꽤 힘든 일이 될 것 같네요." 그녀는 즉시 본론으로 들어갔다. "이럴 거라고 생각하지 않았는데, 바로 그 후원자가 22조 법안에 대해 든든하게 연합을 꾸며놓고 있어요. 내가 제드슨에게 전화로 일러준 바로 그 법안 말이에요. 당신네는 어떻게 할 생각인가요? 찍어 누를 생각으로 싸움을 걸 건가요, 아니면 수정 법안을 제출할 건가요?"

"제드슨이 우리 쪽의 반계 친구들과 법률가 몇 명의 도움을 받아서 공정 거래 법안을 작성했습니다. 보고 싶으신가요?"

"보여주세요. 의회 인쇄소에 들러서 당신네가 맞서 싸울 법안을 뽑아왔어요. 22조 법안 말이에요. 서로 바꿔 보지요."

내가 법률가들이 법안을 작성할 때 사용하는 외국어를 해독하려 애쓰고 있는 동안 제드슨이 방으로 들어왔다. 그는 아무 말 않고 샐리의 볼을 가볍게 두드렸고, 그녀는 손을 뻗어 그의 손을 쥐고는 법안을 계속 읽어 내려갔다. 제드슨이 내 어깨너머로 문건을 기웃거리자, 나는 포기하고 그에게 법안을 건넸다. 건물 발주 명세서가 상대적으로 단순해 보일 정도의 서류였다.

샐리가 물었다. "당신 생각은 어때, 제드슨?"

"예상보다 고약한데." 그가 대답했다. "여기 7항을 보면…."

"나는 아직 안 읽어봤어."

"그래? 자, 우선 여기서는 마법사협회를 변호사협회나 공공기금과 같은 공적인 주체로 인정하고, 위원회보다 먼저 결의를 내릴 권리를 허용하고 있어. 그 말인즉슨, 모든 마법사는 디트워스의 협회에 소속되어서 그의 심기를 거스르지 않으려고 주의해야 한다는 뜻이지."

"하지만 그건 법에 어긋나는 거 아닌가요?" 내가 물었다. "내가 듣기에는 위헌인 것 같은데요. 사설 협회가 그런 짓을 벌이다니…."

"선례가 무수히 많다고, 이 친구야. 예를 들어 만국박람회 홍보위원회가 있지. 인가를 받고 세금으로 지원도 받았어. 그리고 위헌으로 몰고 가려면 법이 공평하게 적용되지 않았다는 점을 증명해야 해. 물론 그게 사실이기는 하지만, 막상 증명하려고 들면 끔찍하게 골치 아프다고."

"그래도 어쨌든 마법사들도 위원회에 심리를 요구할 수 있는 거 아닌가요?"

"물론이지. 하지만 바로 거기가 문제야. 이 위원회는 상당히 다방면에 권력을 행사할 수 있어. 마법과 연관이 있는 문제에는 무제한의 영향력을 행사하는 셈이지. 이 법안은 '합리적이며 적절한' 따위의 문구로 가득하다고. 한계가 없다는 뜻이야. 그 움직임에 제약을 가할 수 있는 것은 위원회 위원들의 선의와 정직성뿐이라는 거지. 이래서 내가 정부의 위원회를 반대하는 거야. 그런 방법을 통해서는 절대로 법이 공평하게 적용될 수가 없거든. 실제로 입법권을 가지고 있는 것이나 다름없는 데다 법률의 해석도 마음대로 할 수 있지. 닭대가리들의 군법 회의에 회부되는 거나 마찬가지라고.

이 경우에는 아홉 명의 위원을 지정하게 되어 있는데, 그중 여섯 명이 1급으로 등록된 마법사여야 한다더군. 처음 구성한 위원회에서 경솔한 임용을 몇 번만 하고 나면 잘 짜인 소수의 과두 정치가 될 것이라는 점은 굳이 지적할 필요도 없겠지. 면허등록권은 그쪽에 있으니 말이야."

샐리와 제드슨은 우리 법안의 발기인이 되어줄 가능성이 있는 입법 의원을 만나러 가면서, 나를 의사당에 내려줬다. 나는 회의 내용을 직접 들어보고 싶었다.

주 의회 의사당의 크고 널찍한 계단을 올라가고 있노라니 마음이 훈훈해졌다. 이 오래되고 못생긴 석조 건물 덩어리가 미국인의 굳건한 면모를, 자유민이라면 스스로 주권을 행사해야 한다는 결의를 나타내는 것으로 보였다. 우리가 직면한 문제는 비교적 사소하고, 그리 엄청나게 중요하지는 않은 것 같았다. 여전히 노력할 가치는 있지만, 자치를 향해 나아가는 기나긴 역사 속에 산적한 문제 중 하나에 불과한 정도로 말이다.

거대한 청동 문에 다가가자 다른 것이 눈에 들어왔다. 이 건물의 외장을 수주한 건축가는 돈을 엄청나게 긁어모았을 것이다. 회반죽 비율이 1대 6도 되지 않는 것 같으니 말이다!

나는 상원보다는 하원 쪽을 구경하기로 마음먹었다. 그쪽이 더 활기찬 볼거리를 제공한다고 샐리가 말했기 때문이다. 홀에 들어갔을 때 그들은 지난달 식스 포인트 마을 근처에서 세 명의 농업 노동조합 조직원들이 사적 제재를 당한 사건의 조사위원회 결성 요구 결의안을 놓고 토의를 하고 있었다. 샐리는 그날 의사 일정에 그 결의안이 들어 있다고 이야기를 해주었지만, 결의안의 지지자들도 사실 별로 원하지 않는 내용이라 오래 끌지는 않을 거라고도 덧붙였다. 어쨌든 중앙 노동조합에서는 조사위원회 결성을 요구하는 결의안을 통과시켰고, 노동조합 지지측에서도 그걸로 만족한 모양이었다.

그들이 조사위원회를 요구하는 행위만으로도 만족하는 이유는 바로 그 조직원들이 인간이 아니라 맨드레이크*이기 때문이었다. 처음 결의안을 요구할 당시에는 위원회 측에서도 미처 인지하지 못한 상황이었다. 맨드레이크를 만드는 일은 흑마법 중에서도 가장 시커먼 마법일뿐더러

* 실존 식물이지만, 서구 전설에서 종종 등장하는 식물형 환상종

완벽한 위법이기 때문에 어떻게든 조용히 문제를 덮을 방법이 필요했다. 노동운동 측에서는 항상 맨드레이크의 사용을 반대해왔는데, 맨드레이크가 부양할 가족이 있는 실제 인간을 대체하는 용도로 사용되었기 때문이다. 같은 이유로 그들은 합성 복제 인간과 호문쿨루스*도 반대했다. 그러나 노동조합 측에서도 필요에 따라 맨드레이크나 만드라고라, 또는 합성 복제 인간을 얼마든지 사용한다는 사실은 잘 알려져 있었다. 시위나 압력 단체 결성 따위의 문제에 말이다. 내 생각에 불은 불로 상대한다는 개념으로 자신들의 행동을 합리화하는 듯했다. 호문쿨루스는 그 크기 때문에 사용하기 쉽지 않은데, 인간으로 보이기에는 너무 작기 때문이었다.

샐리가 미리 일러주지 않았다면 나는 그다음에 일어난 일을 이해하지 못했을 것이다. 노동조합 임원들이 한 사람씩 일어나서는 즉시 조사 결의안을 통과시킬 것을 요구했다. 그들의 발언이 전부 끝나자, 누군가가 이 사안을 다음번 대배심이 포함된 회의가 열릴 때까지 연장할 것을 제안했다. 이 제안은 별다른 논의나 점호 없이 표결에 붙여졌다. 최초의 결의안에 반대하는 사람이 딱히 존재하지 않았는데도 그 제안은 쉽사리 통과됐다.

의회 기간 내내 신문에서 찾아볼 수 있는 석유 산업 관련 법안 역시 여러 건이 의제로 올라와 있었다. 다음으로 의제로 올라온 안건 역시 그런 부류였는데, 도지사가 노움들과 협상해서 조약을 맺을 것을 촉구하는 법안이었다. 그에 따르면 노움들이 석유 탐사에 협조하면서, 추가로 굴착 작업에도 도움을 주어 원유가 지상으로 올라올 수 있도록 천연가스의 압력을 일정하게 유지해줄 수 있다는 것이었다. 꽤 신선한 발상이라는 생각이 들긴 했지만, 나는 석유 굴착 기사가 아니니 판단을 보류했다.

발안자가 먼저 발언했다. "의장님, 저는 79조 법안에 대한 의원 여러분의 찬성을 요구합니다. 목표는 단순하며, 법안의 장점도 명백합니다.

* '플라스크 속의 작은 인간'이라는 뜻으로 유럽 연금술사가 만들어 내는 인조인간

원유를 확보하는 데 드는 총비용은 많은 부분이 탐지와 채굴 과정의 불확정성에 기인합니다. 작은 종족의 도움이 있으면 원유 가격을 현재 시가 기준 최고 7퍼센트 인하할 수 있으며, 휘발유나 기타 대중이 이용하는 석유 제품의 가격은 그 이상으로 인하할 수 있습니다.

지하의 가스 압력의 경우는 좀 더 기술적인 문제지만, 어림값으로 계산해볼 때 원유 1배럴을 지상으로 올리기 위해서는 30리터의 천연가스가 필요하다고 보면 됩니다. 만약 인간이 갈 수 없는 지하 깊은 곳의 채굴 작업에서 지성 있는 존재의 도움을 얻을 수 있다면, 우리는 이 소중한 가스 압력을 보다 경제적으로 사용할 수 있을 겁니다.

이 법안에 대한 이성적인 반대 의견은 한 가지밖에 없을 겁니다. 우리가 노움들과 유리한 조건으로 계약을 맺을지가 불확실하다는 것이겠지요. 저는 그 일이 가능하다고 생각합니다. 주 정부가 반계의 주민들과 상당히 긴밀한 관계를 유지하고 있기 때문입니다. 노움들은 인간 기술자들이 되는 대로 마구 구멍을 뚫고 들어와, 그들의 거주지를 무너뜨리고 때로는 성스러운 구역을 침범하기까지 하는 현재의 혼란한 상황을 멈추기 위해서라도 기꺼이 협상에 임할 것입니다. 지하의 모든 것이 그들 왕국의 소유라는 그들의 주장에도 일리가 없는 것은 아니지만, 참기 힘든 성가신 공격을 막기 위해서라면 이성적으로 일부를 양도할 것이라 생각합니다.

만약 이 조약이 제대로 진행된다면, 저는 그럴 것이라 생각하지만, 이 주의 모든 금속과 광물 자원의 채굴권을 놓고 다른 조약을 맺을 수도 있을 겁니다. 우리 측에 매우 유리하며, 노움에게도 피해를 입히지 않는 방향으로 말입니다. 잘 생각해보십시오. X선 시각을 가진 노움이 산맥 한 쪽을 투시해서 풍부한 금 광맥을 찾아내는 모습을요!"

상당히 일리가 있는 주장이었다. 단 하나 문제가 있다면, 노움의 왕을 직접 목격한 내 입장에서는 협상을 주재하는 사람이 제닝스 부인이 아닌 이상 그를 그렇게까지 신뢰하기는 힘들 듯하다는 점이었다.

발안자가 자리에 앉자마자, 다른 의원이 즉시 자리에서 일어나 그만큼 열정적으로 법안을 깎아내리기 시작했다. 대부분의 다른 의원들보다 나이가 많아 보였는데, 내가 보기에는 촌뜨기 법률가인 듯했다. 억양을 보니 석유가 나는 곳과는 한참 떨어진 이 주의 북부 출신이었다. "의장님." 그는 목청을 돋우어 소리쳤다. "저는 반대를 요구합니다! 미국의 입법부에서 이토록 품위 없는 헛소리에 귀를 기울이게 될 것이라고 누가 생각했겠습니까? 여기 노움을 실제로 보신 분이 계십니까? 노움이 존재한다고 믿을 이유가 대체 있기는 합니까? 이건 그저 대중이 우리 위대한 주의 자연적인 산물을 손에 넣지 못하게 하기 위한 정치적 수작질일 뿐이며…."

여기서 누군가가 질문을 해서 그의 말을 끊었다. "존경하는 링컨 카운티의 의원님께서는 혹시 본인이 마법을 믿지 않는다고 암시하시려는 겁니까? 어쩌면 라디오나 전화도 믿지 않으실지 모르겠군요."

"전혀 그렇지 않습니다. 의장님께서 용인해주신다면, 저는 존경하는 동료 의원 여러분 앞에서 상원 측에서도 이해할 수 있을 정도로 명확하게 제 입장을 피력하고자 합니다. 일반인들이 흔히 마법이라고 말하는 인류의 지식은 이제 놀라우리만치 보편적으로 사용되고 있습니다. 그 원칙은 잘 알려져 있으며, 자랑스럽게도 고등교육을 관장하는 기관에서 배울 수도 있게 되었습니다. 저는 그 기술을 사용할 정당한 권리를 가진 이들을 모든 면에서 존중합니다. 그러나 저 자신이 그 위대한 과학의 사용자가 아니긴 하지만 제가 아는 한, 그 기술을 사용하기 위해 작은 종족의 존재를 믿어야 한다는 조건은 붙어 있지 않습니다.

일단 논의의 진행을 위해 작은 종족들이 존재한다고 가정해봅시다. 그들에게 대가를 지급해야 할 필요가 있습니까? 우리 것인 게 분명한 물건 때문에 우리 공동체의 사람들이 지하의 존재들에게 사례금을 바칠 필요가 있겠습니까?" 그는 사람들이 자신의 조롱을 받아들이기를 기다렸다. 그런 일이 일어나지는 않았다. "이 말도 안 되는 제안의 논리를 따라

가자면, 우리 지역구의 주민 중 상당수를 차지하는 농업과 축산업 종사자들은 소에서 젖을 짤 때마다 요정들에게 세금을 바쳐야 할 겁니다!"

누군가가 내 옆자리에 들어와 앉았다. 옆을 보고 제드슨이라는 것을 확인한 후 눈짓으로 어떻게 되었는지를 물었다. "당장은 할 일이 없어." 그가 속삭였다. "시간도 남고, 여기서 할 수도 있는 일이니…." 그러고는 논쟁이 일어나고 있는 쪽을 바라보았다.

누군가가 자리에서 일어나 대니얼 웹스터* 콤플렉스가 있는 노인네에게 답변하고 있었다. "존경하는 의원 여러분, 이제 저분의 장광설에 질리셨을 법해서 말씀드리는 겁니다만, 솔직히 어떤 요직을 노리고 연설을 하시는 것인지 이해도 되지 않는군요! 저는 우선 여러분 앞에서 모든 부류의 원소에 대한 법적 해석이 존재함을 주지해드리고 싶습니다. 모세율법, 로마법, 영국 성문법만이 아니라, 우리 남쪽에 있는 이웃 주의 항소법원에서도 그 선례를 찾아볼 수가 있습니다. 법에 대해 아주 기초적인 지식만 가지고 있으시더라도 제가 언급한 사례를 인용 없이도 떠올리실 수 있을 거라고 생각합니다만, 그래도 굳이 한번…."

"의장님! 마지막 문구에 대한 수정을 요청하겠습니다."

"흐름을 자기 쪽으로 가져오려는 전략이야." 제드슨이 속삭였다.

"앞서 발언하신 영예로운 의원님께서 암시하시는 내용이 혹시…."

이런 식으로 이야기가 끝없이 이어졌다. 나는 제드슨을 돌아보며 물었다. "지금 말하는 친구가 무슨 속셈인지 짐작할 수가 없어요. 조금 전에는 소에 대해서 뭐라고 투덜대던데, 대체 뭐가 두려운 거죠, 종교적 편견?"

"일부는 그렇지. 저 사람은 매우 보수적인 선거구 출신이니까. 하지만 지금은 개인 석유 채굴자들의 후원을 받고 있어서 저러는 거야. 그쪽에서는 주 정부가 협상에 나서는 것을 원하지 않거든. 자기네들이 노움과 직접 거래하는 쪽이 더 나을 거라고 생각하는 거지."

* 장중하고 위엄찬 연설로 유명한 미국의 보수주의 정치가. 19세기 전반에 활동했으며, 국무장관을 두 번 역임했다.

"하지만 저 사람은 석유와는 관련이 없잖아요? 그쪽 지역에는 석유가 나지도 않는데."

"그렇지. 하지만 옥외 광고는 있거든. 소위 말하는 개인 석유 채굴자를 담당하는 지주회사에서는 전원 지역의 광고 회사 경영권을 소유하고 있어. 선거철에는 저 사람에게 굉장히 중요한 요소가 될 수 있지."

의원은 우리 쪽을 바라보았고, 무장 경비원이 우리 쪽을 향해 걸어오기 시작했다. 우리는 입을 다물었다. 누군가가 발제 순서를 바꾸자는 제안을 했고, 석유 법안은 이미 위원회를 통과한 마법 법안의 다음으로 밀려나갔다. 이번에는 모든 종류의 마법이나 주술을 금지하자는 내용의 법안이었다.

발안자 말고는 발언을 하는 사람이 없었다. 그는 논리적이라기보다는 학문적인 비난을 진행해나갔다. 그는 블랙스톤의《해설서》와 매사추세츠 마녀사냥 기록에서 상당한 분량을 인용하고는, 고개를 높이 쳐들고 한쪽 손가락을 높이 쳐들고 휘저으며 소리쳤다. "마녀가 살아 있도록 두지 말지어다!"

누구도 구태여 이 법안에 반대를 표하지 않았다. 법안은 제청 없이 그대로 통과되었으며, 놀랍게도 단 한 건의 반대표도 없었다! 나는 제드슨을 돌아보았고, 그는 내 얼굴에 떠오른 표정을 구경하며 웃고 있었다.

"저건 아무 뜻도 없는 짓이야, 아치볼드." 그가 조용히 말했다.

"네?"

"자기 선거구의 특정 지지층을 기쁘게 하려고 저 법안을 제출해야만 하는 당의 일꾼일 뿐이라고."

"그럼 본인도 그 법안에 찬동하지 않는다는 건가요?"

"아니, 물론 확고하게 믿고 있지. 하지만 동시에 가망이 없다는 사실도 알고 있어. 분명 여기 하원에서 통과를 시켜서 자기네 주민들에게 보여줄 수 있도록 미리 합의된 내용이겠지. 이제 상원의 위원회로 보내 심의를 할 거고, 거기서 반려될 거야. 그런 다음에는 아무도 저 법안은 언급하지 않을 테고."

내 목소리가 너무 잘 들리는 모양이었다. 내가 대답하자 발안자가 정말로 고약한 눈빛으로 우리를 노려보았기 때문이다. 우리는 서둘러 자리에서 일어나 그곳을 떠났다.

밖으로 나와서 나는 그가 어쩌다 이렇게 빨리 돌아오게 되었는지를 물었다. "손을 댈 생각이 없다더군. 협회에 대항하는 일이 너무 힘들다고 여기는 모양이야."

"그럼 우린 끝장인 건가요?"

"그럴 리가. 샐리하고 같이 점심 먹고 바로 다른 의원을 만나러 갈 걸세. 지금 당장은 다른 위원회 일을 보고 있거든."

우리는 제드슨이 샐리 로건을 만나기로 약속한 식당에 들렀다. 제드슨은 점심을 주문했고, 나는 생기를 제거한 맥주 두어 캔을 시키며 따지 말고 자리로 가져다달라고 말했다. 술은 좋아하지만 조금도 취하고 싶은 마음은 없었다. 예전에 마법사가 처리한 술을 주문했는데도 취하는 술이 나왔던 적이 있었다. 그래서 캔을 따지 말고 달라고 한 것이었다.

나는 그곳에 앉아서 맥주잔을 쳐다보며 그날 오전에 들은 내용을 곱씹어보고 있었다. 특히 모든 마법을 금지하는 법안에 대해서 말이다. 계속 생각하면 할수록 그 생각이 마음에 들었다. 마법이 인기를 얻고 상업적으로 널리 퍼지기 전에도 사람들은 있는 그대로 잘 살아왔다. 마법이 사용되면서 사기꾼과 독점을 노리는 깡패들 때문에 겪는 문제를 제외하더라도 여러 가지 측면에서 귀찮은 점이 많아졌다. 마침내 나는 이런 생각을 제드슨에게 털어놓았다.

그러나 제드슨은 내 의견에 동의하지 않았다. 그는 어떤 분야에서든 금지하는 일로는 효력이 없다고 했다. 법이 있든 없든, 사람들이 원하는 물건을 공급할 방도가 있다면 결국 그 물건은 공급이 된다. 마법을 금지하면 결국 이 분야를 사기꾼이나 흑마법사들에게 넘겨주는 결과만을 불러온다는 것이었다.

"나 역시 자네와 마찬가지로 마법의 단점을 인지하고 있네." 그는 말을 이었다. "하지만 이건 총기와 마찬가지야. 총기 덕분에 모든 사람이 살인을 저지르고 도망칠 수가 있긴 하지. 하지만 총을 발명한 순간 이미 피해는 발생한 거라네. 우리가 할 수 있는 일은 그 사실을 받아들이는 것뿐이지. 설리번 조례와 같은 법률은 건달들이 총을 가지고 돌아다니며 사용하는 것을 막지 못했어. 그저 정직한 사람들의 손에서 총을 빼앗았을 뿐이었지.

마법의 경우도 마찬가지야. 마법을 금지하면 그 위대한 불가사의에서 발생하는 막대한 혜택을 선량한 사람들의 손에서 앗아 갈 뿐이야. 반면 법을 존중하지 않고 돈을 지급할 마음이 있는 사람들은 흑서나 적서 속에 숨겨져 있는 고약하고 위험한 비밀들을 마음껏 사용할 수 있겠지.

개인적으로는, 이를테면 1750년과 1950년에 행해진 흑마법의 빈도에는 별 차이가 없을 것이라 생각한다네. 그 이전에도 마찬가지고. 저주로 이름났던 펜실베이니아의 네덜란드 정착지를 생각해보게. 남동부 지역도 마찬가지고. 하지만 그때와는 달리 이제 우리는 백마법의 장점도 함께 누릴 수 있게 되지 않았나."

샐리가 식당으로 들어와 우리를 발견하고 자리 한쪽으로 들어와 앉았다. "세상에." 그녀는 안도의 한숨을 쉬며 말했다. "의사당 안의 로비 물결을 헤치고 나온 참이에요. '세 번째 의회'가 정말로 온 힘을 다해 일하고 있는 모양이네요. 저렇게 사람들이 바글거리는 모양은 처음 봤어요. 특히 여자들이."

"세 번째 의회요?" 내가 물었다.

"로비 전문가들을 말하는 걸세, 아치볼드." 제드슨이 설명했다. "그래, 나도 봤어. 그중 3분의 2 정도는 합성 인간인 모양이던데."

"어쩐지 모르는 얼굴이 많다 싶었지." 샐리가 말했다. "확실한 거야, 제드슨?"

"확신까지는 아니고. 하지만 보디도 나와 같은 의견이야. 여자들은 거의 대부분 맨드레이크나 일종의 안드로이드라고 하더라고. 진짜 여자들은 저렇게 완벽하게 아름답지 않지. 저렇게 고분고분하지도 않고. 지금 그 친구가 확인해보는 중이야."

"어떤 식으로?"

"그렇게 강한 마법을 쓰는 사람들의 작품은 대부분 판별할 수 있다고 하더라고. 여기 있는 안드로이드가 모두 마법 주식회사의 물건이라는 것을 증명할 수 있다면…. 글쎄, 그래 봤자 뭘 할 수 있을지 모르겠군. 보디 말로는 좀비도 몇 마리 보인다고 하던데."

"농담하는 거지!" 샐리가 소리쳤다. 역겹다는 생각인지 코에 주름을 잡고 있었다. "정말 취향 괴상한 사람 많네."

그들은 내가 전혀 아는 바 없는 정치적 일면에 대한 대화를 나누기 시작했고, 샐리는 퍼지 아이스크림케이크 조각을 올린 푸짐한 점심을 주문했다. 그러나 나는 그녀가 메뉴판의 왼쪽에 있는 음식들만을 주문했다는 사실을 깨달았다. 내 맥주 속의 알코올처럼 전부 사라질 예정의 음식들이었다.

그들의 대화를 통해 나는 상황을 좀 더 자세히 파악할 수 있었다. 입법 의회에 법안이 상정되면, 우선 위원회로 넘겨 심의하게 된다. 디트워스의 법안인 22조는 전문직표준위원회 쪽으로 넘어갔다. 상원에서는 동일한 법안이 상정된 다음 부지사에 의해서 산업진흥위원회의 심의로 넘어갔다.

우리의 당면 목표는 우리가 만든 법안의 발기인이 되어줄 사람을 찾는 것이었다. 상원과 하원에서 한 명씩, 그리고 가능하면 해당 의회의 유관 위원회 소속인 사람이 좋았다. 이 모든 일을 디트워스의 법안이 심의에 오르기 전에 해야 하는 것이다.

나는 그들과 함께 하원의 두 번째 발기인 후보를 만나러 갔다. 전문직표준위원회 소속은 아니었지만 조세재정위원회 소속이었고, 그 말은 어떤 위원회에 들어가든 상당한 무게를 가지는 사람이라는 뜻이었다.

그는 루터 B. 스펜스라는 이름의 쾌활한 친구였고, 샐리를 기쁘게 해 주려는 마음을 갖고 있다는 사실이 명백해 보였다. 아마도 예전에 도움을 받았기 때문일 것이다. 그러나 첫 번째 사람만큼이나 이번에도 별로 운이 없었다. 그는 우리 법안을 놓고 싸울 시간이 없다고 말했다. 조세무역위원회의 위원장이 앓아누워서 그가 직무대행을 맡고 있다는 것이었다.

샐리는 대놓고 그를 몰아세웠다. "이거 봐요, 스펜스. 예전에 당신이 도움을 요청했을 때 내가 도와줬잖아요. 할 일 많은 사람에게 이런 기억을 상기시키고 싶지는 않지만, 작년에 수렵과 어업위원회에서 공석이 생겼을 때의 일이 기억날 거예요. 지금 내가 원하는 건 이 법안을 놓고 움직이는 거지, 변명이 아니라고요!"

스펜스는 상당히 당황한 모양이었다. "자, 샐리, 그렇게 마음 상할 것 없어요. 지금 아무 일도 아닌데 안달하고 있는 겁니다. 당신이 원하는 거라면 내가 뭐든 해줄 거라는 사실은 알잖습니까. 하지만 정말로 이 법안은 쓸데없는 거예요. 그리고 지금 제 상황에서는 무시할 수 있는 일은 무시할 수밖에 없단 말입니다."

"쓸데없다니, 그게 무슨 뜻이죠?"

"그러니까 그 22조 법안은 걱정하지 않아도 된다는 말이에요. 이건 꼬마 법안이라고요."

제드슨은 나중에 그 용어가 무엇인지 설명해주었다. 꼬마 법안이란 전략적인 이유로 끼워 넣는 법안이다. 그런 법안의 발기인은 실제로 그 법안을 통과시킬 생각은 없으며, 그저 거래의 용도로 사용할 뿐이다. 마치 사업에서의 '제시 가격'과 같은 개념이라는 것이다.

"확실한 건가요?"

"뭐, 그래요, 확실하다고 봅니다. 이번 법안의 문제점을 수정한 다른 법안을 제시할 거라는 이야기가 돌고 있었으니까요."

스펜스의 사무실에서 나온 제드슨이 말했다. "샐리, 스펜스의 말이 옳았으면 좋겠지만, 나는 디트워스의 의도를 믿을 수가 없어. 그 작자는 이쪽 사업을 전부 자기 손에 쥐려고 움직인 거란 말이야. 틀림없어!"

"스펜스의 정보는 대개 사실이야, 제드슨."

"그래, 그건 물론 사실이지만 이번에는 그 사람의 전문 분야하고는 약간 거리가 있는 일이잖아. 어쨌든 뭐, 애써줘서 고마워. 최선을 다해줬으니까."

"더 도와줄 일이 있으면 언제든 말해, 제드슨. 그리고 가기 전에 저녁 식사나 같이하고. 아직 빌이나 아이들은 만나보지도 못했잖아."

"기억하고 있을게."

제드슨은 마침내 우리의 법안을 상정하려는 무의미한 시도를 포기하고, 디트워스의 법안을 처리하는 위원회 쪽에 집중하기 시작했다. 나는 그의 얼굴을 볼 시간조차 별로 없었다. 그는 오후 4시가 되면 칵테일 파티장으로 출근해서는 새벽 3시가 되어 나름 성과를 올리고 흐릿한 눈으로 돌아오곤 했으니까.

나흘째 되는 날 밤, 그는 나를 흔들어 깨우고는 경쾌한 목소리로 선언했다. "상황을 제압했어, 아치볼드!"

"법안을 취소시킨 거야?"

"그 정도는 아니고. 그렇게까지는 할 수 없었어. 하지만 위원회 측에서 통과되어도 신경 쓸 필요가 없을 정도로 잔뜩 개정하라고 통보할 거야. 게다가 위원회마다 개정 요청을 하는 부분이 다르고."

"어, 그러면 어떻게 되는데?"

"그 말은 곧 상원과 하원에서 열리는 위원회에 개별적으로 출두해서 문제점을 바로잡은 다음에, 다시 각 의회에서 최종 승인을 받아야 한다는 말이지. 이렇게 막바지에 와서 그 모든 절차를 통과할 가능성은 거의 없어. 그 법안은 죽은 거나 마찬가지야."

제드슨의 예측은 그럴듯했다. 위원회 심의에서 '승인' 통보를 받은 법안은 토요일 오후 늦은 시각에야 나온다. 그러니까, 실제 시각으로는. 의회의 시계는 행정부의 '필수' 법안을 1심과 2심에서 통과시키기 위해

48시간 전으로 맞춰져 있다. 따라서 공식 시각으로는 목요일이 되는 셈이다. 사기처럼 들린다는 것은 알고, 실제로 사기이기도 하지만, 듣기로는 이 나라의 모든 입법부는 법안이 산적해 있는 회기 종료 시점에 이르면 이런 일을 한다고 했다.

중요한 건, 목요일이든 토요일이든 회기가 그날 밤 안에 종료된다는 것이었다. 나는 디트워스의 법안이 하원에 상정되는 것을 지켜보았다. 그 법안은 별다른 반대 없이 개정된 형태로 통과되었고, 나는 안도의 한숨을 쉬었다. 자정쯤이 되자 제드슨이 나를 찾아와 상원에서도 같은 일이 일어났다고 알려주었다. 샐리는 그 법안이 죽어 있는지를 확인하기 위해 위원회 회의실을 지켜보고 있었다.

제드슨과 나는 각자 맡은 의회를 마지막까지 살펴보았다. 아마 그럴 필요는 없었겠지만, 덕분에 마음은 조금 더 편해졌다. 오전 2시가 다 되어서 보디가 들어오더니 위원회 회의실 밖에서 제드슨과 샐리를 만나야 한다고 말했다.

"왜 그러는데?" 나는 즉시 신경을 곤두세우며 말했다. "혹시 뭔가 문제라도 있는 거야?"

"아니, 다 괜찮고 다 끝났어. 가자고."

내가 보디와 함께 서둘러 도착하자 제드슨은 내가 질문을 하기도 전에 즉시 대답해주었다. "다 잘됐어, 아치볼드. 그 법안을 실행에 옮기지 않고 무기한 연기를 선포하는 순간에 샐리가 있었다고. 다 끝난 거야. 우리가 승리했어!"

우리는 길 건너편의 바에서 승리의 축배를 들기로 했다.

늦은 시간이었지만 바 안은 꽤 붐비고 있었다. 로비 전문가, 지역 정치인, 입법 위원의 비서관, 입법 위원들이 있으면 언제나 의사당에 눌러앉는 지지자들…. 그 모든 사람들이 여전히 잠들지 않고 돌아다니고 있었고, 그중 많은 이들이 이곳을 무기한 연기 소식을 기다리기에 편한 장소로 삼고 있었다.

바에 들어간 우리는 다행히 샐리가 앉을 장소를 찾을 수 있었다. 우리 세 남자는 그녀 주변으로 단단히 모여 서서 과로에 지친 바텐더의 주의를 끌어보려 했다. 간신히 주문을 끝냈을 때 젊은이 하나가 샐리 오른쪽에 앉은 손님의 어깨를 툭툭 쳤다. 그는 즉시 자리에서 일어나 가게를 떠났다. 나는 보디를 찌르며 그 자리에 앉으라고 말했다.

샐리는 제드슨을 돌아봤다. "자, 이제 얼마 안 남았네. 저 사람이 의회 수위관이거든." 그녀는 다른 곳에서 똑같은 행동을 반복하고 있는 젊은이를 턱짓으로 가리키며 물었다.

"저 사람이 뭘 하는 건데요?" 나는 제드슨에게 물었다.

"저 사람들이 기다리고 있던 법안의 최종 투표가 임박했음을 알려주는 거야. 의결 소집 명령을 내린 거지. 의회 측에서 수위관에게 대리인을 보내 자리를 비운 사람들을 체포하라고 명령을 하는 거야."

"체포를 해요?" 나는 조금 충격을 받았다.

"명목적인 체포지. 상원에서 법안을 처리하기 전까지 하원의 일은 일시 중단되거든. 그러면 대부분의 의원은 식사를 하거나 한잔 걸치러 자리를 뜨는 거지. 표결할 준비가 끝나서 이제 의원들을 다시 모으는 거야."

뚱뚱한 남자 하나가 방금 빈 자리를 차지하고 앉았다. 샐리가 말했다. "안녕, 돈."

남자는 입에서 시가를 빼면서 말했다. "잘 있었나, 샐리? 별일 없어? 흠, 당신 그 마법 법안에 관심이 있는 줄 알았는데?"

우리 넷은 즉시 바짝 긴장했다. "맞아, 그게 그렇게 됐는데?"

"글쎄, 그럼 그쪽으로 가보는 게 낫지 않을까. 지금 막 표결을 하고 있던데. 의결 소집하는 거 못 봤어?"

우리는 그때 아마 길 건너기 신기록을 세웠을 것이다. 통통한 샐리가 진두지휘를 했다. 나는 제드슨에게 어떻게 그런 일이 가능한지를 물었지만, 그는 "나도 몰라! 직접 가서 봐야지."라는 대꾸로 내 입을 다물게 했다.

우리는 1층 관중석의 난간 뒤쪽에서 빈자리를 찾을 수 있었다. 샐리는 면식이 있는 사서 한 명을 불러서 현재 상정되어 있는 법안의 사본을 가져다달라고 했다. 난간 앞에는 하원 의원들이 여기저기 모여 서 있었다. 집권당 원내총무 자리 앞에는 사람들이 꽤 모여 서 있었고, 야당 쪽에는 더 적은 사람들이 모여 있었다. 당 지도책들은 여기저기 흩어져 작고 격렬한 목소리로 토의를 하고 있었다.

사서가 법안 사본을 들고 돌아왔다. '중부 카운티 개발 계획'의 상정 법안이었다. 이번 회기의 마지막 '필수' 법안이었다. 하지만 그에 덧붙여 디트워스의 법안이 처음에 상정된 대로, 가장 끔찍한 형태로 무임승차를 하고 있었다!

상원에서 덧붙인 모양이었는데, 아마도 기본이 되는 필수 법안에 대한 3분의 2의 지지를 확보하기 위해 디트워스의 꼭두각시들의 표를 끌어들인 모양이었다.

표결은 거의 즉시 시작되었다. 호명 투표를 시작하자 다수당의 원내총무가 그 법안을 통과시키기로 결정했다는 사실이 순식간에 명백해졌다. 사서가 법안의 통과를 선언하자, 반대당 원내총무가 무기한 연기를 요청했고, 그 요청은 즉시 받아들여졌다. 의장은 두 명의 원내총무를 불러 모아서, 주지사와 상원의 현 담당 의원에게 무기한 연기가 확인될 때까지 기다리라고 지시했다.

망치 울리는 소리에 우리는 충격에서 깨어났다. 우리는 힘없이 의사당을 빠져나왔다.

*

다음 날 늦은 오후, 우리는 주지사와 면담을 하러 갔다. 가뜩이나 빼곡한 일정 사이에 이렇게 갑작스러운 약속을 끼워넣었다는 것은 샐리가 의사당에서 행사하는 막대한 영향력을 알려주는 또 다른 지표였다. 주지사가 우리를 만나고 싶지 않다는 것도, 만날 시간이 없다는 것도 명백했기 때문이다.

그러나 주지사는 샐리를 반갑게 맞이한 다음 제드슨이 디트윅스-중부 카운티 법안에 거부권을 행사해야 하는 이유를 간략하게 설명하는 이야기에 귀를 기울였다.

논리적인 설득을 하기에는 여건이 좋지 않았다. 꼭 필요한 전화가 두 건이 걸려왔는데, 하나는 재무 담당으로부터, 다른 하나는 워싱턴으로부터 온 것이었다. 주지사의 개인 비서가 들어와서 그에게 비망록을 건네기도 했는데, 주지사는 걱정스러운 표정을 짓더니 거기에 뭐라고 적은 다음 되돌려주었다. 나는 그로부터 한동안 그가 다른 생각을 하고 있다는 사실을 알 수 있었다.

제드슨이 말을 끝내자 주지사는 한참을 앉아서 압지 받침을 내려다보고 있었다. 얼굴에는 깊은 피로의 표정이 떠올라 있었다. 그리고 그는 천천히 입을 열었다. "안 되겠소, 제드슨 씨. 그렇게는 못 하겠구려. 마법의 규제 문제가 이렇게 완벽하게 다른 문제와 엮이게 된 것을 나도 당신만큼이나 유감으로 생각하고 있소. 하지만 법안의 한쪽은 승인하고 한쪽에만 거부권을 행사할 수는 없소. 그 법안이 완전히 동떨어진 두 개의 문제를 다루고 있더라도 말이오.

당신이 내 주지사 선거에서 노력해준 점은 정말로 감사하게 생각하고…." 나는 여기서 샐리의 영향력을 읽을 수 있었다. "우리가 이 문제에서 합의를 할 수 있었으면 정말 좋겠소. 하지만 중부 카운티 계획은 내가 취임한 순간부터 매진해온 법안이오. 나는 이를 통해 공공 재원을 소모하지 않고도 우리 주에서 가장 낙후된 지역의 경제 문제를 해결할 수 있으리라 기대하고 있소. 만약 내가 마법에 관한 개정안이 실제로 주에 심각한 악영향을 미칠 것이라 생각한다면…."

그는 잠시 말을 멈추었다. "하지만 그렇게 보이지는 않는구려. 오늘 아침 샐리가 전화를 했을 때, 나는 입법 자문위원에게 법안을 검토해보라고 말했소. 그 법안이 불필요한 것이라는 사실은 명백하지만, 내가 보기에는 관료주의의 규제가 더욱 심해지는 것 외에는 별다른 해를 끼치지 않을 것 같소. 좋은 일은 아니지만, 온갖 규제 아래서도 사업을 해나가고 있지 않소. 조금 더 심해진다고 해서 문제가 심각해지지는 않을 거요."

나는 주지사의 말에 끼어들었다. 무례한 행동이었겠지만 나는 머리끝까지 화가 난 상태였다 "하지만 각하, 만약 직접 그 내용을 자세히 살펴보신다면 얼마나 큰 피해를 줄지 확실히 아실 수 있을 겁니다!"

만약 그가 나한테 분통을 터뜨렸다 해도 놀라지 않았을 것이다. 그러나 그는 대신 서류가 잔뜩 쌓여 넘치고 있는 서류함을 가리켰다. "아치볼드 씨, 저기에는 이번 입법 회기 동안 통과된 57건의 법안이 있소. 그 모든 법안이 나름의 결함을 가지고 있지. 모든 법안이 이 주의 누군가, 또는 모두에게 매우 중요한 사안이오. 그중에는 읽는 데만도 소설 한 권만큼 시간이 걸리는 것도 있지. 이제부터 9일 동안 나는 저 중에서 당장 법으로 성립될 것과 다음 회기까지 기다렸다가 개정해야 하는 것을 추려내야만 하오. 그 9일 동안 적어도 천 명의 사람이 저 법안들 때문에 나를 만나러 올 거요…."

주지사의 수행원이 문틈으로 머리를 들이밀었다. "12시 20분입니다. 주지사님! 40분 안에 비행기를 타셔야 합니다."

주지사는 멍하니 고개를 끄덕이고는 자리에서 일어섰다. "실례해도 괜찮겠소? 점심 정찬에 참석해야 해서 말이오." 그는 옷장에서 모자와 장갑을 꺼내고 있는 수행원을 돌아보았다. "연설문은 가지고 있나, 짐?"

"물론입니다, 각하."

"잠깐만요!" 샐리가 끼어들었다. "강장제는 드셨어요?"

"아직 안 먹었네."

"정찬 자리에 가실 땐 꼭 갖고 가셔야죠!" 그녀는 그의 개인 화장실로 들어가서는 약이 든 병을 가지고 나왔다. 제드슨과 나는 최대한 빨리 인사를 하고 빠져나왔다.

밖으로 나온 후 나는 제드슨에게 우리가 무시당했다고 잔뜩 화를 내기 시작했다. 정치가들이 얼마나 골빈 머저리들인지에 대해 말하고 있는데 제드슨이 내 말을 잘랐다.

"입 닥쳐, 아치볼드! 작은 가게가 아니라 한 주를 경영하는 일이 얼마나 힘겨울지 짐작이나 가나!"

나는 입을 닥쳤다.

보디가 의사당 로비에서 우리를 기다리고 있었다. 담배를 던져버리고 우리에게 서둘러 다가오는 것을 보니 왠지 흥분했다는 사실을 잘 알 수 있었다. "저기 봐요! 저 아래!"

우리는 보디의 손가락을 따라 시선을 옮겼고, 두 사람이 정문으로 나가는 뒷모습을 목격했다. 하나는 디트워스고, 다른 하나는 그와 함께 일하는 유명한 로비스트였다. "왜 그러는데? 제드슨이 물었다.

"저는 여기 전화박스 뒤에서 벽에 기대 담배를 빼물고 있었습니다. 보시면 알겠지만, 여기서 보면 저 원형 계단 아랫단이 저기 커다란 거울에 비쳐 보이죠. 당신들이 오는지 확인하려고 저 거울을 보고 있었단 말입니다. 거울에 저 심스라는 로비스트가 혼자 걸어오는 것이 보였는데, 꼭 누구와 말하는 것처럼 손짓하고 있더란 말입니다. 그래서 호기심이 생겨서 전화박스 모퉁이를 돌아 직접 확인했죠. 그런데 그는 혼자가 아니었습니다. 디트워스와 함께 있었죠. 거울을 다시 봤더니 혼자 있는 것으로 보이더군요. 디트워스의 모습이 거울에 비치지 않았단 말입니다!"

제드슨은 손가락을 튕겼다. "악마로군!" 그는 놀란 목소리로 말했다. "전혀 의심할 생각도 못 했는데!"

*

나는 기차에서 자살 사건이 더 많이 일어나지 않는다는 점에 내심 놀라곤 했다. 좌절에 빠진 사람에게, 반복되는 풍경을 바라보며 신경에 거슬리는 선로의 탁탁 소리를 듣는 것만큼 우울한 일이 또 어디 있겠는가. 디트워스가 인간이 아닌 존재라는 새로운 전개를 곱씹을 수 있어 다행이었다. 덕분에 불쌍한 펠드스타인과 그의 1천 달러에 대해서는 생각하지 않을 수 있었으니까.

디트워스가 악마라는 사실은 물론 충격적이었지만, 그 때문에 딱히 상황이 변한 것은 아니었다. 그가 우리 모두를 따돌릴 수 있을 만큼 신속하고 능률적으로 움직일 수 있었던 이유가 밝혀졌고, 사기꾼들과 마법 주식회사가 같은 괴물의 두 머리라는 추측이 사실로 드러난 것뿐이었다. 그러나 디트워스가 반계의 괴물이라는 사실을 증명할 도리는 없었다. 우리가 그자를 법정에 소환해서 확인하려 한다면, 그는 모습을 숨긴 채 복제나 맨드레이크를 보낼 것이다. 그와 똑같은 모습으로 제작되어 거울 시험을 통과할 수 있는 자를 말이다.

위원회로 돌아가 실패를 보고할 엄두가 나지 않았다. 적어도 나는 그랬다. 그러나 다행히 그런 사태는 피할 수 있었다. 중부 카운티 법령에는 서명한 즉시 효력을 발휘한다는 조항이 끼어 있었고, 거기에 첨부된 디트워스의 법안 역시 같은 속도로 효력을 발휘했다. 우리가 역에서 내려서 산 신문에는 이미 새로운 마법위원회 구성원의 이름이 실려 있었다.

그리고 이 집행위원들은 자신의 권력을 사용하는 데 조금도 시간을 낭비하지 않았다. 그들은 모든 분야에서 마법의 기준을 올릴 것이라고 선언한 후, 더욱 새롭고 체계적인 면허 시험을 준비할 예정이라고 발표했다. 과거 디트워스가 수장을 맡고 있던 협회는 기존의 마법사 면허를 가지고 있던 사람들이 마법의 원리와 비전 법칙을 다시 배울 수 있는 강의를 열었다. 그들의 헌장에서 명시하는 고결한 원칙에 따라, 협회에 가입되어 있지 않은 사람들도 강의를 수강할 수 있도록 했다.

이렇게만 들으면 협회가 대인배다운 행보를 보였다고 생각할지도 모른다. 그러나 실상은 그렇지 않았다. 그들은 강의 중에 협회의 회원이 되면 새로운 시험에 통과하는 데 큰 도움이 될 거라는 암시를 주었다. 법정으로 갈 정도로 대놓고 말한 것은 아니었다. 계속 암시를 했을 뿐이었다. 협회는 계속해서 성장했다.

2주 후 모든 마법사 자격증이 취소되었다. 마법사들은 언제든 호출되어 재시험을 보고, 자격증 재심사를 받아야 했다. 마법 주식회사와 계약하지 않은 훌륭한 마법사 몇 명이 호출되어 심사를 받고 자격증이 취소되었다. 그들은 계속해서 죄어들어왔다. 제닝스 부인은 군말 없이 마법 사용을 그만두었다. 보디는 나를 찾아왔다. 아파트 건물 건으로 그와 했던 계약이 아직 완료되지 않았던 것이다.

"이거 자네 계약서야, 아치볼드." 그가 씁쓸하게 말했다. "계약이행 불가 위약금을 지급하려면 조금 시간이 걸릴 것 같아. 자격증이 취소되니까 신용 대출도 안 되더라고."

나는 계약서를 받아들고 둘로 찢었다. "위약금 따위는 잊어버려. 자네가 시험에 통과하고 나면 새 계약서를 쓰자고."

보디는 비참하게 웃었다. "불가능한 소리는 하지 말라고."

나는 화제를 바꿨다. "이제 뭘 할 거야? 마법 주식회사와 계약을 할 건가?"

보디는 등을 곧게 폈다. "나는 악마와 거래를 한 적은 없어. 이제 와서 시작할 생각도 없고."

"착한 어린이로군." 내가 말했다. "뭐, 먹고 살기 어려워지면 여기서 자네가 할 만한 일을 찾아줄 수도 있을 거야."

*

보디가 저축한 돈이 약간 있어서 참으로 다행이었다. 내가 사업 상황을 지나치게 낙관적으로 파악했었다. 마법 주식회사는 재빨리 착취의 두 번째 단계로 옮겨갔고, 얼마 지나지 않아 나 자신도 하루 세 끼를 먹고 살 수 있을지 걱정이 되는 상황이 펼쳐졌다. 아직도 도시에는 자격증을 가지고 있으면서도 마법 주식회사에 고용되지 않은 마법사들이 제법 남아 있었다. 순식간에 모든 사람의 자격을 정지시켰다면 대놓고 조작한 티가 났을 테니까. 하지만 남아 있는 이들은 죄다 물약 하나 제대로 조합

하지 못하는 실력 없는 얼뜨기들이었다. 마법 주식회사를 통하지 않고는, 실력 있고 합법적인 마법의 도움을 얻을 방법이 없었다.

나는 모든 상황에서 과거의 방식으로 돌아갈 수밖에 없었다. 그리 많은 마법을 사용하지 않기 때문에 나름 가능한 일이었다. 하지만 바로 그 때문에 사업은 흑자에서 적자로 돌아섰다.

나는 대행사 일을 포기한 펠드스타인을 영업사원으로 고용했다. 그는 꽤 유능한 친구라서 손실을 줄이는 데 도움이 되었다. 나보다도 이익의 냄새를 더욱 잘 맡을 수 있는 사람이었다. 워딩턴 박사가 마녀의 냄새를 맡는 것보다 더 효율이 높은 수준이었다.

하지만 내 주변 자영업자 대부분은 굴복할 수밖에 없었다. 대부분의 사람들이 적어도 하나 이상의 작업 단계에서 마법을 사용했다. 그런 이들은 마법 주식회사와 계약을 하거나, 아니면 사업을 관둘 수밖에 없었다. 그들에게도 아내와 자식들이 있었기에 그들은 결국 서명을 했다.

마법의 비용은 고객들이 감당할 수 있는 한도 내에서 최대한까지 치솟았다. 마법 없이 사업하는 것보다 마법이 있는 쪽이 조금이나마 더 싸게 먹힐 정도까지 말이다. 새로 창출된 이윤은 마법사들에게는 조금도 가지 않았고, 회사가 전부 소유했다. 사실 마법사들은 개인 자격으로 사업할 때보다 더 적은 돈을 벌었지만, 그저 돈을 벌 수 있고 가족을 부양할 수 있다는 것만으로도 만족해야 했다.

제드슨은 심각한 타격을 받았다. 절망적인 수준이었다. 악마와 거래하느니 당당하게 파산을 맞이하는 쪽을 택하는 사람이었기에 그는 당연히 굴복하지 않았다. 그러나 그의 사업에는 모든 과정에 마법이 들어갔다. 그는 끝장이었다. 우선 그의 작업감독인 어거스트 웰커가 자격증을 빼앗겼고, 이어 남은 모든 재원도 잘려나갔다. 설령 그가 굴복한다고 해도 마법 주식회사는 더 이상 그와 거래를 해주지 않을 것이 분명했다.

*

어느 늦은 오후, 우리는 모두 제닝스 부인의 집에 차를 마시러 모였다. 나, 제드슨, 보디, 그리고 마법 사냥꾼인 로이스 워딩턴 박사까지. 당면한 문제를 화제로 삼지 않으려고 시도는 했지만 불가능한 일이었다. 무슨 이야기를 해도 결국은 디트워스와 그의 빌어먹을 독점으로 이야기가 넘어가버리고 말았다.

잭 보디가 10분에 걸쳐 상세하고 솔직하게 자신은 이제 마법과 관계없는 일을 하고 싶으며, 애초부터 별다른 재능도 없었고, 그저 자기 부친을 기쁘게 하려고 이 일에 들어섰다는 설명을 끝마친 다음, 나는 화제를 바꾸려 시도했다. 연민과 동정심을 가득 담은 눈으로 보디의 말에 귀를 기울여준 제닝스 부인 때문에, 나 자신도 울부짖고 싶은 기분이 되었다.

나는 제드슨을 돌아보며 별생각 없이 물었다. "엘렌 양은 어떤가요?"

저지시티에서 온 그 직물 관계 마법을 사용하는 여자 얘기였다. 딱히 그녀의 상황에 관심이 있는 것은 아니었다.

제드슨은 깜짝 놀라 고개를 들었다. "엘렌? 그 여자는… 그냥 괜찮네. 한 달 전에 자격증을 빼앗겼더군." 그는 어정쩡하게 말을 맺었다.

대화가 이런 방향으로 흘러가기를 원한 것은 아니었다. 나는 다시 방향을 돌려보았다. "옷 한 벌을 만들어내는 데에는 성공한 건가요?"

그는 살짝 표정이 밝아졌다. "어, 그래, 성공했지. 한 번. 그 이야기를 하지 않았던가?" 제닝스 부인은 정중하게 호기심을 보였고, 나는 속으로 그녀에게 감사했다. 제드슨은 다른 이들에게 그들이 무엇을 하고 있었는지를 설명해주었다. "정말로 너무 깔끔하게 성공했지." 그는 말을 이었다. "일단 발동이 걸리니까 그대로 계속해나가서, 그 황홀경에서 깨어나게 할 수도 없더군. 그대로 3만 벌이 넘는 작은 줄무늬 운동복을 만들어냈어. 전부 같은 사이즈와 도안이었지. 내 다락방 창고에 그 옷이 가득 차 있다고. 10분의 9 정도는 내가 처리하기 전에 녹아 사라져버릴 거야.

하지만 다시 하지는 않겠다는군. 건강에 악영향을 끼치는 모양이야." 그가 덧붙였다.

"어째서요?" 내가 물었다.

"글쎄, 일단 그 작업 한 번으로 몸무게가 5킬로그램이나 빠졌어. 마법을 쓰기에는 몸이 너무 연약한 거지. 그 여자한테 진짜 필요한 건 애리조나로 가서 1년 동안 햇볕 아래 누워 있는 거야. 내가 돈이 있었다면 바로 보내줬을 텐데."

나는 그를 보면서 눈살을 찌푸렸다. "그 여자 본인에게 흥미가 생긴 건가요, 제드슨?" 제드슨은 확고한 독신주의자였지만, 그렇지 않은 것으로 간주하는 쪽도 꽤 재밌는 일이었다. 보통 그도 놀림에 동참했지만, 이번에는 대놓고 퉁명스러운 반응을 보였다. 평상시보다 신경이 곤두서 있다는 뜻이었다.

"아, 제발 헛소리는 관두게, 아치볼드! 실례합니다, 제닝스 부인! 자네는 사람이 꿍꿍이 없이는 다른 사람에게 인간적인 관심을 보일 수 없다고 생각하는 건가?"

"미안해요."

"괜찮네." 그는 웃음을 지었다. "이렇게까지 예민하게 굴 필요는 없었는데. 어쨌든, 나는 엘렌과 함께 우리 모두의 문제를 해결해줄 발명을 하나 해냈다네. 제대로 작동하는 시제품이 완성되면 자네들 모두에게 보여주려는 생각이었지. 자, 모두 여길 보라고!" 그는 조끼 주머니에서 볼펜으로 보이는 물체를 하나 꺼내어 내게 넘겼다.

"이게 뭔가요? 펜?"

"아니."

"그럼 체온계인가요?"

"아니. 열어서 보라고."

뚜껑을 돌려 열어보자, 그 물건이 소형 파라솔임이 밝혀졌다. 진짜 우산처럼 펴고 접을 수 있는 물건으로, 펴면 지름이 10센티미터가 조금 안 될 정도였다. 파티장에서 가끔 볼 수 있는, 일본인이 좋아하는 작은 장난감처럼 보였지만, 이 물건은 종이와 대나무가 아니라 아마유를 먹인 견직물과 금속으로 만들어져 있었다.

"예쁘군요. 게다가 아주 기발해요. 그런데 이게 어디다 쓰는 물건이죠?" 내가 말했다.

"물에 담가봐."

나는 물을 찾아 주변을 둘러보았다. 제닝스 부인이 빈 컵에 물을 조금 부어주었고, 나는 그 안에 그 물건을 담갔다.

순간 그것이 내 손 안에서 꿈틀거리는 듯했다.

30초도 지나지 않아, 내 손에는 일반 크기의 우산이 들려 있었고, 나는 어안이 벙벙해진 채 우스꽝스러운 자세로 주저앉아 있었다. 보디는 손바닥을 주먹으로 때리며 말했다.

"저거 엄청난 물건인데요, 제드슨! 아직 저런 생각을 한 사람이 없었다는 게 대단해요."

제드슨은 덤덤하게 축하를 받아들인 다음 덧붙였다. "그게 다가 아니라고, 잘 봐." 그는 주머니에서 작은 봉투를 뽑더니, 그 안에서 15센티미터 크기의 인형에게 맞을 듯한 작고 투명한 우비를 한 벌 꺼냈다. "이것도 똑같은 기술을 쓴 거지. 이것도." 그는 3센티미터 크기도 되지 않는 고무장화 한 벌을 꺼냈다. "남자라면 시계주머니에 넣을 수도 있을 테고, 여자라면 장식 팔찌처럼 가지고 다닐 수 있겠지. 우산이나 우비 중 하나만 있어도 비를 걱정할 필요가 없는 거야. 빗방울에 맞기만 하면, 짠! 원래 크기가 되는 거지. 마르면 다시 줄어들고."

우리는 서로 그 물건들을 둘러보며 감상했다. 제드슨은 말을 이었다. "내 생각은 이거야. 이 사업에는 마법사하고 판매상이 필요해. 보디, 자네하고 아치볼드, 자네가 맡아주면 되지. 주주도 이미 두 명이 있어. 엘렌하고 나, 그 여자는 필요한 치료를 받으러 갈 테고, 나는 은퇴해서 공부를 다시 시작하면 되겠지. 언제나 그러고 싶었던 대로."

나는 즉시 이 물건의 상업적인 가능성에 대해 생각하기 시작했지만, 갑자기 한 가지 문제점이 떠올랐다. "잠깐 기다려요, 제드슨. 우리는 이 주에서는 사업을 할 수가 없잖아요."

"그렇지."

"다른 주로 옮겨 가려면 자본이 꽤 필요할 거예요. 당신은 상황이 어때요? 나는 가게를 매각해도 천 달러도 융통할 수가 없을 텐데."

제드슨은 얼굴을 찌푸렸다. "나랑 비교하면 자네는 갑부나 다름없어."

나는 자리에서 일어나 초조하게 방 안을 돌아다니기 시작했다. 어떻게든 자금을 모아야 했다. 날려버리기에는 너무 아쉬운 기회였고, 우리가 모두 이걸로 재기할 수 있을 것이었다. 분명 특허를 따낼 수 있어 보였고, 나는 제드슨이라면 결코 생각하지 못했을 상품화 가능성을 떠올리고 있었다. 캠프용 텐트, 카누, 수영복, 온갖 종류의 여행 장비. 이건 제대로 노다지였다.

제닝스 부인은 부드럽고 달콤한 목소리로 우리 대화에 끼어들었다. "사업을 시작할 수 있는 주를 찾기가 그리 쉬울 것 같지는 않더구나."

"잠깐요. 무슨 말씀이세요?"

"로이스 박사와 나는 여기저기 질문을 해보았단다. 유감스럽게도 이 나라 전체가 이 주와 마찬가지로 독점이 돼버린 모양이야."

"뭐라고요! 48개 주 모두가요?"

"악마들은 우리와는 달리 시간이라는 제약이 없는 존재란다."

이로써 다시 원점으로 돌아와버렸다. 다시 디트워스였다.

우울한 기운이 안개처럼 우리 모두를 뒤덮었다. 어떤 식으로 해법을 찾아보아도 결국 원점으로 돌아올 뿐이었다. 기발하고 새로운 사업을 구상해내도 소용없었다. 디트워스가 모든 사업을 틀어막아 버렸으니까. 어색한 침묵이 흘렀다.

나는 마침내 분통을 터뜨리며 침묵을 깼고, 덕분에 나 자신도 놀라고 말았다. "이것 좀 보라고요!" 나는 소리쳤다. "이런 상황은 용납할 수 없어요. 쓸데없는 일은 그만하고 다들 인정하자고요. 디트워스가 장악한 이상 우리는 끝장이에요. 뭔가 해야 하지 않겠어요?"

제드슨은 고통스러운 웃음을 지어 보였다. "신께 맹세코 나도 그러고 싶다네, 아치볼드. 뭔가 쓸 만한 방법을 생각해낼 수만 있다면 말이야."

"하지만 우리 적이 누구인지는 명백하지 않나요. 디트워스라고요! 놈을 막아서자고요, 합법적이든 불법적이든, 공정하게든 야비하게든!"

"하지만 바로 그 점이 문제야. 우리가 적을 제대로 알고 있나? 솔직히 말해서, 우리는 그자가 악마라는 점은 알지만 어디서 온 어떤 악마인지는 전혀 모른다고. 몇 주 동안 그 작자를 본 사람은 한 명도 없어."

"네? 하지만 내가 알기로는 바로 요전날에…."

"인형이었어. 텅 빈 껍데기지. 진짜 디트워스는 아무도 찾을 수 없는 곳에 있어."

"하지만 이것 좀 봐요. 만약 그놈이 악마라면 소환해서 행동을 강제할 수가…."

이번에는 제닝스 부인이 대답했다. "가능할 수도 있겠지, 불확실하고 위험한 방법이지만 말이다. 하지만 한 가지 부족한 게 있단다. 그자의 이름 말이야. 악마를 소환하려면 악마의 진짜 이름을 알아야 한단다. 그걸 모르면 아무리 강력한 주문을 사용해도 악마가 복종하게 만들 수가 없어. 나는 몇 주 동안 반계를 훑고 다녔지만, 이 일에 꼭 필요한 그 이름을 알아내지 못했단다."

위딩턴 박사는 시멘트 혼합기만큼 깊은 소리로 헛기침을 하더니 이렇게 자원하고 나섰다. "만약 이 괴이쩍은 존재를 처리하는 데 도움이 된다면, 저는 기꺼이 모든 능력을 다해 돕겠습니다."

제닝스 부인은 그에게 감사를 표했다. "아직 어떤 도움이 필요할지는 모르겠군요, 박사. 하지만 당신이라면 분명 믿어도 되겠지요."

제드슨이 문득 입을 열었다. "흰색은 검은색을 이기는 법이죠."

그녀가 대답했다. "물론 그렇지."

"어디서든 마찬가지겠지요?"

"어디서든 그렇단다. 어둠은 빛이 없는 상태일 뿐이니까."

제드슨이 말을 이었다. "흰색이 검은색을 기다려주는 것은 현명한 작전이 아닙니다."

"좋은 일이 아니지."

"내 형제 로이스가 도와준다면 우리는 어둠 속으로 빛을 가지고 들어갈 수 있을지도 모릅니다."

그녀는 그 말을 생각해보았다. "가능한 일이긴 하겠구나. 하지만 매우 위험한 일이야."

"그곳에 가보셨습니까?"

"가끔은. 하지만 자네는 내가 아니고, 여기 다른 사람들도 마찬가지야."

나를 제외한 다른 모든 사람이 이 대화의 내용을 알아먹는 모양이었다. 나는 대화에 끼어들었다. "잠깐 좀 기다려봐요. 지금 무슨 말을 하는 건지 설명 좀 해주실 수 없나요?"

"네게 일부러 무례하게 굴려던 건 아니란다, 아치볼드." 제닝스 부인이 이렇게 말하자 다 괜찮아졌다. "제드슨이 제안한 것은, 우리가 여기서는 꼼짝할 수 없는 상황이니까 반계로 돌격해 들어가서 이 악마를 찾아낸 다음, 그의 본거지에서 공격하자는 것이란다."

조금 시간을 들이고 나서야, 이 계획이 얼마나 단순하고 뻔뻔스러운지를 파악했다. 그리고 나는 말했다. "좋아요! 그렇게 해봅시다. 언제 시작하죠?"

그들은 다시 내가 따라잡을 수 없는 전문적인 토의를 시작했다. 제닝스 부인은 곰팡내 나는 책 몇 권을 꺼내어 내용을 인용했는데, 나한테는 산스크리트어처럼 들렸다. 제드슨은 그녀의 연감을 빌려서는 박사와 함께 뒤뜰로 나가서 달을 관찰하기 시작했다.

마침내 모든 것이 한 가지 쟁점, 아니 토의점으로 압축되었다. 최종적으로는 모두가 제닝스 부인의 판단을 따르기 마련이니 쟁점이랄 것은 없었다. 아무래도 현실 세계와의 접점을 유지할 수 있는 만족할 만한 방법이 없어서, 제닝스 부인은 그 문제를 해결하기 전까지는 일을 시작할 마음이 없는 모양이었다. 문제는 이것이었다. 흑마법사도 아니고, 사탄의 계약서에 서명한 것도 아니기 때문에, 어둠의 왕국 주민이 아닌 우리로서는 무사히 그곳을 통과해 여행할 수가 없었다.

보디는 제드슨을 돌아보았다. "엘렌 메기스는 어떻습니까?" 그는 미심쩍게 질문했다.

"엘렌? 아, 그래, 물론이지. 해줄 거야. 전화를 해보지. 제닝스 부인, 혹시 이웃 중에 전화를 가진 사람이 있습니까?"

"그럴 필요 없습니다." 보디가 그에게 말했다. "잠깐만 그 여자를 생각하고 계시면, 제가 연락을…." 그는 한동안 제드슨의 얼굴을 바라보고 있다가 갑자기 사라졌다.

한 3분 정도 지나서 엘렌 메기스가 가볍게 허공에서 나타났다. "보디 씨는 좀 있으면 따라오실 거예요. 담배를 사러 간다고 하셨어요." 그녀가 말했다. 제드슨은 그녀를 제닝스 부인에게 소개했다. 확실히 몸이 좋아 보이지 않는 모습이라 제드슨의 걱정도 이해가 되었다. 엘렌은 몇 분마다 한 번씩 갑상샘 부종이 있는 사람처럼 침을 삼키며 기침을 해댔다.

보디가 들어오자마자 그들은 세부 사항을 의논하기 시작했다. 제드슨은 엘렌에게 지금 무엇을 꾸미는 중인지를 설명해주었다. 그녀도 열의에 넘쳐 기꺼이 돕겠다고 나서며, 마법을 한 번 더 쓴다고 해서 몸에 문제가 일어나지는 않을 거라고 주장했다. 이제 더는 기다릴 필요가 없었다. 그들은 즉시 떠날 준비를 시작했다. 제닝스 부인이 명령을 내렸다. "엘렌, 여기 벽난로 옆의 소파가 휴식을 취하기 좋을 거다. 보디, 여기 남아서 문을 지켜라." 제닝스 부인 거실의 벽난로 굴뚝이 가장 용이한 장소로 보였다. "엘렌을 통해서 우리와 계속 연결되어 있으면 된단다."

"하지만 할머니, 반계에 가면 제가 필요하지…."

"아니, 보디." 그녀는 부드럽지만 단호했다. "너는 여기서 훨씬 더 필요하단다. 너도 알겠지만, 누군가가 통로를 지키면서 우리가 돌아오는 것을 도와야 하잖니. 각자의 역할이 있는 법이지."

보디는 잠시 투덜댔지만 곧 승복했다. 제닝스 부인이 말을 이었다. "이게 전부인 모양이구나. 엘렌과 보디는 여기 있고, 제드슨과 로이스, 그리고 내가 넘어가면 될 거야. 아치볼드, 너는 기다리고 있는 것밖에 할 일이 없겠구나. 하지만 돌아오게 된다면 이 세계 시간으로 10분도 걸리지 않을 거야." 그녀는 서둘러 부엌으로 가서는, 고약에 대해서 뭐라고 말하고는 보디를 불러 양초를 준비하라고 지시했다. 나는 서둘러 그녀를 따라갔다.

"제가 기다리는 것밖에는 할 수 있는 일이 없다니, 그게 무슨 소린가요? 저도 따라갈 겁니다!" 나는 요구했다.

제닝스 부인은 대답하기에 앞서 몸을 돌려 나를 돌아보았다. 그녀의 아름다운 눈에는 걱정이 깃들어 있었다. "그럴 수 있을지 모르겠구나, 아치볼드."

제드슨이 나를 따라 들어와 한쪽 팔을 붙들었다. "이봐, 아치볼드, 정신 좀 차려. 그건 말도 안 되는 소리야. 자네는 마법사가 아니잖아."

나는 그의 팔을 뿌리쳤다. "당신도 아니잖아요."

"엄밀히 따지자면 나도 아니긴 하지만 쓸모가 있을 만큼은 마법에 대해 알고 있지. 이봐, 이런 데서 고집부리지 말라고. 자네가 따라와봤자 방해가 될 뿐이야."

이런 식의 공격은 반격하기도 힘들뿐더러, 기본적으로 불공평한 일이었다. "어째서요?" 나는 끈덕지게 물고 늘어졌다.

"젠장맞을, 아치볼드, 자네는 젊고 강하고 의지력도 강하고, 싸움판이 벌어지면 내 등 뒤를 지켜봐달라고 말하고 싶은 사람이기는 해. 하지만 이건 용기가 필요한 일도, 머리만 좋다고 되는 일도 아니야. 특수한 지식과 경험이 필요한 일이라고."

"글쎄, 그쪽 재능이라면 제닝스 부인이 충분히 가지고 계시잖아요.

하지만 죄송합니다, 제닝스 부인! 부인은 늙고 연약하시다고요. 힘이 부족할 때 내가 그 역할을 대신할 수 있어요."

제드슨은 슬쩍 재미있어하는 표정이 되었고, 나는 하마터면 그를 걷어찰 뻔했다. "하지만 반계에서는 그런 것이 필요한 게…."

워딩턴 박사의 중저음이 우리 뒤편 어디선가 들려오며 대화에 끼어들었다. "형제, 내 생각에는 우리 젊은 친구의 성급한 무지가 도움이 될 수도 있을 것 같네. 지혜로운 자는 지나치게 신중히 움직이는 법이니 말이야."

제닝스 부인이 모두의 말을 멈추게 했다. "그만두게, 자네들 모두." 그녀는 이렇게 명령하며 발돋움해서 부엌 찬장으로 손을 뻗었다. 그녀는 찬장을 열고 오트밀 통을 옆으로 치운 다음, 작은 가죽 가방을 하나 꺼냈다. 그 안에는 가는 막대기가 가득 차 있었다.

그녀는 막대기를 바닥에 흩뿌렸고, 세 사람은 그 위로 쭈그리고 앉아 패턴을 연구해보았다. "다시 던져보세요." 제드슨이 말했다. 그녀는 그렇게 했다.

제닝스 부인과 박사가 서로 동의한 듯 엄숙하게 고개를 끄덕이는 모습이 보였다. 제드슨은 어깨를 으쓱해 보이고는 돌아섰다. 제닝스 부인은 걱정을 담은 눈으로 나를 불렀다. "너도 가자꾸나. 위험하기는 하지만, 함께 가는 거야." 그녀가 작은 소리로 말했다.

우리는 더 이상 시간을 낭비하지 않았다. 고약을 데워서 서로의 등에 발라주었다. 수문장의 역할을 맡은 보디는 자신의 오망성과 마법진과 룬문자 가운데 들어가서, 커다란 책을 펴들고 똑같은 어조로 계속해서 주문을 읊조렸다. 워딩턴 박사는 자신의 진짜 모습으로 들어가기로 결정하고는, 허리에 천을 두른 검은 몸의 머리부터 발끝까지 마법의 기호를 그린 다음, 겨드랑이 아래 자기 할아버지의 머리를 낀 채로 섰다.

제드슨의 최종 형태에 대해서는 여러 의견이 나왔고, 그의 변신 모습은 여러 차례 확인과 재조정을 거쳤다. 결국 그가 택한 것은 기괴하게 뒤틀린 해골 위에 회색 육체가 종잇장처럼 얇게 붙어 있고, 허리는 구부정하며, 동물처럼 가는 엉덩이에 길고 뼈가 드러난 꼬리가 붙은 모습이었다. 그는 꼬리를 끊임없이 흔들어댔다. 전체적인 형상은 충분히 인간에 가까웠는데, 그게 완전히 동떨어진 것보다 오히려 더 혐오감을 불러일으켰다. 나는 그의 모습에 숨이 턱 막혔지만, 본인은 꽤 만족한 모양이었다. "됐어!" 그는 함석판을 긁는 목소리로 외쳤다. "아주 훌륭한 작품이에요, 제닝스 부인. 아스모데우스도 저를 자기 조카인 줄 알 겁니다."

"그럴 리가 있나." 그녀가 말했다. "그럼 이제 가볼까?"

"아치볼드는 어떻게 하죠?"

"저대로 가도 충분히 괜찮을 거야."

"그러면 부인의 변신은요?"

"그건 내가 알아서 할 걸세." 그녀는 딱 잘라 말했다. "이제 자리를 잡게나."

제닝스 부인과 나는 같은 빗자루에 탔다. 나는 앞에 앉아 짚솔 위에서 타오르는 촛불을 보고 있었다. 할로윈 장식으로 쓰는 빗자루는 손잡이가 앞으로, 솔 부분이 뒤로 가는 모양을 하고 있다. 이건 잘못 전해진 것으로, 이 분야에서는 전통이 매우 중요하다. 워딩턴 박사와 제드슨은 우리 뒤에 딱 붙어서 따라올 모양이었다. 세라핀은 재빨리 자기 주인의 어깨로 올라가 자리를 잡았다. 수염이 흥분한 듯 떨리고 있었다.

보디가 주문을 외우자 빗자루 위의 촛불이 높이 치솟으며 타올랐고, 우리는 그대로 출발했다. 나는 거의 공황에 빠질 정도로 겁을 먹었지만, 빗자루를 꽉 붙들고 티를 내지 않으려 노력했다. 벽난로가 우리를 향해 입을 벌리더니 괴물같이 커다란 입구로 변했다. 안에서 타오르는 불꽃은 숲이 타는 것처럼 이글거리며 우리를 집어삼켰다. 휘말려 들어가는 동안 언뜻 샐러맨더가 불꽃 사이에서 춤추는 모습이 보였고, 나는 녀석이 내 샐러맨더라고 확신했다. 나에게 동의를 구하고 가끔 내가 새로 지은 벽난로에 와서 놀아주던 녀석 말이다. 좋은 징조 같았다.

우리는 입구를 뒤로하고 떠났다. 물론 '뒤'라는 단어를, 방향 자체가 기호일 뿐인 곳에서도 사용할 수 있다면 말이다. 비명을 지르는 화염은 이제 우리에게서 떨어져 나갔고, 나도 조금이나마 정신이 돌아오고 있었다. 안심시키려는 듯한 손이 내 허리를 잡았고, 나는 제닝스 부인과 이야기하기 위해 고개를 돌렸다.

그리고 그대로 빗자루에서 떨어질 뻔했다.

집을 떠날 때, 내 뒤에는 늙고 쪼그라들고 시들어버린 몸을 불굴의 의지력으로 이끄는 노파가 타고 있었다. 하지만 지금 내 눈에 보이는 사람은 건장하고 온전하고 생기 넘치는 아름다움을 지닌 젊은 여성이었다. 전혀 부족함이라고는 보이지 않는, 상상 속에서도 그 이상 완벽해질 수 없을 것 같은 여인이었다.

숲속의 디아나 청동상을 본 적이 있는가? 그와 비슷한 모습이었다. 금속으로는 내가 보고 있는 생생하고 역동적인 아름다움을 담아낼 수 없다는 점을 제외하면 말이다.

하지만 똑같은 여인이었다!

그것은 제닝스 부인, 그러니까 아만다 토드 제닝스가 여성으로서 원숙한 정점에 도달한 스물다섯 즈음의 모습이었을 것이다. 시간 앞에서 그 완벽함이 부드럽게 사그라들기 이전의 모습 말이다.

나는 이제 두려움도 느끼지 못하고 있었다. 지금까지 본 중에서 가장 매력적이고 역동적인 여성을 마주하고 있다는 사실 말고는 모든 것을 잊어버렸다. 그녀가 적어도 나보다 예순 살은 더 먹었다는 사실, 그리고 현재의 그녀 모습이 마법이 가져온 승리일 뿐이라는 사실도 잊어버렸다. 만약 그때 누군가가 내게 아만다 제닝스와 사랑에 빠졌느냐고 물었다면, 나는 단호하게 그렇다고 대답했을지도 모른다. 그러나 그 순간에는 너무 혼란스러워 그렇게 명쾌하게 생각할 수조차 없었다. 그곳에 그녀가 존재한다는 사실, 그것으로 충분했다.

그녀는 웃음을 지었고, 전부 이해한다는 듯한 눈으로 나를 바라보았다. 내가 아는 그 목소리였지만, 흔히 듣던 명쾌하고 높은 소프라노가 아닌 풍성한 콘트랄토였다. "괜찮은 거지, 아치볼드?"

"네." 나는 떨리는 목소리로 대답했다. "네, 아만다, 모두 다 괜찮아요!"

반계에 대해 말해보자면…, 지금까지 내가 알던 척도와 단 하나도 맞지 않는 곳을 어떻게 설명할 수 있을까? 그 존재를 표현할 단어조차 만들어지지 않은 것들을 어떻게 언급할 수 있겠는가? 사람은 알지 못하는 존재를 설명하려면 자신이 알고 있는 존재와 비교할 수밖에 없다. 여기에는 연관을 지을 수 있는 존재가 없었다. 모든 것이 완전히 생경했다. 내가 할 수 있는 일이라곤 이곳의 본질이 나라는 인간의 감각에 어떠한 영향을 끼쳤는지, 이곳의 사건이 나라는 인간의 감정에 어떻게 작용했는지를 말하는 것뿐이다. 두 가지 거짓이 존재한다는 점을 염두에 두기 바란다. 내가 보고 느낀 거짓, 그리고 내가 입으로 말하는 거짓.

나는 이 문제에 대해 나중에 제드슨과 상의해보았는데, 그 역시 이런 어려움에 달리 대처할 방법이 없다는 점에 동의했다. 그러나 일부 내용에는 부분적으로 진실된 요소가 들어 있을지도 모른다. 반계의 악영향을 감안한다면 받아들일 수 있는, 부분적인 진실 같은 것 말이다.

현실과 반계 사이에는 한 가지 눈에 띄는 차이점이 있었다. 현실에는 관습이나 문화가 변하는 와중에도 변치 않는 자연법칙이 존재한다. 반계에서 변하지 않는 것은 관습뿐이며, 자연법칙은 존재하지 않는다. 부디 상상해보기 바란다. 국가의 수장이 중력의 법칙을 폐지할 수 있으며, 자신의 법령에 실효성을 부여할 수 있는 세계를, 크누트 대왕처럼 바다를 물러가게 하고 파도를 지배할 수 있는 장소를. '위'와 '아래'가 그저 견해의 차이일 뿐이며, 방향을 날짜처럼, 색깔을 거리처럼 읽을 수 있는 곳을.

그렇다고 해도 이곳이 무의미한 혼돈뿐인 것은 아니었다. 우리가 자연현상의 법칙을 따르는 것처럼, 이곳의 주민들은 관습에 따르도록 구속되어 있었기 때문이었다.

우리는 주변을 감싸고 있는 형체 없는 잿빛을 헤치고 급격하게 왼쪽으로 방향을 틀어 사바트가 열리는 장소를 살펴볼 생각이었다. 아만다는 끊임없이 변하는 반계의 미궁을 단서 없이 배회하는 대신, 정면으로 고대의 악마와 대면하여 문제를 해결할 모양이었다.

워딩턴 박사가 사바트 장소를 찾아냈지만, 나는 발밑에서 땅이 나타나 내 발을 향해 돌진해 올 때까지 아무것도 눈치채지 못하고 있었다. 그러고 나서 빛과 형체들이 보였다. 우리 앞으로 5백 미터쯤 떨어진 곳에 흐릿한 공기 속으로 붉은색을 발하는 거대한 왕좌에 앉은 존재가 보였다. 그 위에 앉은 존재를 명확하게 알아볼 수는 없었지만, 그가 바로 '그' 본인이라는 사실을 알 수 있었다. 우리의 궁극의 적 말이다.

우리는 이제 혼자가 아니었다. 우리 주변 사방에서 지성이 있고 사악한 죽지 못한 사자들이 들끓기 시작했다. 그들은 공기를 뿌옇게 메우고 땅속에서 기어 나오고 있었다. 우리가 걸음을 옮기는 땅 자체가 꿈틀거리며 고동쳤다. 얼굴 없는 존재들이 우리 발을 킁킁거리며 깔짝거렸다. 안개가 자욱해 흐릿한 공기 속에서 형체가 보이지 않는 자들이 느껴졌다. 찍찍거리고, 신음하고, 기분 나쁘게 키득거리는 소리가 울렸다. 침을 흘리며 움찔거리고, 공기를 빨아들이고 구역질을 하고 웅얼거리는 목소리가 어른거렸다.

우리의 존재 자체가 왠지 모르게 거슬린 모양이었다. 나는 놈들 때문에 겁에 질려 버렸다! 우리 앞길에서 폴짝거리거나 부스럭거리는 소리가, 그러다 우리 뒤를 슬그머니 따라오며 서로 중얼거리며 경고를 내뱉는 소리가 계속해서 귀를 괴롭혔기 때문이었다.

형체 하나가 우리 앞길로 나오더니 멈추었다. 커다랗게 부푼 머리와 축축하고 유연한 팔을 가진 놈이었다. "돌아가라!" 놈은 씩씩거리며 말했다. "돌아가! 마녀가 되려는 자들은 하층에서 심사를 받아야 한다." 분명 인간의 언어로 말한 것은 아니었지만, 무슨 말을 하는지는 명확하게 알 수 있었다.

워딩턴 박사가 놈의 얼굴을 후려쳤고, 우리는 뒤따라 자근자근 밟아주었다. 발아래에서 연약한 뼈가 우직거리며 부서지는 느낌이 들었다. 놈은 다시 힘겹게 몸을 일으키더니 복종하겠다고 애원하고는, 우리 앞길로 나서서 옥좌 앞으로 안내해주겠다고 자청했다.

"이놈들을 다루는 방법은 이것뿐이야." 제드슨이 내 귓가에 속삭였다. "우선 얼굴을 한 번 걷어차면 그제야 우리를 존중하기 시작하지."

옥좌 앞의 공터에는 흑마녀, 흑마법사, 온갖 끔찍한 형상의 악마들, 그리고 그보다 하위의 부정한 존재들이 가득했다. 왼쪽에는 가마솥이 끓고 있었다. 오른쪽에는 한 무리가 마녀의 연회에 참석하고 있었다. 나는 그 모습에서 고개를 돌렸다. 옥좌 바로 앞에서는 관습대로 위대한 염소 대왕의 여흥을 위해 마녀들이 춤판을 벌이고 있었다. 수십 명의 남자와 여자, 젊은이와 늙은이, 아름다운 이들과 추한 이들이 펄쩍펄쩍 뛰어다니며 빠른 박자로 도저히 불가능해 보이는 온갖 재주를 부렸다.

우리가 옥좌 앞으로 밀고 들어가자, 춤꾼들은 춤을 멈추고 머뭇거리며 우리에게 길을 열어주었다. "이건 또 뭐지? 이게 어떻게 된 건가?" 가래가 끓는 목쉰 소리가 들려왔다. "우리 귀여운 아가씨가 아닌가! 이리 와서 내 옆에 앉아라, 내 사랑! 마침내 내 계약에 서명을 하러 온 게냐?"

제드슨이 내 팔을 붙들었다. 나는 간신히 입을 다물었다.

"나는 그대로 내 자리에 있을 겁니다." 아만다가 경멸이 가득 담긴 목소리로 말했다. "당신 계약에 대해서 굳이 내가 설명할 필요는 없을 텐데요."

"그럼 여기까지 왜 온 거냐? 게다가 저 기묘한 동행들은 또 뭐고?" 염소는 옥좌 위에 높이 앉아서 우리를 내려다보더니 털이 부숭부숭한 허벅지를 치며 신나게 웃어젖혔다. 워딩턴 박사는 몸을 꿈틀거리며 혼잣말을 했다. 할아버지의 머리는 분노해서 지껄여댔다. 세라핀은 침을 뱉었다.

제드슨과 아만다가 한동안 머리를 맞대고 수군대더니 이윽고 아만다가 고개를 들고 말했다. "아담과의 협정에 의해 나는 여기서 조사를 할 권리를 주장하고자 합니다."

염소가 킬킬 웃었고, 주변의 작은 악마들은 일제히 귀를 막았다. "여기서 특권을 주장한다고? 계약도 맺지 않고서?"

"당신네의 관습에 따라서죠." 그녀가 날카롭게 대꾸했다.

"아, 그래, 관습이라! 관습을 언급했으니 그 말에 따르기로 하지. 그러면 누구를 조사하려는 거냐?"

"이름은 모릅니다. 당신의 악마 중 하나이며, 당신의 관할지 바깥에서 부당한 권세를 취하려 한 자입니다."

"내 악마 중 하나인데, 이름도 모른다고? 우리 귀여운 아가씨, 이 몸은 7백만의 악마를 부리고 있다. 그 녀석들을 하나하나 조사할 생각인가, 아니면 한 번에 훑어볼 생각인가?" 그의 비꼬는 투는 그녀의 경멸에 버금갈 정도였다.

"한 번에 훑어보죠."

"손님에게 무례하게 굴었다는 말을 들을 수는 없지. 어디 보자, 정확하게 5개월 하고 사흘 뒤로 이동한다면, 내 휘하의 신사들을 전부 불러들여 당신의 검열을 받도록 해주지."

어떤 식으로 이동했는지는 기억도 나지 않는다. 광활한 갈색의 평야가 펼쳐져 있었고, 하늘은 존재하지도 않았다. 사악한 군주의 소집에 모여든 반계의 모든 악마가 새 부대별로 오와 열을 맞추어 서 있었다. 각료들이 사탄 주변을 호위했다. 제드슨은 그들을 하나씩 가리켰다. 수상인 루키푸게, 대원수인 사타나치아, 공군 대장인 베엘제붑과 레비아탄, 아스토레스, 아바돈, 맘몬, 테우투스, 아스모데우스, 인쿠부스, 타락한 대군주들. 총 70마리의 군주가 각자 자신의 군단을 거느리고 있었고, 대공과 대군주들을 제외한 모두가 그들의 군주인 사탄 메크라트리그의 부하였다.

사탄은 여전히 염소의 형상을 하고 있었지만, 그의 참모들은 제각기 자신이 좋아하는 혐오스러운 형상을 취했다. 아스모데우스는 제각기 다른 모습에 제각기 사악한 머리 세 개가, 부풀어 오른 드래곤의 뒤편 반신 앞에 붙어 있는 모습이었다. 맘몬은 전체적으로 지독하게 혐오스러운 타란툴라와 흡사해 보이는 모습이었다. 아스토레스는 제대로 묘사도 하기 힘들었다. 인쿠부스만이 인간과 흡사해 보이는 모습이었는데, 호색한의 본질을 나타내기 위해서는 그런 형상일 수밖에 없어 보였다.

염소가 우리 쪽을 바라보면서 명령했다. "얼른 해라. 너희를 즐겁게 하려고 여기 모인 것이 아니니까."

아만다는 그를 무시하고는 우리와 함께 눈앞의 부대로 향했다.

"이리 돌아와라!" 염소가 노성을 질렀다. 그리고 그의 말대로 우리는 돌아왔다. 더 이상 발길을 옮겨놓을 수가 없었다. "관습을 무시하는구나. 인질부터 내놓아라!"

아만다는 입술을 깨물었다. "알겠습니다." 그녀는 말하고는, 잠시 워딩턴 박사와 제드슨과 함께 상의했다. 나는 워딩턴 박사가 항변하는 것을 눈치챘다.

워딩턴 박사가 말했다. "실제로 일하는 것은 저일 테니, 제 동료는 직접 고르는 편이 좋겠습니다. 제 나름의 이유 때문에 말입니다. 할아버님께서는 가장 어린 이를 고르라고 말씀하십니다. 물론 그 사람은 아치볼드가 되겠지요."

"무슨 소립니까?" 내 이름을 듣자 나는 이렇게 물었다. 나는 나름대로 당연한 이유 때문에 토의에서 제 몫을 하지 못하고 있었지만, 내가 언급된 이상 이건 분명 내 일이었다.

"워딩턴 박사는 자네가 디트워스를 찾아내는 일에 동행하기를 원하고 있어." 제드슨이 말했다.

"아만다를 여기 악마들과 같이 남겨두고요? 마음에 안 드는 소린데요."

"내 한 몸은 알아서 할 수 있단다, 아치볼드." 그녀가 조용히 말했다. "워딩턴 박사가 너를 원하면 그와 함께 가는 것이 가장 내게 도움이 되는 일이란다."

"그 인질 소리는 뭔데요?"

"검사의 권리에 따르는 당연한 요구란다." 그녀가 설명했다. "디트워스를 데려오지 못하면 인질은 그대로 몰수당하는 거지."

내가 대꾸도 하기 전에 제드슨이 목소리를 높였다. "영웅인 척하는 짓거리는 관두게. 이건 심각한 문제야. 자네가 함께 가는 것이 가장 도움이 되는 일이라고. 만약 자네 둘이 돌아오지 않는다면, 그 작자들은 인질을 손에 넣기 전에 한바탕 싸움을 벌여야 할 거야!"

나는 그곳을 떠났다. 워딩턴 박사와 함께 그들을 두고 떠나자마자, 나는 아만다의 근처에서 내가 얼마나 마음의 평온을 얻었는지를 깨닫게 되었다. 그녀의 영향권을 떠나는 순간 이곳이 내뿜는, 정신이 뒤틀리는 공포와 끔찍한 주민들의 충격이 나를 강타했다. 무언가 내 발목에 몸을 문지르는 느낌에 신발을 벗고 펄쩍 뛰어오를 지경이었다. 그러나 아래를 내려다보자, 아만다의 고양이 세라핀이 나를 따라오기로 결심했다는 것을 알 수 있었다. 그 이후로는 상황이 조금 나아졌다.

악마들의 첫 대열에 이르자, 워딩턴 박사는 다시 개의 자세를 취했다. 그는 우선 내게 할아버지의 머리를 넘겼다. 예전 같았으면 미라가 된 머리를 만지는 일 자체를 끔찍하게 여겼을 테지만, 여기 오니 친근하고 편안한 느낌이 들 지경이었다. 이내 워딩턴 박사는 네 발로 기어 다니며 지옥의 전사들 사이를 헤집고 들어가기 시작했다. 세라핀은 그의 뒤를 따라 달려가며 함께 사냥에 참여했다. 사냥개는 고양이가 일의 절반을 맡아주어 제법 만족하는 느낌이었으며, 고양이가 제 몫을 할 것이라는 점에는 의심의 여지가 없었다. 나는 짐승들이 양쪽에서 튀어나오는 것을 보며 최대한 빠르게 통로를 따라 걸어갔다.

내 느낌으로는 상당히 오랜 시간이 흐른 것 같았다. 피로가 경직되어 멍한 상태로 변하고, 공포가 무딘 불안감으로 바뀔 정도였으니 꽤 오래되었을 것이다. 나는 악마의 눈을 정면으로 들여다보지 말아야 한다는 점을 배웠고, 그들의 외양으로는 전혀 놀라지 않게 되었다.

우리는 대대와 연대를 샅샅이 훑으며 돌아다녔고, 마침내 반대쪽 끝인 왼쪽 날개까지 이르게 되었다. 짐승들은 갈수록 초조해하고 있었다. 지휘 본부의 전열까지 전부 끝내자, 사냥개는 내게 뛰어와 낑낑 신음을 흘렸다. 아마도 그의 할아버지를 찾는 것이었겠지만, 나는 손을 뻗어 그의 머리를 두드려주었다.

"좌절하지 말아요, 친구. 아직 저자들이 남아 있으니까." 나는 제각기 자기 부대의 앞에 서 있는 장군과 군주들을 손짓해 보였다. 맨 끝까지 오기는 했지만, 아직 왼쪽 날개의 장군들을 확인하지 않은 상태였다. 그러나 나는 이미 절망에 사로잡혀 있었다. 이미 7백만을 끝낸 판국인데 대여섯 명에 얼마나 가능성이 남아 있겠는가?

사냥개는 고양이를 대동하고 가장 가까운 곳에 서 있는 장군에게 향했고, 나는 최대한 빨리 그를 따라갔다. 그는 악마 옆으로 다가가기 전에 이미 짖어대기 시작했고, 나는 달리기 시작했다. 악마는 움찔거리더니 모습을 바꾸려 했다. 그러나 그 기묘한 형태 가운데에서도 어딘가 낯익은 모습이 숨어 있었다. "디트워스!" 나는 소리치며 악마에게 달려들었다.

나는 가죽 날개에 얻어맞고 발톱에 긁혔다. 워딩턴 박사가 나를 도우려 뛰어들었다. 이제 그는 사냥개가 아니라 100킬로그램은 나갈 몸무게의 건장한 흑인이었다. 고양이도 발톱과 이빨을 휘둘러대는 분노의 털뭉치가 되었다. 그때 기묘한 사건이 일어나지 않았더라면 우리는 모두 패배해 완벽하게 끝장나고 말았을 것이다. 악마 하나가 대열에서 빠져나와 우리 쪽으로 달려든 것이다. 나는 그를 보기보다는 느끼고 있었고, 그자가 자기 주인을 구하러 온 것이라고 확신하고 있었다. 관습에 따르면 허용되지 않는 일이지만 말이다. 그러나 그는 우리를 도왔다. 천적인 우리를 말이다. 그가 지독한 복수심을 보이며 사납게 달려드는 통에, 순식간에 상황은 우리에게 유리한 쪽으로 기울어버렸다.

순식간에 모든 것이 끝났다. 나는 땅바닥을 뒹굴며 악마 군주가 아니라 인간과 흡사한 모습으로 변한 디트워스의 멱살을 잡았다. 그는 절제되고 우아한 복장을 한 작고 온화한 사업가로 변해 있었다. 서류 가방, 안경, 벗겨지기 시작한 머리까지 완벽한 모습이었다.

"이놈 좀 떼어내줘." 디트워스가 퉁명스럽게 말했다. '이놈'이란 이빨도 없이 잇몸으로 그의 목을 물고 늘어진 워딩턴 박사의 할아버지를 일컫는 말이었다.

워딩턴 박사는 디트워스를 붙들고 있던 한쪽 손을 놓고 할아버지를 다시 모셔왔다. 세라핀은 우리 포로의 다리에 발톱을 박아 넣은 채로 꼼짝도 하지 않고 있었다.

우리를 구출해준 악마는 여전히 우리와 함께 있었다. 디트워스의 어깻죽지에 발톱을 그대로 깊이 박은 채로. 나는 헛기침을 한 다음 말했다. "이 일에 성공한 것은 전부 당신 덕분이며…." 그러나 그다음에는 대체 어떤 말을 이어야 할지 알 수가 없었다. 한 번도 없었던 사건이었으니까.

악마는 호의를 보이려는 느낌으로 얼굴을 찌푸려 보였지만, 내게는 무섭게 보일 뿐이었다. "제 소개를 하지요." 그는 인간의 언어로 말을 꺼냈다. "저는 미 연방 수사국 소속의 윌리엄 케인 요원입니다."

아무래도 나는 이 말을 듣고 실신했던 것 같다.

정신이 들어 보니 나는 땅 위에 누워 있었다. 누군가가 내 상처에 연고를 발라준 모양인데, 거의 뻐근하지도 않고 고통도 전혀 느껴지지 않았다. 그러나 나는 죽을 만큼 지쳐 있었다. 어딘가 가까운 곳에서 사람들의 목소리가 들렸다. 고개를 돌리자 우리 일행이 모두 한데 모여 있는 모습이 보였다. 워딩턴 박사와, 자신을 정부 요원이라 주장하는 악마는 디트워스를 사이에 낀 채로 사탄을 마주하고 있었다. 강대한 지옥의 군세는 흔적조차 남아 있지 않았다.

"그래, 내 조카 네비로스였던 게로군." 염소는 고개를 저으며 킥킥 웃었다. "네비로스, 너는 못된 자식이고 그 사실이 자랑스럽구나. 하지만 이렇게 잡혔으니 이들의 대표를 상대로 네 힘을 시험해봐야겠구나." 그는 아만다를 불렀다. "내 사랑, 그쪽의 대표자는 누구지?"

친절한 악마가 입을 열었다. "제가 할 일 같군요."

"그렇지는 않을 거예요." 아만다가 맞받아쳤다. 그녀는 그를 한쪽으로 불러서는 귀에 대고 열심히 속삭였다. 마침내 그는 날개를 늘어뜨리고 포기했다.

아만다가 다시 우리와 합류했다. 나는 비틀대며 일어서서 그들에게 다가갔다. "한쪽이 죽을 때까지 결투하는 정도면 충분하겠지. 준비됐나, 네비로스?" 아만다가 말했다. 나는 아만다가 어떻게 될지 모른다는 죽음과도 같은 공포와, 그녀라면 원하는 것은 뭐든 할 수 있을 거라는 믿음 사이에서 어찌할 바를 몰랐다. 제드슨은 내 표정을 보고 고개를 저었다. 이건 내가 끼어들 일이 아니었다.

그러나 네비로스는 도전을 받아들일 배짱이 없었다. 묘하게도 인간처럼 보이는 디트워스의 모습을 유지한 채로, 그는 자신의 군주를 돌아보았다. "감히 그러고 싶지는 않군요, 숙부님. 결과는 명백합니다. 중재를 해주세요."

"물론 그렇게 하마, 조카여. 저 여자가 너를 없애버리기를 기원하고 있었건만. 언젠가 네가 나를 고역에 빠뜨릴 테니 말이다." 그리고 그는 아만다를 보며 말했다. "어디 보자… 어… 1억 년 정도면 되겠나?"

아만다는 눈짓으로 우리의 의견을 파악했다. 자랑스럽게도 나를 포함해서. 그리고 그녀는 대답했다. "그렇게 하지요." 나중에 나는 이 형벌이 사건의 무게에 비해 그리 가혹한 편은 아니라는 말을 들었다. 현실 세계에서는 6개월 금고형이나 다름없다는 것이다. 하지만 이곳의 관습을 어긴 것이 아니라 백마법에 패배한 것이 문제인만큼 당연한 일이기는 했다.

단호하게 한쪽 팔을 휘둘러 내렸다. 굉음과 섬광이 이어지며, 디트워스-네비로스는 우리 앞에서 사지를 쩍 벌린 채로 커다란 바윗돌에 짓눌리고, 튼튼한 쇠사슬로 구속되었다. 그는 다시 악마의 형상으로 돌아와 있었다. 아만다와 워딩턴 박사는 쇠사슬을 살펴보았다. 그녀는 걸쇠 하나 하나에 봉인 반지를 가져다 댄 다음, 염소를 보고 고개를 끄덕였다. 바위는 순식간에 저 멀리 날아가며 시야에서 사라져버렸다.

"이걸로 전부 끝난 모양이군. 당신들도 이제 가야겠지." 염소가 선언했다. "단 한 명만 빼고." 그는 정부 요원 악마를 보며 웃음을 지었다. "이 친구한테는 나름의 계획이 있으니까."

"안 돼요." 아만다는 단호한 투로 말했다.

"왜 그렇게 나오는 거지, 내 사랑? 이자는 당신네 일행처럼 면책권이 있는 것도 아니고, 우리 관습을 거슬렀는데."

"안 돼요!"

"그건 들어줄 수가 없는데."

"사탄 메크라트리그." 그녀가 천천히 말했다. "나하고 힘을 겨루어보고 싶은 건가요?"

"당신과 말인가, 부인?" 염소는 처음 마주한 것처럼 그녀를 찬찬히 훑어보았다. "글쎄, 오늘 꽤 힘겨운 날이 아니었나? 이야기는 그쯤 해 두지. 그럼 다음에 또 보세."

사탄은 그렇게 사라져버렸다.

악마는 그녀를 마주하고 서서 감사를 표했다. "고맙습니다. 벗어 보일 모자라도 가지고 있었으면 좋겠군요." 그러고는 불안하게 덧붙였다. "여기서 나가는 길을 알고 계신가요?"

"자네는 모르는 모양이로군?"

"네, 바로 그게 문제입니다. 아무래도 제 상황을 설명해야 할 것 같군요. 저는 반독점 대책 분과에 속해 있습니다. 수사를 하다가 디트워스, 또는 네비로스라는 작자를 발견하게 되었지요. 그리고 그자가 평범한 흑마법사일 것이며, 돌아갈 때는 그자의 출입구를 이용하면 될 거라고 생각하고 따라 들어온 겁니다. 사실을 파악했을 때는 모든 것이 너무 늦었고, 저는 여기 갇혀버렸지요. 가짜 악마가 되어 영원히 이곳에서 살아갈 뻔했습니다."

나는 그의 이야기에 상당히 흥미가 생겼다. 물론 나도 모든 정부 요원이 법률가거나 마법사거나 회계사라는 사실은 알고 있었지만, 지금까지 직접 만나본 사람은 회계사뿐이었던 것이다. 이런 어마어마한 위험을 이렇게 침착하게 언급했다는 사실로, 지금까지 내가 가지고 있던 정부 요원에 대한 높은 평가는 더욱 상승하게 되었다.

"우리 문으로 돌아가도 될 거네." 아만다가 말했다. "우리와 딱 붙어 있게나." 그리고 그녀는 우리를 돌아보았다. "그럼 이제 출발할까?"

*

우리가 도착했을 때 잭 보디는 아직도 책의 주문을 읊고 있었다. "8분 30초가 걸렸군요." 그는 손목시계를 보며 말했다. "훌륭합니다. 문제는 해결하셨나요?"

"그래, 해결했다네." 원래 모습으로 돌아오는 고통 때문에 제드슨의 목소리가 사그라들었다. "모든 것이…."

그러나 보디가 도중에 끼어들었다. "케인, 이 사기꾼 친구야!" 그가 소리쳤다. "대체 어쩌다 이 일행에 끼어들게 된 건가?" 우리의 악마는 도중에 변신을 풀고 원래 모습으로 돌아와 있었다. 늘씬하고 단호한 얼굴의 젊은이로, 수수한 회색 양복을 입고 챙 달린 모자를 쓰고 있었다.

"안녕, 보디." 그가 인사를 했다. "내일쯤 찾아가서 전부 이야기해주겠네. 지금은 일단 보고서를 올려야 해서." 그는 그 말을 남기고 사라졌다.

엘렌도 황홀경에서 빠져나왔고, 제드슨은 그녀가 제정신을 차리는 모습을 염려하는 눈으로 바라보았다. 나는 고개를 돌려 아만다를 찾았다.

부엌 쪽에서 그녀의 소리가 들려 나는 서둘러 그쪽으로 향했다. 그녀는 평온하고 침착한 아름다운 얼굴을 들고 나를 바라보았다. "아만다, 아만다…." 나는 말했다.

아마 무의식적으로 그녀에게 키스를 하고, 사랑을 나누고 싶었던 듯하다. 하지만 여성 쪽에서도 그럴 의도가 있음을 드러내지 않는 이상, 그런 일을 시작하기는 쉽지 않은 법이다. 그리고 그녀는 그런 일을 하지 않았다. 따뜻하고 친절한 태도였지만, 내가 넘을 수 없는 거대한 벽을 두르고 있었다. 그녀가 모두를 위해 따뜻한 코코아와 토스트를 준비하는 동안 나는 계속 뒤를 따라다니며 앞뒤가 안 맞는 소리를 떠들어댔다.

다른 이들이 오고, 나는 코코아가 차갑게 식어가는 동안 마음속의 혼란을 억누르지 못한 채 계속 그녀를 바라보고만 있었다. 제드슨은 엘렌과 보디에게 우리의 여행 이야기를 해주었다. 잠시 후 제드슨은 엘렌을 집으로 데려다주기 위해 떠났고, 보디도 그들을 따라 나갔다.

아만다가 문간으로 나가 그들에게 작별인사를 하고 돌아왔을 때, 워딩턴 박사는 벽난로 앞 깔개 위에 드러누워 있었고, 세라핀은 그의 널찍한 가슴 위에 앉아 있었다. 둘 다 작게 코를 골고 있었다. 나 역시 갑자기 지독한 피로를 느꼈다. 아만다도 눈치를 챈 듯 말했다. "여기 소파에 누워서 눈 좀 붙이지 그러니."

재촉할 필요는 없었다. 그녀는 내게 다가와서 숄을 덮어주고는 부드럽게 키스를 해주었다. 잠 속으로 빠져드는 동안 그녀가 위층으로 올라가는 소리가 들렸다.

나는 얼굴로 쏟아져 내리는 햇빛 덕분에 잠에서 깨어났다. 세라핀은 창가에 앉아서 몸단장을 하고 있었다. 워딩턴 박사는 떠난 모양이었는데, 난롯가 깔개가 아직 흐트러져 있는 것으로 보아 방금 나간 듯했다. 집 안은 텅 빈 것 같았다. 그러나 곧 부엌에서 부드러운 발소리가 들렸다. 나는 곧바로 일어나 부엌으로 향했다.

그녀는 내게서 등을 돌리고 앉아 부엌 벽에 걸려 있는 골동품 괘종시계로 손을 뻗고 있었다. 내가 들어오자 그녀는 몸을 돌렸다. 작고 놀랍도록 나이를 먹은, 듬성듬성한 하얀 머리카락을 깔끔하게 틀어 올린 노부인의 모습이었다.

순간 어젯밤 그녀가 내게 준 것이 어머니와 같은 굿나잇 키스뿐이었던 이유가 명백해졌다. 그녀는 우리 둘 모두에게 최선이 무엇인지를 알고 있었기 때문에, 내 어리석은 행동을 용납하지 않은 것이었다.

제닝스 부인은 나를 올려다보며 차분하고 이성적인 목소리로 말했다.

“여길 좀 보렴, 아치볼드. 어제는 내 낡은 시계가 멈추었단다.” 그리고 그녀는 손을 뻗어 추를 건드려 보였다. “하지만 오늘 아침에는 다시 움직이기 시작하는구나.”

*

이제 더 할 이야기가 없다. 디트웍스가 사라지고 케인의 보고서가 등장하자, 마법 주식회사는 하루아침에 도산했다. 새로운 면허 등록법은 폐지안이 상정되기도 전에 시행되지 않는 사법이 되어버렸다.

우리는 제닝스 부인이 허락할 때마다 그녀의 집에서 만나 어울렸다. 젊은 시절의 그녀와 내가 더 이상 관계를 진전시키도록 허락하지 않았다는 사실에 이제는 정말로 감사하고 있다. 현재의 우리가 맺은 관계야말로 더욱 내밀하고 믿을 수 있는 것이기 때문이다. 그렇다고는 해도, 내가 60년만 더 일찍 태어났더라면 제닝스 씨는 제법 경쟁력 있는 라이벌을 상대해야 했을 것이다.

나는 엘렌과 제드슨이 새로운 사업을 시작하도록 도운 다음, 보디를 경영자 자리에 앉혔다. 옛 사업을 그만두고 싶지 않았기 때문이었다. 나는 제닝스 부인의 예언에서 본 대로 새로운 건물을 증축하고 트럭 두 대를 사들였다. 사업은 잘 풀려가는 중이다.

의심의 여지 없이

Beyond Doubt

배지훈 옮김

✦ 1941년 4월 〈어스토니싱 스토리즈(Astonishing Stories)〉에 라일 먼로와 엘마 웬츠라는 필명으로 발표

학자, 이스터섬 석상의 비밀을 풀다

고고학회의 이스터섬 탐사대 대장 J. 하워드 얼렌마이어 교수(과학 박사, 영국 왕립학회 회원)의 주장이다. 얼렌마이어 교수를 인용한다. “이제 이스터섬에서 발견된 거대한 석상의 중요성에 대해서는 더는 의심의 여지가 전혀 없다고 할 수 있을 겁니다. 모든 원시 문화가 그랬듯이 종교 문제가 가장 우선했다는 점을 전제로 하고, 이 석상들을 현재의 폴리네시아 부족 의식에서 사용되는 석상 모양과 비교해보면 이것이 종교적으로 심오하고 은밀한 의의를 가지고 있다는 결론을 피할 수 없을 것입니다. 의심할 여지 없이, 크나큰 크기, 기괴하게 과장된 사람의 형상 그리고 언뜻 보기에 아무 목적성이 없어 보임에도 체계적으로 분포되어 있음을 볼 때, 무엇을 위해 조각되었는지 자명한 것입니다. 그것은….”

— 〈사이언스 리뷰〉 6월호에서 발췌

황금색으로 찬란하게 빛나는 늦은 오후의 따뜻한 햇빛이 백색과 초록색의 도시 누리아의 미궁과도 같은 원형 교차로 거리를 비추고 있었다. 은은한 초록빛을 내는 거리 한가운데에 수호자의 탑이 반투명한 상아처럼 우뚝 솟아 있었다. 울창하고 생기있는 초록색 나무의 시원한 그늘에서 상인들은 상쾌한 오크라다를 마시며 힌도스, 카타이 그리고 머나먼 아틀란티스에서 온 거대한 녹적색의 고리형 뱃머리가 달린 배가 항구에 닻을 내리는 모습을 보며 쉬었다. 그러는 동안에는 상업 구역에 있는 돔이 달린 건물들에서 들려오던 웅웅 소리가 나지 않았다.

✴

거대한 뮤 대륙에서 락 지방의 수도 누리아보다 더 강렬한 아름다움을 가진 도시는 없었다.

하지만 태양과 바다와 하늘이 웃고 있음에도 그 아래에는 긴장이 흐르고 있었다. 공기 그 자체가 마치 튕겨 나가기 직전의 용수철이라도 되는 듯했고, 아주 작은 불꽃이라도 붙으면 우주적인 폭발이 일어날 것 같았다.

전 도시에 걸쳐 쉬쉬하는 귓속말로 옮겨다니는 이름이 있었다. 그 이름은 모든 곳에서 불렸고 부르는 이에 따라서 혐오와 공포를 담아 말하는 자가 있는가 하면 큰 희망을 품고 부르는 자도 있었다. 하지만 모두 그 이름을 입에 담을 때는 천둥과도 같은 권세가 함께했다.

그 이름은 '탈루스'였다.

'탈루스, 일반 시민의 사도. 탈루스, 백만 명의 간절한 시민들에게 감동을 선사하는 말을 하는 자. 탈루스, 락 지방 주지사 후보.'

주택지구의 중심, 냄새나는 해안가 근처의 좁은 곁길과 쓰레기 골목 사이에 〈뮤의 재생〉의 편집실이자 탈루스 주지사 선거위원회 본부가 자리 잡고 있었다. 사무실은 나머지 누리아처럼 조용했지만, 태풍이 지나간 뒤의 침묵과 같았다. 바닥에는 구겨진 종잇조각과 뒤집힌 가구, 그리고 빈 맥주병이 굴러다녔다. 세 명의 젊은이가 커다랗고 낡은 탁자 주위에 우울함을 쏟아내는 듯한 태도로 앉아 있었다. 한 명이 한쪽 벽면을 차지한 거대한 포스터를 냉소적인 표정으로 노려보았다. 사진 속 인물은 키가 크며 길고 구불구불한 흰 수염을 자랑하는 당당한 남자였다. 그는 초록색 토가를 입었고, 한쪽 손은 축복을 나타내는 의미로 들고 있었다. 심홍색과 자주색 십자가로 된 뮤 깃발 아래, 포스터에는 이렇게 적혀 있었다.

'탈루스를 주지사로!'

포스터를 노려보던 자가 무의식적으로 한숨을 쉬었다. 그의 동료 중 한 명이 잘닥막한 철필로 종잇조각에 뭔가를 긁적이다가 올려다보았다.

"무슨 문제라도 있어, 로바르?"

로바르는 벽 쪽을 손으로 가리켰다. "우리의 순수한 희망을 보고 있었을 뿐이야. 정말 아름다운 분이지 않아? 말해봐, 돌프. 어떻게 저렇게 고귀하게 생긴 분이 그토록 멍청할 수가 있는 걸까?"

"신만이 아시겠지. 나도 몰라."

"그런 말 하지 마, 친구들." 세 번째 인물이 끼어들었다. "영감님은 진짜 멍청한 게 아니라고. 그저 탈속하신 거잖아. 자네들도 그분의 공약이 이 나라, 이 시대 정치에서 가장 훌륭하고 가장 건설적인 계획이라는 걸 잘 알잖아."

로바르가 지친 눈으로 그를 바라보았다. "물론이지. 물론이야. 그리고 훌륭한 주지사가 되실 거야. 거기에 이견은 없어. 정책이 먹혀들지 않을 거라고 생각했다면 내가 왜 여기 왔겠어. 겨우 입에 풀칠이나 할 정도로 벌면서 이 망할 선거운동을 심장이 터져나가라 하는데 말이야. 아, 고귀하신 분인 건 맞아. 가끔은 너무 고귀해서 숨이 막힐 지경이니까. 내가 하려고 했던 말은, 이제까지 표를 얻어 선거에 이기는 방법을 이렇게 까지 모르는 멍청한 후보를 위해 일해본 적 있느냐, 이거야."

"어…, 없어."

"내가 뭐에 이렇게 짜증이 났냐면 말이야, 클레붐." 로바르가 말을 계속했다. "너무나 쉽게 이길 수 있다는 거지. 모든 걸 갖췄잖아. 사람들을 불러 모을 수 있는 탄탄한 공약, 정당한 배경, 웅장한 웅변술 그리고 어떤 정치인도 가지지 못한 멋진 외모까지 말이야. 늙은 박쥐귀 놈과 비교하자면 타고났다고. 식은 죽 먹기로 이길 수 있어야 한단 말이야. 하지만 박쥐귀가 재선되고 말겠지."

"아무래도 네 말이 맞는 것 같아." 클레붐이 한탄하듯 말했다. "우린 아마 이제까지 누구도 본 적이 없을 정도로 박살 나겠지. 나도 한동안은 평균은 할 줄 알았어. 그런데 지금은… 오늘 아침 킹스맨 방송에서 하는 이야기 들었어?"

"그 더러운 자식이 뭐라고 했어?"

"아틀란티스의 황금을 가지고 더러운 농담을 한 건 빼놓고서라도, 우리 후보님이 뮤인의 집을 파괴할 계획을 하고 있으며 뮤인 여성의 성스러움을 모독할 거라고 규탄하더라고. 붉은 피를 가진 뮤인들은 모두 들고일어나서 이 괴물을 내쫓으라고 선동하더군. 아, 정말 고약했어! 하지만 시골뜨기들에게는 먹힐 거야."

"물론 그렇겠지. 바로 그게 내가 하려던 말이었어. 보르투스 주지사의 부하 놈들은 진흙을 던지는데 우리가 주지사에게 진흙을 던지려고 했다가는 탈루스 님이 즉시 막겠지. 각 지역의 농장 세금을 비교한 통계를 그분은 뉴스거리라고 생각하신다고… 뭘 그리고 있어, 돌프?"

"이거?" 그는 보르투스 주지사의 추한 캐리커처를 들어 보였다. 얼굴은 길쭉하게 늘어나 있었고 얇은 입술에 높은 눈썹, 그 위에 주지사의 높은 붉은색 모자가 씌워져 있었다. 거대한 귀 덕분에 사악해 보이는 그 얼굴은 마치 금방이라도 날아오를 듯한 맹금류의 모습과 닮아 있었다. 그림 아래에는 단순한 구호가 붙어 있었다.

'박쥐귀를 주지사로!'

"이거야!" 로바르가 소리쳤다. "바로 이런 게 우리 선거운동에 필요한 거라고. 유머! 우리 〈뮤의 재생〉 표지에 이 만화를 걸고 이 지역 모든 집에 한 부씩 돌린다면 우린 대승을 거둘 수 있을걸. 저 그림을 보기만 하면 배가 아플 때까지 웃다가 우리 탈루스 후보에게 표를 던질 거라고!"

*

로바르는 팔을 쭉 뻗어 스케치를 들어 올리고는 얼굴을 찌푸리며 살펴봤다. 그러고는 곧 뚫어져라 바라봤다. "내 말 좀 들어봐, 머저리들아. 그냥 저지르면 안 될 이유가 있어? 마지막으로 좀 배짱을 담아서 잡지를 내는 거야. 같이 할래?"

클레붐은 걱정스러운 표정이었다. "글쎄… 난 잘 모르겠어. 돈은 어디서 끌어올 건데? 오릭이 자금을 쥐어짤 수 있다 치더라도 그 규모의 잡지를 어떻게 배포해? 그리고 설사 해낸다 치더라도, 대응할 시간과 돈만 있으면 상대편의 반격으로 돌아올 거야."

로바르가 역겨운 표정을 지었다. "이 선거운동에 새로운 아이디어를 내는 자가 매번 듣는 소리군. '반대, 반대요!'"

"잠깐 기다려봐, 로바르." 돌프가 끼어들었다. "클레붐의 반박에도 일리가 있어. 하지만 네 말도 맞아. 네 생각은 일반 시민들이 보르투스를 비웃도록 만들겠다는 거잖아. 그렇다면 내 만화로 전단을 만들어서 선거날 투표소에서 나눠주는 건 어때?"

로바르가 생각하며 탁자를 두드렸다. "음, 안 돼. 소용없을 거야. 보르투스의 부하 놈들이 우리 쪽 일꾼을 두들겨 패고 전단도 뺏을걸."

"글쎄, 그렇다면 늙은 박쥐귀가 그려진 커다란 현수막은 어때? 투표소 근처에 도저히 보지 않을 수 없는 장소에 다는 거야."

"같은 문제가 있어. 부하 놈들은 투표소가 문을 열기도 전에 끌어내릴 거야."

"알겠어, 친구들?" 클레붐이 말했다. "우리에게 필요한 건, 어디서도 잘 보일 정도로 커다랗고, 주지사의 추악한 부하 놈들이 부수지 못할 정도로 튼튼한 거야. 2층짜리 거대한 석상이면 적당할 것 같은데."

로바르가 최고로 고통스러운 표정을 지었다. "클레붐, 도움이 안 되는 얘기만 할 거면 좀 닥쳐줄래? 맞아, 석상이면 되겠지. 만들려면 40년이 걸리는 데다가 1천만 시몰레온이 들겠지만 말이야."

"생각 좀 해봐, 로바르." 돌프가 짜증 나는 웃음을 지으며 조롱하듯 말했다. "만약 너희 엄마가 시키는 대로 사제가 되었으면 원하는 만큼 석상을 결합할 수 있었을 텐데 말이야. 걱정거리도 없고 문제도 없고 비용도 무료로."

"그래, 너 잘났다. 하지만 그랬으면 정치를 안 했게… 그렇지!"

"뭔데?"

"결합! 만약 우리가 저 늙은 불한당의 석상을 충분히 결합할 수 있다면…."

"어떻게?"

"콘도르 알아?"

"소용돌이 고래 술집에서 맴도는 그 추레한 노친네?"

"맞아. 그 사람이 할 수 있을 거야!"

"그 부랑자 노인이? 어떻게? 그는 마법사도 아니잖아, 그저 무면허 싸구려 마술사일 뿐이라고. 살롱에서 손금이나 읽고 엉터리 점성술이나 읊는 게 전부야. 그자는 사랑의 묘약조차 섞을 줄 모른다고. 그건 내가 잘 알아. 시켜본 적 있으니까."

"네가 아는 게 다가 아니야. 언젠가 만취해서 인생 얘기를 하는 걸 들었거든. 예전에 이집트에서 사제였다는 거야."

"지금은 왜 사제가 아닌데?"

"그게 요점이야. 대사제랑 잘 지내지 못했대. 어느 날 밤 술에 취해 대사제 머리를 결합해서는 결코 지나칠 수 없는 가장 잘 보이는 곳에 올려놨다는 거야. 대사제의 머리를 동물 몸 위에 올려놨대."

"어휴!"

"다음 날 아침 술에 깬 다음 자기가 저지른 짓을 보고는 당연히 도망가는 수밖에 없었지. 홍해를 떠나는 화물선을 타고 여기에 온 거야."

대화가 진행되는 동안 클레붐의 얼굴이 점점 어두워졌다. 결국 그가 반대 의견을 냈다. "열성적인 것은 좋은데, 너희 둘 다 사제 비밀을 불법으로 사용했다가 받을 처벌은 생각이나 해봤어?"

"아, 닥쳐, 클레붐. 선거에서 이기기만 하면 탈루스 님이 해결해주실 거야. 선거에서 진다면…. 글쎄, 진다면 그때는 이 묘기에 성공하건 말건 우리를 감당할 정도로 뮤가 넓지 않다는 얘기가 되겠지."

✴

오릭은 설득하기 힘든 사람이었다. 정치인으로서 그는 항상 사근사근한 인물이었다. 로바르, 돌프 그리고 클레붐의 상사이자 탈루스 선거운동 본부장이었고, 친절한 사람 같기는 했지만 어쩐지 파악하기가 어려웠다.

"음, 글쎄, 난 잘 모르겠군." 오릭이 말했다. "탈루스 님은 좋아하지 않을 거야."

"끝날 때까지 그분이 알 필요가 있겠어요?"

"이봐들, 나보고 정말 그분에게 아무 말도 하지 말라고 말하는 거야?"

"하지만 오릭, 이대로라면 우리가 질 거라는 것은 확실하게 알고 계시잖아요. 무언가 행동을 해야 한단 말입니다. 그것도 최대한 빨리요."

"이봐, 로바르. 그건 너무 비관적인 것 같은데." 오릭의 튀어나온 눈이 합성된 자신감을 발하고 있었다.

"여론조사 못 봤어요? 좋은 상황이 아니에요. 시골 지역에서 2대 1로 질 거라고요."

"글쎄…, 아마 자네 말이 맞겠지." 오릭이 로바르의 어깨에 손을 올렸다. "하지만 이번 선거에 진다고 해도 괜찮아. 뮤가 하루아침에 세워진 건 아니잖아. 그리고 우리 모두 자네들이 결과에 상관없이 헌신한 그 노력들에 감사하고 있다는 걸 알아줬으면 좋겠어. 탈루스 님도 잊지 않으실 거야, 나도 마찬가지고. 자네들 같은 젊은이를 보고 있으면 뮤의 장래가 밝다는 자신을 가지게 되는군."

"감사 같은 건 필요 없다고요. 선거에서 이겨야죠."

"아, 물론이지! 그렇고 말고! 우리 모두 같은 생각이잖나. 나야 말할 것도 없지. 어… 자네가 말한 그 계획에 얼마나 들 것 같나?"

"결합에는 돈이 많이 안 들 겁니다. 콘도르에게 선금을 주고 나서 당선된 뒤에는 어딘가에 임명해주면 되니까요. 그냥 포도주만 계속 공급하면 될걸요. 다만 석상을 투표소에 옮기는 데 거금이 들 겁니다. 우리는 직선적인 상업적 물질이동을 계획했습니다."

"글쎄, 그건 돈이 많이 들 것 같군."

"돌프가 사원에 연락해서 요금을…."

"맙소사, 설마 사제에게 무슨 일을 할 건지까지 말하진 않았겠지?"

"안 했습니다. 그저 무게와 거리만 말했어요."

"얼마나 부르던가?"

로바르가 금액을 말했다. 오릭은 마치 첫째 아이가 늑대 떼에 물려 간 듯한 표정을 지었다. "말도 안 돼. 말도 안 되고 말고." 그가 반대했다.

하지만 로바르가 밀어붙였다. "확실히 비싸죠. 하지만 지기 직전인 선거운동에 비교하면 절반 가격도 안 될걸요. 그나저나 사제는 정치적이면 안 된다는 걸 알지만요, 위원장님 연줄로 더 저렴한 가격이나 외상으로 일해줄 사람을 찾을 수 없나요? 그 사람에게도 해가 될 일은 없을 겁니다. 이걸 해내기만 하면 우리가 이길 테니까요. 확실하게요."

오릭은 처음으로 진짜 관심을 보였다. "자네들이 옳을지 모르겠어. 음, 좋아." 그는 손가락 끝을 아주 조심스럽게 모았다. "자네들은 일단 이것부터 하게. 석상을 만들어. 물질이동 수단은 내가 준비하지." 그가 뭔가에 집중한 표정으로 떠나려 했다.

"잠시만요." 로바르가 불렀다. "콘도르 영감에게 드릴 돈이 필요합니다."

오릭이 멈췄다. "아, 그랬지, 그랬어. 나도 참 바보 같군." 그는 은화 3개를 꺼내 로바르에게 건넸다. "현금만 쓰고 기록은 남기지 말게, 알았지?" 그가 윙크했다.

"그 일을 하시는 건 좋은데요, 위원장님." 클레붐이 말을 보탰다. "제 봉급은요? 집주인이 엄청나게 짜증을 내고 있거든요."

오릭은 놀란 표정이었다. "아, 자네에게 봉급을 안 줬나?" 그는 로브의 여기저기를 뒤졌다. "자네는 정말 참을성이 있군. 애국자고 말이야. 어떤지 알잖나. 머릿속에 넣어둬야 할 것은 너무 많은 데다 후원자 중에 약속한 후원금을 안 주고 있는 사람도 있거든." 그는 클레붐에게 은화 하나를 건넸다. "다음 주 초에 날 보러 오게. 내가 까먹도록 내버려두지 말고 말이야." 그는 바삐 나섰다.

*

세 사람은 상인, 선원, 아이, 동물로 붐비는 좁은 거리를 난간에서 날아오는 이런저런 무례한 호객을 피하며 지났다. 소용돌이 고래 술집에선 도착하기 전부터 술주정뱅이와 짐승의 냄새가 풍겨오는 듯했다. 세 사람은 항상 그렇듯이 뱃사람들을 등쳐서 얻어먹은 술에 취해 바에 늘어진 콘도르를 찾아냈다.

같이 마시자고 청하자 콘도르는 재빨리 초대를 받아들였다. 로바르는 일단 대화의 본 주제로 들어가기 전에 상당한 양의 맥주를 먹여서 노인을 기분 좋게 만들었다. 콘도르는 로바르의 직접적인 질문에 취객의 자존감을 끌어내 대답했다.

"석상을 결합할 수 있냐고? 젊은이, 나 스핑크스를 창조한 사람이야." 콘도르는 예의 바르게 헛기침을 했다.

"하지만 여전히 하실 수 있죠? 바로 여기서 지금 당장?" 로바르가 압박했고 말을 보탰다. "물론 돈은 드릴 겁니다."

콘도르가 주위를 조심스럽게 둘러보았다. "조심해, 젊은이. 누가 들으면 어쩌려고…. 독창적인 결합을 원해? 아니면 재결합?"

"무슨 차이가 있죠?"

콘도르가 눈알을 굴리고는 천장에 대고 질문을 했다. "대체 요즘 학교에서 뭘 가르치는 거야? 완전 결합에는 큰 힘이 든다네. 에테르의 핵심 그 자체를 건드려야 한단 말일세. 재결합은 그저 미리 정해진 패턴으로 원자를 재배열할 뿐이고. 만약 석상을 원한다면 아무 잡석으로도 만들 수 있지."

"그러면 재결합이겠네요. 우리 제안은요…."

✳

"1차로는 그만하면 됐어. 운반꾼들에게 그만하라고 해."

콘도르는 돌아서더니 바스라질 듯한 두루마리에 코를 박고는 희미해진 상형문자를 흐릿한 눈으로 살폈다. 그들은 돌프의 삼촌이 소유한 농장 뒤에 있는 버려진 자갈밭에 집합해 있었다. 땅 주인이 자기 땅을 어떤 불법인 목적으로 사용하게 되는지 모르면 반대도 하지 않을 거라고 로바르가 논리적으로 설득했고, 아무 이견 없이 자갈밭을 마음껏 사용할 수 있게 되었다.

잉카에서 온 6명의 홍인종 운반꾼들이 합류하면서 집단이 더 커졌다. 그들은 힘도 세고 지치지도 않을뿐더러 뮤어(語)를 전혀 못 한다는 중요한 장점이 있었다. 운반꾼들은 뚜껑 없는 등짐을 회색 자갈로 가득 채우고 다음 할일을 무표정한 얼굴로 기다렸다. 콘도르는 추레한 로브 주머니 어딘가에 종이쪽지를 집어넣었다. 그리고 바로 그 신비로운 장소에서 작고 은빛 광택이 나는 기구를 꺼냈다.

"원형을 주게, 젊은이."

돌프가 박쥐귀 만화를 바탕으로 만든 작은 왁스 두상을 꺼냈다. 콘도르는 그걸 앞에 놓더니 은색 기구를 통해서 바라보았다. 그는 자신이 본 것에 만족한 표정을 짓더니 음정도 안 맞는 단조로운 콧노래 소리를 내면서 동시에 벗어진 머리를 앞뒤로 흔들기 시작했다.

50단위 떨어진 곳에 있는 돌로 된 제단 위에 유령이 모습을 나타냈다. 처음에는 연기로 된 두상이었다. 연기는 굳어지더니 투명해졌다. 그

것은 점차 두꺼워지면서 응결되었다. 콘도르가 콧노래 소리를 멈추고 자신의 작품을 살폈다. 사람 키 세 배 크기의 박쥐귀 두상이었고 모두 평범한 돌로 되어 있었다. "클레붐." 그는 석상을 살피며 말했다. "맥주잔 좀 건네주겠나?"

등짐은 비어 있었다.

✶

오릭으로부터 연락이 온 것은 선거 이틀 전이었다. 오릭은 모르는 사람을 데려와서 수십 개나 되는 거대한 석상 주위를 둘러보게 했다. 그게 불편해서, 로바르는 떠나려는 오릭을 한쪽으로 데려와 속삭이며 물었다. "저자는 누굽니까?"

오릭은 안심시켜주듯 웃었다. "아, 저 사람은 괜찮아. 그냥 부하 중 한 명이야. 친구지."

"하지만 믿을 수 있는 자예요? 선거운동본부에서 본 기억이 없는데요."

"아, 물론이지! 어쨌거나, 자네들이 여기서 해낸 일은 정말 축하를 받아 마땅해. 어쨌든 이제 가봐야겠어. 다시 들르도록 하겠네."

"잠시만요, 오릭. 물질이동 준비는 다 하셨죠?"

"아, 당연하지. 해놨고 말고. 모든 석상이 투표소에 뿌려져 있을 거야."

"언제 하실 거죠?"

"세세한 일은 나에게 맡겨두는 게 어떤가, 로바르?"

"글쎄요… 뭐, 당신이 상사니까요. 하지만 언제 물질이동을 하는지 정도는 알아둬야겠어요."

"아, 그렇군. 그래야겠다면, 이러면 어떨까, 음, 선거 전날 자정?"

"좋습니다. 우리도 준비하겠습니다."

*

로바르는 선거 전날 자정이 다가올수록 안도했다. 콘도르의 작품은 모두 완료되어서 우스꽝스러운 석상들이 줄지어 서 있었고 락 지방의 모든 투표소에 두 개씩 가게 될 것이었다. 그리고 콘도르는 포도주 병과 다시 친해지느라 바빴다. 그는 석상 만드는 작업이 진행되는 동안에는 계속 맨정신이었던 것이다.

로바르는 두상들을 만족스럽게 지켜봤다. "이 아가들 모습을 처음 맞닥뜨린 순간 주지사의 표정을 보고 싶군. 저게 누구 얼굴인지 헷갈리는 사람은 아무도 없을 테니까 말이야. 돌프, 넌 천재야. 내 평생 이렇게 바보 같은 것은 본 적도 없어."

"그것 참 엄청난 칭찬이네, 친구." 돌프가 대답했다. "사제가 올 시간이 되지 않았어? 우리 인형들이 하늘을 날아서 투표소로 가는 모습을 봐야 진짜 안심을 하겠는데 말이야."

"아, 걱정하지 마. 충분히 시간을 남겨놓고 사제가 올 거라고 오릭이 말했으니까. 게다가, 물질이동은 빠르다고. 시작하기만 하면 시골이나 북쪽 끝에 갈 석상도 도착하는 데 겨우 몇 분밖에 안 걸릴 거야."

하지만 밤이 깊어지면서 점점 더 무언가 잘못되었다는 느낌이 들었다. 로바르는 도시에서 이어지는 고속도로를 열세 번이나 오가면서 누군가 오는 사람이 없는지 살폈다.

"우리 어쩌지?" 클레붐이 물었다.

"나도 몰라. 무언가 잘못되었어, 그건 확실해."

"글쎄, 뭔가 해야겠어. 사원에 돌아가서 사제를 찾아보자."

"그렇게는 못 해. 오릭이 어떤 사제를 고용했는지 모르잖아. 먼저 오릭부터 찾아야 해."

그들은 콘도르를 석상과 함께 내버려두고 서둘러 시내로 돌아왔다. 오릭은 마침 선거운동본부를 나서려던 참이었다. 이틀 전 만났던 방문객과 함께였다. 그는 그들을 만나 놀라는 눈치였다. "안녕한가, 여러분. 벌써 일을 마쳤나?"

"아무도 안 나타났어요." 로바르가 헐떡였다.

"아무도 안 나타났다고? 글쎄, 그럴 리가 있나! 확실한가?"

"물론 확실하죠. 우리가 거기 있었다고요!"

"보세요." 돌프가 말했다. "이 일을 맡기려던 사제 이름이 뭐죠? 사원으로 가서 우리가 찾아보겠습니다."

"이름? 오, 안 돼, 그러면 안 되네. 그러면 일이 복잡해질 거야. 내가 사원에 직접 가보겠네."

"같이 가겠습니다."

"그럴 필요 없네." 오릭이 초조하게 말했다. "자갈밭으로 돌아가 있게. 그리고 일을 시작할 준비를 하고 있어."

"맙소사, 오릭. 준비는 이미 몇 시간 전에 끝났다고요. 그냥 클레붐을 데려가서 사제에게 가는 길을 알려주면 되잖아요?"

"알겠네. 그럼 날 따라오게."

오릭은 어쩔 수 없다는 듯이 그들에게 명령을 내렸다. 그들은 우울한 침묵 속에 걸어갔다. 목적지에 도착할 때쯤에 클레붐이 입을 열었다. "이봐, 친구들…."

"왜? 말해봐."

"오릭이랑 같이 있던 친구 말이야. 그자가 저번에 찾아와서 둘러보던 그자지?"

"맞아, 왜?"

"어디서 봤는지 생각해내려고 했거든. 이제 기억났어. 2주 전쯤에 보르투스 주지사 선거운동 사무실에서 나오는 걸 봤어."

✶

잠시 멍해지는 침묵이 지나가고 로바르가 통렬하게 말했다. "돈에 넘어갔군. 의심할 여지가 없어. 오릭이 우릴 배반했어."

"글쎄, 이제 어쩌지?"

"뭘 할 수 있을까?"

"난들 알겠어."

"잠시 기다려봐, 친구들." 클레붐이 애원하는 듯한 목소리로 말했다. "콘도르도 사제였잖아. 어쩌면 물질이동을 할 수 있을지도 몰라."

"맞아! 그럴 가능성도 있지! 빨리 가자."

하지만 콘도르는 의식이 없었다.

흔들어 깨웠다. 얼굴에 물도 뿌렸다. 이리저리 끌고 다니며 걸어보기도 했다. 결국, 질문에 대답할 수 있을 정도로 술이 깼다.

로바르가 급히 물었다. "들어봐요, 아저씨, 중요한 일이에요. 물질이동 할 수 있어요?"

"응? 나 말이야? 당연하지. 그걸 못 하면 피라미드는 어떻게 지었겠어?"

"피라미드는 됐어요. 오늘 밤 이 석상들을 움직일 수 있겠어요?"

콘도르는 충혈된 눈으로 심문자를 노려보았다. "젊은이, 위대한 고대 법칙은 언제 어디서나 똑같이 적용된단 말일세. 이집트의 황금시대에 했던 일은 오늘 밤 뮤에서도 할 수 있단 얘기지."

돌프가 입을 열었다. "맙소사, 아저씨, 왜 진작 말 안 했어요?"

콘도르의 대답은 타당했고 논리적이었다. "아무도 안 물어봤잖아."

*

콘도르는 즉시 작업을 시작했다. 하지만 너무나 느려서 젊은이들은 보는 것만으로도 비명을 지르고 싶은 심경이었다. 그는 먼저 흙 위에 거대한 원을 그렸다. "이것이 어둠의 집이야." 그는 엄숙하게 선언하듯 말하고는 아스타르테의 초승달을 더했다. 그러고는 첫 번째 원에 접선하는 또 다른 커다란 원을 그렸다. "이건 빛의 집이지." 그곳에 태양신의 표식을 더했다.

다 마치자 그는 반시계방향으로 세 번을 완주했는데 방향이 틀렸다. 그는 두 번이나 넘어질 뻔했지만, 자세를 바로잡을 수 있었고 계속 일을 진행했다. 세 번째 바퀴를 돌고 나서 그는 어둠의 집 한가운데에 뛰어들었고 빛의 집 쪽을 바라보았다.

왼쪽 맨 앞에 있던 첫 번째 석상의 바닥이 흔들리기 시작하더니 하늘로 솟구쳐 올라 동쪽 지평선으로 총알처럼 사라졌다.

세 명의 젊은이는 동시에 탄성을 냈고 로바르의 얼굴에서는 눈물이 흘렀다.

또 다른 석상이 떠올랐다. 날아가려던 참에 콘도르 노인이 딸꾹질을 했다. 그러자 석상이 바닥에 떨어졌고 두 동강이 나버렸다. 콘도르가 고개를 저었다.

"정말로 미안하네." 그가 말했다. "다른 건 더 조심하도록 하지."

그도 그러려고 노력을 했다. 하지만 술기운이 가시지를 않았다. 그는 두 발로 서 있기도 힘든 듯 비틀거렸고 석상을 조준하는 것도 점점 더 버거워하게 되었다. 석상은 모든 방향으로 날아갔지만 멀리 간 것은 하나도 없었다. 여섯 개는 한꺼번에 항구 근처에 떨어져 큰 물보라를 일으켰다. 결국, 석상의 4분의 3은 건드리지도 못한 상황에서 그는 조용히 무릎을 꿇더니 움직이지 않았다.

돌프가 달려가서 흔들었다. 아무 반응이 없었다. 그가 콘도르의 눈꺼풀을 뒤집어서 동공 상태를 살폈다. "이거 글러먹었어." 그도 인정해야 했다. "술 깨려면 몇 시간은 걸릴 거야."

로바르는 가슴이 아픈 듯 비틀거렸다. '이제 끝이군.' 그는 생각했다. 아무짝에도 쓸모가 없어! 아무도 석상을 보지 못할 거야. 선거 홍보물이 이렇게 많이 남았는데 내 사상 최대의 아이디어를 낭비하고 말다니!

클레붐이 불편한 침묵을 깼다. "가끔은, 이 나라에 필요한 것은 큰 지진이라는 생각이 들어."

✳

…그것은 주 신에 대한 신앙이었던 것입니다.

의심의 여지가 없습니다. 고고학에서 가끔 실수를 저지르곤 합니다만, 이 경우에는 오류 가능성이 전혀 존재하지 않습니다. 석상은 분명히 종교적으로 중요한 것이었습니다. 그 사실에 기반해서 유추해본다면, 주의 깊은 과학자라면 석상의 목적이 무엇인지 확신을 가지고 추론할 수 있을….

— 〈사이언스 리뷰〉 6월호에서 발췌

만족스럽지 않은 해결책

Solution Unsatisfactory

김창규 옮김

✦ 1941년 5월 〈어스타운딩 사이언스 픽션(Astounding Science Fiction)〉에
앤슨 맥도날드라는 필명으로 발표

1903년, 라이트 형제는 키티호크에서 하늘을 날았다.

1938년 12월, 오토 한 박사는 베를린에서 우라늄 원자를 쪼갰다.*

1943년 4월, 에스텔 카르스트 박사는 연방비상방위청 소속으로 근무하면서 인공 방사선을 발생시키는 카르스트-오브레 제조법을 완성했다.

그 결과 미국의 외교 정책에 변화가 있었다.

피치 못할 일이었다. 기상나팔 소리를 나팔 속으로 되돌리기는 매우 어려운 법이다. 판도라의 상자는 한 방향으로만 작동한다. 돼지로 소시지를 만들 수는 있지만, 소시지로 돼지를 만들 수는 없다. 깨진 달걀을 되돌릴 수도 없다. "왕이 소유한 말과 부하를 전부 동원해도 험프티 덤프티**를 원래 모습으로 되돌릴 방법은 없다."

나는 그 사실을 알고 있어야 했다. 내가 바로 왕의 부하 중 한 사람이었기 때문이다.

* 핵분열 연구는 리제 마이트너와 오토 한의 공동 연구로 진행되었으나, 오토 한은 해당 연구의 논문을 발표하면서 리제 마이트너의 이름을 삭제했다.

** 영국의 자장가에 등장하는 달걀 모양의 캐릭터. 한 번 깨지면 되돌릴 수 없는 것을 뜻한다.

정상적인 일은 아니었다. 나는 제2차 세계대전이 발발할 당시 직업 군인이 아니었다. 징병법이 국회를 통과했을 때 나는 운이 좋았다. 운이 아주 좋아서 노령으로 죽을 때까지 군에 입대하지 않을 수 있었다.

그 세대 사람들 중 제 수명을 다하고 죽은 사람은 그리 많지 않았다!

하지만 나는 초선 의원의 보좌관으로 갓 뽑힌 참이었다. 다니던 직장을 그만두고 선거사무장으로 뛰었기 때문이었다. 선거사무장 일을 맡기 전에는 고등학교에서 경제와 사회 과목을 가르쳤다. 교육위원회는 사회 문제를 '정말로' 가르치는 사회 분야 선생을 좋아하지 않았다. 내 업무 계약도 연장되지 않았다. 그래서 나는 워싱턴에 갈 기회를 냉큼 움켜잡았다.

내가 모신 의원의 이름은 매닝이었다. 군대에서 대령으로 전역한 클라이드 C. 매닝, 바로 그 매닝 장관 말이다. 그가 심장 판막 이상으로 수술대에 오르기 전까지 군에서 화학전의 최고 전문가였다는 사실은 잘 알려지지 않았다. 나는 그를 선택했고, 정치적으로 뜻을 같이하는 사람들의 도움을 받아, 당시 그 선거구의 의원이었던 저급한 사기꾼에 맞서 선거 운동을 했다. 우리에게는 강력한 진보 후보가 필요했고, 매닝은 그야말로 안성맞춤이었다. 그는 대배심 일을 한 번 하면서 정치 경험을 쌓은 뒤로 시민운동 분야에서 활동하고 있었다.

전역 장교는 보수 성향 유권자와 부유층으로부터 지지를 얻기 유리했고, 그의 경력은 반대 진영에서 보기에도 아무 문제가 없었다. 하지만 내 주된 관심사는 득표가 아니었다. 나는 그가 진보 성향임에도 불구하고 정신적으로 강인한 사람이어서 마음에 들었다. 보통 진보 쪽 사람들은 그런 경우가 많지 않았다. 대부분의 진보 인사들은 물이란 본래 아래로 흐르는 법이지만 신이 보살핀 덕분에 절대 바닥까지 내려가지는 않는다고 믿는 사람들이었다.

매닝은 그렇지 않았다. 그는 논리적 필연을 찾아내고, 그게 아무리 불편하다 해도 행동에 옮기는 사람이었다.

*

당시 우리는 '하우스 오피스 빌딩'에 있는 매닝의 거처에서, 72대 국회의 폭풍 같았던 첫 회기 때 가벼운 상처를 입고, 조화라는 이름의 산을 오르려고 애쓰고 있었다. 그때 육군성에서 전화가 왔다. 전화를 받은 사람은 매닝 본인이었다.

나는 통화를 엿들었다. 보좌관이었기 때문에 그렇게까지 무례한 일은 아니었다. "네." 그가 말했다. "접니다. 전혀 문제없습니다. 연결해주시죠. 아, 장군님, 안녕하십니까…. 괜찮습니다. 감사합니다. 장군님은 어떠십니까?" 그리고 침묵이 길게 이어졌다. 마침내 매닝이 말했다. "전 못 합니다, 장군님. 전 종사하는 다른 일이 있어서… 그게 뭡니까? 네, 제가 맡은 위원회 일이나 지역구 대표 일을 맡을 사람이 달리 없죠. …저도 그렇게 생각합니다." 그는 손목시계를 흘끗 쳐다보았다. "바로 가겠습니다."

매닝은 전화를 끊고 나를 보며 말했다. "존, 모자를 써. 육군성에 갈 테니까."

"그래요?" 내가 그의 말에 따르며 말했다.

"그래." 매닝은 근심스러운 얼굴로 말했다. "참모총장은 내가 군으로 복귀해야 한다고 생각하고 있어." 그가 기운찬 걸음걸이로 출발했다. 나는 정상이 아닌 그의 심장에 과부하가 걸리지 않도록 일부러 뒤처져서 따라가고 있었다. "물론 그건 불가능하지." 우리는 건물 앞에 있는 승차장에서 택시를 잡아타고 육군성으로 향했다.

하지만 그건 불가능한 일이 아니었다. 참모총장이 주장의 정당성을 제시하자 매닝은 동의했다. 그는 납득해야 움직이는 사람이었다. 세상 그 누가, 심지어 대통령이 직접 찾아와도 의원직을 맡은 매닝에게 그 일을 그만두라고 명령할 수는 없었다. 그가 군 출신이어도 그 사실은 달라지지 않았다.

참모총장은 정치적인 어려움을 예상하고 비상사태 동안 매닝과 기권

협정을 맺을 반대 측 의원의 뒤를 캐두었다. 반대 측 의원이란 조세프 T. 브리검으로, 예비역 장교인 동시에 해당 임무를 맡고 싶어 했거나 기꺼이 수락할 사람이었다. 나는 브리검이 둘 중 어느 쪽이었는지 끝내 알아내지 못했다. 그는 반대 정당 사람이었기 때문에 그가 하원에서 행사하게 될 표는 고정적으로 매닝의 표와 기권 협정 상태에 놓이고, 결과적으로 양당 중 어느 한쪽에 불리하지 않도록 타협이 이루어진 상태였다.

나를 워싱턴에 남겨두고 매닝의 의원 사무실에서 해결할 정치 업무를 맡기자는 의견도 나왔지만, 매닝은 결국 그 생각에 반대했다. 그런 일은 다른 보좌관이 처리할 수 있다고 판단했기 때문이었다. 그는 나를 부관으로 데려가야 한다고 선언했다. 참모총장이 불만을 표했지만 매닝은 자기 뜻을 고수할 수 있는 위치에 있었다. 참모총장은 결국 그의 뜻에 따랐다.

참모총장쯤 되면 일의 진행을 원하는 대로 앞당기는 것이 가능하다. 나는 육군성 건물을 나서기 전에 임시 장교 취임 선서를 할 수 있었다. 그리고 저녁이 오기 전에 은행에 들러서 육군이 사용하는 축축한 군복과 아름다운 허리띠가 딸린 정복을 구입하겠다는 지급 문서에 서명했다. 나중에야 깨달은 일이지만, 나는 끝내 정복을 입어보지 못했다.

*

우리는 다음 날 차를 타고 메릴랜드에 갔고 매닝은 연방정부 핵 연구실의 책임자가 되었다. 연구실의 공식적인 명칭은 '제347 육군성 특별방위프로젝트'라는, 꽤 비밀스러운 이름이었다. 나는 물리학 전문가가 아니었고 현대 원자물리에 대해서는 아무것도 몰랐다. 내가 아는 지식이란 〈선데이〉에서 누구나 찾아볼 수 있는 수준이었다. 나는 나중에 실험실에 소속된 과체중 연구원들로부터 수박 겉핥기식의 지식을 얻을 수 있었다. 아마 대부분 잘못된 지식이었을 것이다.

매닝 대령은 매사추세츠 공대에서 군 석사 과정을 이수했고 원자 구조의 수학적 이론에 관한 멋진 논문을 써서 이학석사 학위를 땄다. 군은 바로 그 점 때문에 매닝에게 그 일을 맡겼다. 하지만 그가 학위를 딴 것은 여러 해 전의 일이었고, 그사이 원자 이론은 여러 차례 획기적으로 발전했다. 고학력 부하들이 작성한 보고서를 이해하는 수준에 도달하기까지 엄청나게 노력했다고 그가 털어놓은 적이 있었다.

나는 그가 자신의 무지함을 과장했다고 생각한다. 미국에서 그런 일을 해낼 사람은 달리 없었기 때문이다. 그 일에는 매우 난해한 분야의 연구를 제안하고 지휘할 수 있으면서 동시에, 연구원들에게 다급하게 요구하기 일쑤인 군대의 입장을 이해할 수 있는 사람이 필요했다. 물리학자들에게 모든 것을 맡겼다면, 그들 자신이야 무한정 사용할 수 있는 연구비 은행 계좌를 흥청망청 쓰면서 지적인 사치를 누렸겠지만 군사 목적으로 쓸 만한 것들은 하나도 개발되지 못했거나, 군사적으로 활용 가치가 있는 발견들이 오랜 시간 동안 간과되었을 것이다.

다른 말로 표현하면 이렇다. 새를 사냥하려면 똑똑한 개가 필요하다. 또한 개가 토끼나 쫓으면서 시간을 낭비하지 않도록 관리할 사냥꾼도 필요하다. 그 사냥꾼은 개가 아는 사실을 거의 다 알고 있어야 한다.

과학자들을 평가절하하려고 이런 얘기를 하는 건 아니다. 절대로! 우리는 미국이 배출할 수 있는 그 분야의 천재를 전부 모았다. 시카고, 컬럼비아, 코넬, MIT, 캘텍, 버클리를 비롯해 국내에 있는 모든 방사선 실험실의 인재가 전부 모였을 뿐 아니라 영국의 도움으로 영입한 해외 인사도 두어 명 있었다. 또한 생각해낼 수 있는 모든 독창적인 시설과 돈으로 만들어낼 수 있는 모든 설비가 제공되었다. 그곳에는 본래 캘리포니아 대학이 쓰려고 했던 5백 톤 규모의 이온 가속기가 있었다. 연구진이 새 장비를 설계하고 요청하는 바람에 그 이온 가속기는 곧장 용도가 폐기되었다. 물론 새 장비는 제대로 제공되었다. 캐나다는 우리가 요구하는 대로, 그레이트베어호와 유콘 지역에서 채굴한 불안정한 우라늄을 대량으로 제공했다. 시카고팀은 우라늄 동위원소 235에서 일반 동위원소 239를 분리하는 잔여물 최소화 기술뿐 아니라 기존보다 낮은 비용으로 구현할 수 있는 질량 분광 기술까지 개발해둔 상태였다.

일찍이, 그러니까 1940년 여름에 우라늄 235의 끔찍한 잠재력을 깨달은 미국 정부 소속 관료가 있었다. 그는 전국의 원자 연구자를 전부 모아놓고 입을 다물겠다는 맹세를 받았다. 개발에 성공만 한다면 원자력은 정부의 독점 품목이 될 예정이었다. 적어도 전쟁이 끝날 때까지는 그랬다. 원자력은 그 누구도 꿈꾸지 못했을 만큼 파괴력이 큰 폭발물을 내놓을 수 있었고, 그만큼 압도적인 권력을 제공할 수 있었다. 어쨌든 히틀러가 비밀 무기를 언급하고 있었고, 여러 민주 국가를 향해 목이 쉬어져라 모욕을 퍼부었기 때문에 미국 정부는 새로운 연구 성과를 꼭꼭 숨겨놓을 계획이었다.

히틀러는 조심성 있게 행동하지 않는 바람에 우라늄의 비밀을 제일 먼저 알게 될 기회를 놓쳤다. 세계 최초로 우라늄 원자를 쪼갠 오토 한 박사는 독일인이었다. 하지만 실험실 조교 한 사람이 대학살을 피해 독일을 빠져나가는 통에 한 박사는 미국에 왔고 우리에게 그 사실을 알려주었다.

우리는 메릴랜드에 있는 실험실에서 우라늄 235의 폭발력을 제어할 방법을 연구하고 있었다. 우리는 1톤짜리 폭탄 한 발로 대규모 공습과 같은 효과를 거두고, 단 한 번의 폭발로 산업지대 전 지역을 초토화하겠다는 계획을 갖고 있었다. 콘티넨털 공대의 리드패스 박사는 그런 폭탄을 만들 수 있다고 자신했다. 하지만 장전되는 순간 폭발하지 않을 거라고는 보장하지 못했고, 폭발력 자체도 확언할 수 없었다. 한마디로 그는 자신이 제시한 숫자를 믿고 있지 않았다. 그 숫자에는 해독되지 않은 암호가 너무 많았다.

아주 이상한 얘기지만, 우리는 한 번에 하나의 국가만 날려버릴 만큼 위력이 약하고 필요할 때만 폭발시킬 수 있을 만큼 안정적인 폭탄이 필요했다. 그와 동시에 전쟁용 로켓 병기를 시속 천3백 킬로미터 이상으로 운반할 수 있는 아주 실용적인 로켓 연료만 만들어낸다면 미국은 전 세계 모든 사람이 친밀한 척 안달을 낼 만한 지위에 오를 수 있었다.

우리는 그 문제를 해결하지 못한 채 빈둥거리면서 1943년을 다 보냈고, 1944년이 되고도 꽤 시간이 지났다. 유럽의 전쟁과 아시아의 충돌은 계속되고 있었다. 이탈리아가 주저앉자 영국은 영국 제도의 봉쇄를 풀 수 있는 병력을 지중해 함대에서 끌어올 수 있었다. 미국이 주기적으로 보내줄 수 있는 비행기와 거기에 더 얹어 준 폭격기 덕분에, 영국은 땅을 파고 핵심 방위 산업 시설을 점점 더 지하로 옮기면서 간신히 버티고 있었다. 러시아는 평상시처럼 무게 중심을 동서로 옮기면서, 전쟁이 성공적인 결말에 도달하고 어느 한 편이 충분한 이익을 얻는 상황이 오지 않도록 눈에 띄게 방해하는 정책을 펴고 있었다. 사람들은 '영원한 전쟁'이란 말을 입에 올리기 시작했다.

✶

나는 행정사무실에서 타자 실력이나 늘리면서 시간을 보내고 있었다. 당시 매닝이 작성해야 할 보고서는 대부분 내가 직접 타자했다. 그때 당번병이 사무실로 들어오더니 에스텔 카르스트 박사가 도착했다는 사실을 알려주었다. 나는 내선 전화를 켰다. "소장님, 카르스트 박사께서 도착하셨습니다. 지금 만나시겠습니까?"

"그러지." 매닝이 전화선 반대편에서 말했다. 나는 당번병에게 박사를 들여보내라고 지시했다.

에스텔 카르스트 박사는 나이가 지긋하고 범상치 않은 여성이었다. 내가 알기로 그녀는 기술 병과에서 중책을 맡은 첫 번째 여성이었다. 그녀는 의학박사면서 이학박사였다. 그녀를 보면 4학년 때 나를 가르치던 선생님이 떠올랐다. 박사가 방에 들어올 때마다 내가 반사적으로 일어선 이유는 아마 그 때문일 것이다. 나는 박사가 나를 보고 코웃음을 칠까 봐 겁이 났다. 박사의 지위 때문은 아니었다. 당시 지위에 크게 신경 쓰는 사람은 거의 없었으니까.

박사는 전신 작업복을 입고 업소용 앞치마를 두른 차림이었다. 눈을 뚫고 오기 위해 그 위에 후드가 달린 케이프를 간단히 걸치고 있었다. 내가 말했다. “어서 오십시오.” 나는 그녀를 매닝의 사무실로 안내했다.

매닝 대령은 여성 클럽에서 잘 통했던 세련된 태도로 인사를 건네고 박사를 자리에 앉힌 다음 담배를 권했다.

“만나서 반갑습니다, 소령.” 그가 말했다. “계신 시설에 한번 찾아갈 생각이었습니다.”

나는 매닝의 의도를 알아챘다. 카르스트 박사의 주 전공은 자연치료학이었다. 매닝은 박사가 군에 도움이 되는 쪽으로 연구 방향을 바꾸기를 바라고 있었다.

“저를 소령이라고 부르지 마세요.” 박사가 신랄하게 말했다.

“미안합니다. 박사….”

“전 업무 때문에 왔어요. 끝나면 곧장 돌아가야 하고요. 대령님도 바쁘시겠죠, 물론. 매닝 대령, 나를 좀 도와줘야겠어요.”

“말씀만 하십시오.”

“다행이군요. 연구하다가 장해물을 만났어요. 리드패스 박사 부서의 연구원이 도와줄 수 있을 거예요. 그런데 리드패스 박사는 협조할 생각이 없는 것 같아요.”

“그렇습니까? 흠, 부서장의 권한을 무시하고 싶지는 않습니다만, 일단 말씀해보시죠. 타협안이 생길지도 모르니까요. 그 연구원이 누굽니까?”

“오브레 박사예요.”

“분광학자 말씀이군요. 흠, 리드패스 박사가 왜 꺼리는지 이해가 됩니다. 저도 그에게 동의할 수밖에 없겠군요. 어쨌든 우리의 주목적은 고효율 폭탄 연구이니까요.”

박사가 노기를 띠었다. 나는 그녀가 최소한 방과 후에 남으라는 얘기 정도는 꺼낼 거라고 생각했다. “매닝 대령, 인공 방사선이 현대 의술에서 얼마나 중요한지 알고 계신가요?”

"아, 알고 있습니다. 하지만 박사, 우리의 일차적 목표는 전시에 이 나라 전체를 보호해줄 무기를 완성하는 것이고…."

박사가 코웃음을 치고 본격적인 행동에 돌입했다. "무기라. 시시하군요! 군대에는 의무 병과가 없던가요? 사람을 박살 내는 것보다 치료하는 방법을 아는 게 더 중요하지 않던가요? 매닝 대령, 댁은 이 프로젝트의 책임자로 적합한 사람이 아니에요! 댁은… 댁은 전쟁광이에요. 그 정도밖에 안 되는 사람이라고요!"

내 귀가 빨갛게 물들었다. 하지만 매닝은 꿈쩍도 하지 않았다. 그는 이 상황을 크게 문제 삼을 수도 있었다. 박사를 숙소에 구금할 수도 있고 심하면 군법에 회부할 수도 있었다. 하지만 매닝은 그런 사람이 아니었다. 그는 누군가가 군법에 회부될 경우, 그건 상급 장교가 그 사람의 역량을 제대로 파악하지 못했다는 분명한 증거라고 말한 적이 있었다.

"그렇게 보였다니 유감입니다, 박사." 그가 온화하게 말했다. "그리고 제 기술 지식이 충분하지 못하다는 것도 인정합니다. 하지만 저는 진심으로 치료가 가장 중요하다고 믿고 있습니다. 어쨌든 저는 박사의 요구를 거절한 게 아닙니다. 박사의 실험실로 함께 가서 문제가 뭔지 확인하도록 하지요. 모든 사람이 만족할 만한 해결책이 있을 테니까요."

그는 이미 일어서서 방한용 외투를 꺼내고 있었다. 박사는 굳어 있던 입술을 완전히 풀고 대답했다. "그렇게 하시죠. 방금 제가 했던 말은 사과하겠어요."

"전혀 그러실 필요 없습니다." 매닝이 답했다. "지금은 다들 힘든 시기니까요. 존, 따라오게."

나는 바깥 사무실에 들러서 내 외투를 꺼내고 주머니에 수첩을 넣은 다음 두 사람의 뒤를 따랐다.

질척거리는 눈을 뚫고 150미터쯤 되는 거리를 힘겹게 걸어 박사의 실험실에 도착할 때쯤 두 사람은 정원 손질에 관해 이야기를 나누고 있었다!

매닝은 딴지를 걸려는 경비병에게 손짓으로 대답했고, 우리는 건물로 들어섰다. 그가 아무 생각 없이 안쪽 실험실로 들어가려 하자 카르스트가 제지했다. "대령, 보호복부터 입으세요."

매닝이 새 복장 규정이야 어쨌거나 고무장화를 신겠다고 고집을 부리는 바람에 그에게 맞는 물건을 찾느라 작은 소동이 있었다. 결국 그가 발을 보호하는 장비 없이 들어가겠다고 했지만 카르스트는 그의 말을 무시했다. 그녀는 무른납으로 응급용 보호장비를 만드는 조수를 몇 명 불렀다.

헬멧에는 폭발 연구실에서 쓰는 것과 달리 꼭 들어맞는 흡입기가 달려 있었다. "이게 뭡니까?" 매닝이 물었다.

"방사성 분진을 막아주는 방진장치예요." 박사가 대답했다. "꼭 필요하죠."

우리는 납이 칠해져 있고 구불구불한 통로를 따라 이동해서 작업실 문 앞에 도착했다. 박사가 비밀번호를 입력하고 문을 열었다. 나는 갑자기 쏟아져 나오는 빛 때문에 눈을 깜빡이다가 공기 중에 미세한 티끌들이 반짝거린다는 사실을 깨달았다.

"흠, 먼지가 많군요." 매닝도 나와 같은 생각을 하고 있었다. "저 먼지를 제어할 방법이 있습니까?" 방진 마스크 때문에 그의 목소리가 분명하지 않았다.

"마지막 실험 단계는 공기에 노출된 상태로 행할 수밖에 없어요." 카르스트가 설명했다. "덮개를 설치하면 먼지를 거의 다 막을 수는 있어요. 그러면 제어가 가능하지만 대신에 엄청나게 비싼 설비가 필요하죠."

"그건 문제없습니다. 아시다시피 예산에 제한을 받지는 않거든요. 이런 마스크를 쓰고 일하면 엄청나게 번거로울 것 아닙니까."

"그렇죠." 카르스트가 동의했다. "그 설비가 있으면 방호복도 안 입고 일할 수 있을 거예요. 그러면 편리하죠."

나는 불현듯 그곳의 연구자들이 어떤 어려움 속에서 일하는지 떠올려 보았다. 나는 평균적인 체격임에도 무거운 방호복을 입고 다니기가 쉽지 않았다. 에스텔 카르스트 박사는 체구가 작은 여성이었는데도 매일같이, 자발적으로 14시간을 일하고 있었다. 편의성이 잠수복과 별 차이 없는 옷을 입고서. 그럼에도 불구하고 그녀는 불평하지 않았다.

신문의 1면 기사 첫 줄에 등장하는 사람들만 영웅이 아니다. 방사선 전문가들은 발암 위험과 치명적인 방사능 화상을 무릅쓰고 있었다. 남성 연구원은 생식 세포에 손상을 입을 확률도 있었다. 기혼자라면 2세에게 끔찍한 일이 생길 수도 있었다. 예를 들면 턱이 없거나 기다란 귀에 털이 난 아이가 출생할 수도 있었다. 그래도 연구원들은 앞으로 나아갔다. 그들은 일을 방해하는 문제가 생기지 않는 한 절대로 화를 내지 않는 것 같았다.

카르스트 박사는 개인적으로 2세에 관심이 있을 나이는 지난 사람이었지만 위험성은 마찬가지였다.

나는 박사가 결과를 얻어내려고 사용하는 괴상한 장비를 구경하면서, 아무것도 건드리지 않도록 조심히 돌아다녔다. 그리고 늘 그렇듯 용도는 짐작할 수 없지만, 학부 시절에 드나들었던 물리 실험실을 연상시키는 기계에 매료되었다. 카르스트는 자신이 무엇을 연구하는지, 목적은 무엇인지 매닝에게 설명하기 시작했다. 나는 얘기를 들어봤자 어차피 기술적인 내용을 하나도 이해할 수 없었다. 매닝이 기록을 원했다면 내게 받아쓰라고 지시를 내렸겠지만 그런 언급 역시 없었다. 나는 방의 한구석에 놓인 커다란 상자 모양의 장비에 이끌렸다. 그 기계에는 무언가를 집어넣을 수 있는 V자 모양의 입구가 있었고, 내부에서는 물이 내려가는 소리와 함께 팬이 돌아가는 소음이 흘러나왔다. 그 기계가 계속 내 관심을 끌었다.

나는 다시 카르스트와 매닝의 곁으로 돌아가서 박사의 말에 귀를 기울였다. "대령, 문제는 이런 거예요. 나는 현재 필요한 것보다 방사능 수치가 훨씬 더 높은 최종 결과물을 얻고 있어요. 그런데 동종 샘플보다 내 결과물의 반감기가 심각하게 들쭉날쭉해요. 다시 말해 내가 사용하는 물질에 동위원소가 섞여 있다는 얘기인데, 그걸 증명하지 못하고 있어요. 솔직히 말하자면 나는 이 분야의 최신 지식을 제대로 알지 못해요. 그러니 이런 방식으로 충분한 순도를 얻을 수 있는지 확신하지 못하는 거죠. 그래서 오브레 박사의 도움이 필요해요."

나는 박사가 그렇게 말했다고 생각한다. 하지만 물리학자가 아니다 보니 확신할 수는 없다. 내가 이해한 부분은 '반감기'까지였다. 모든 방사성 물질은 방사선을 계속 내뿜다가 다른 물질로 변한다. 그런 상황에 도달하기까지는, 이론적으로는 무한한 시간이 필요하다. 그 원소들의 실제 주기는, 그러니까 원소의 '수명'은 방사선 강도가 최초 수준의 절반으로 감소하기까지 걸린 시간으로 표현한다. 그 시간을 '반감기'라고 부른다. 한 원소의 방사성 동위원소들은 반감기가 각기 달라서, 반감기를 그 원소의 특성으로 삼을 수 있다.

이름이 기억나지 않는 연구원 한 사람이 말해준 바에 따르면 모든 물질은 어떤 상태에 있든지 간에 어느 정도 방사능을 띤다. 강도와 주기, 혹은 반감기에 차이가 있을 뿐이다.

"리드패스 박사에게 얘기해두겠습니다." 매닝이 말했다. "그리고 해결책도 강구해보고요. 그동안 연구실에 새 장비를 들일 계획을 세우시면 되겠군요."

"고마워요, 대령."

매닝은 박사를 진정시키고 떠날 채비를 했다. 하지만 나는 괴상한 소음을 내는 커다란 상자에 대한 호기심을 지울 수가 없었다.

"박사님, 저게 뭔지 여쭤봐도 되겠습니까?"

"아, 저거요? 공기조절기예요."

"이상하게 생겼군요. 저렇게 생긴 건 처음 봅니다."

"이 방의 공기를 조절하는 기계가 아니에요. 외부로 공기를 배출하기 전에 방사능 분진을 제거하는 장치예요. 오염된 공기에서 먼지를 씻어내는 셈이죠."

"물은 어디로 흘러갑니까?"

"하수구로 내려가요. 아마 마지막에는 만까지 도달하겠죠."

나는 손가락을 튕기려 했지만 납이 든 장갑 때문에 뜻을 이루지 못했다. "대령님, 이제야 해답을 찾았습니다!"

"무슨 해답?"

"수산청에서 우리 측 책임을 묻는 공문을 계속 보냈거든요. 이곳의 독성 먼지가 체서피크만으로 유입되면서 물고기를 죽인 겁니다."

매닝이 카르스트를 바라보았다. "박사, 그럴 가능성이 있을까요?"

박사가 헬멧 창 너머에서 눈살을 찌푸리며 생각에 잠겼다. "그 생각은 못 해봤어요." 그녀가 인정했다. "정확히 대답하려면 농축 가능성을 계산해봐야 하지만, 그럴 수도 있어요. 맞아요. 하지만…." 박사가 근심 어린 얼굴로 덧붙였다. "땅에 구멍을 파고 하수로를 나눠서 흘려보내면 간단히 해결할 수 있을 거예요."

"흠, 그렇군요." 매닝은 잠시 동안 아무 말도 하지 않은 채 그 자리에 서서 상자처럼 생긴 기계를 바라보았다.

그가 마침내 입을 열었다. "이 먼지가 아주 위험하지요?"

"극도로 위험해요, 대령." 다시 긴 침묵이 이어졌다.

나는 매닝의 단호한 목소리를 듣고 그가 결정을 내렸다는 사실을 알아챘다. "박사께 협력하라고 오브레에게 지시를 내리겠습니다."

"아, 잘됐군요!"

"그 대신 저를 도와주셔야겠습니다. 저는 박사님 연구에 지대한 관심이 있습니다만, 그 연구가 조금 더 광범위하게 진행되기를 바랍니다. 방사능 강도와 반감기의 최대치와 최소치를 함께 측정해주십시오. 실용성에 국한해서 접근하지 마시고 나중에 더 자세히 연구할 수 있도록 포괄적으로 조사해주십시오."

박사가 무언가를 말하려고 입을 열자 매닝이 그녀의 말을 가로막았다. "필요한 부분만 다루기보다 정말로 빠짐없이 연구를 해두면 장기적으로 박사의 본 목적에도 크게 도움이 될 겁니다. 저도 가용한 시설을 전부 동원해서 이 연구가 진행되도록 직접 나서겠습니다. 흥미로운 사실이 많이 밝혀질 거라고 생각합니다."

매닝은 박사에게 이견의 여지를 남겨주지 않고 즉시 떠났다. 그가 돌아가는 동안 이야기를 나눌 생각이 없어 보였기 때문에 나도 평온을 유지했다. 그는 자신의 계획을 통해 이끌어낼 수 있는 대담하고 극적인 전략의 희미한 가능성을 이미 파악하고 있는 것 같았다. 하지만 그도 그런 초기에는 죽은 물고기 몇 마리가 가져올 필연적인 결과까지 생각할 수가 없었다. 결과를 미리 알았다면 그런 연구를 지시하지 않았을 것이다.

아니, 그것도 틀린 짐작이다. 결과를 알았어도 그는 앞으로 나아갔을 것이다. 자신이 하지 않아도 결국 다른 사람이 할 거란 사실을 알았을 테니까. 그라면 무게감을 통감하면서도 책임을 받아들였을 것이다.

*

겉으로 보기에 1944년은 그리 대단한 일 없이 지나갔다. 카르스트 박사는 실험실용 새 장비와 더불어 아주 많은 원조를 받았다. 그 결과 그녀가 담당하는 부서는 현장에서 가장 큰 곳으로 금세 성장했다. 반면 폭탄 연구는 매닝과 리드패스가 협의한 끝에 보류되었다. 그 협의에 대해 내가 아는 것은 결론뿐이다. 그 시점에서 우라늄 235를 폭탄으로 활용할 가능성은 전혀 없다는 점이 요지였다. 동력원으로 사용할 가능성은 있었다. 먼 미래에, 핵반응을 제어한다는 극도로 까다로운 문제를 해결할 가능성이 더 커진다면 말이다. 그렇다 해도 로켓 엔진이나 이동용 차량 같은 주 이동용 장비의 동력원은 되기 어려울 테고, 최소한 볼더 댐 시설보다 큰 대형 발전소에서는 쓸 수 있을 것이다.

리드패스는 카르스트가 담당하는 부서의 공동책임자가 되었다. 폭탄 연구부서에서 쓰던 장비는 치명적인 인공 방사능 물질을 연구하는 데에 사용할 수 있도록 개조되거나 대치되었다. 매닝이 역할 분담을 조정해주었기 때문에 카르스트는 용도에 적합한 방사성 물질을 생산하는 기술을 개발한다는 본래 목표에 집중할 수 있었다. 그녀는 아마 완벽하게 행복했을 것이다. 다른 일에 신경 쓰지 않고 당면한 문제에 몰두하고 있었으니까. 하지만 매닝과 리드패스가, 자신들이 원하는 바를 카르스트와 의논하는 게 적절하다고 생각한 적이 있을까? 나는 지금까지도 그 대답을 알지 못한다.

사실 나는 너무 바빠서 그 문제를 생각해볼 겨를이 없었다. 총선이 다가오고 있었다. 나는 비상시국이 끝났을 때 매닝이 돌아갈 수 있는 선거구가 남아 있어야 한다는 결론을 내렸다. 매닝 본인은 큰 관심이 없었지만 재선을 노리는 후보로 이름을 올리도록 허락은 해주었다. 나는 수천 가지 문제가 발생하는 현장에 있지 못하는 상황에 욕을 해 가면서 원격으로 선거운동을 진행하려고 애를 썼다.

결국, 선거사무장이 나와 편하게 연락할 수 있도록 비밀 회선을 마련해둔다는 차선책을 선택했다. 나는 해치법*을 어겼다고 생각하지 않는다. 그저 조금 융통성을 발휘했을 뿐이다. 어쨌든 별다른 문제는 발생하지 않았다. 그해 매닝은 여러 명의 다른 시민형 군인들과 함께 당선되었다. 그가 이중으로 급여를 받는다는 주장을 제기해 명예를 떨어뜨리려는 공격 시도가 있었지만, 우리는 '부끄럽지도 않은가!'라고 적힌 전단지를 배포해 상대편의 의도를 분쇄했다. 그 전단지에는 매닝이 두 가지 일을 하고 월급은 한 몫만 받는다는 사실이 적혀 있었다. 연방법은 비상시국의 의무를 그렇게 정의하고 있었고, 유권자들은 그 점을 알 권리가 있었다.

*

매닝은 크리스마스를 눈앞에 둔 시점에서, 카르스트-오브레 제조법에 숨어 있는 의미 때문에 자신이 얼마나 괴로운지 처음으로 털어놓았

* 연방 공무원의 정치 활동을 금지하는 법안

다. 그는 몇 가지 사소한 문제를 의논하려고 나를 사무실로 부른 뒤 놓아주지 않았다. 하고 싶은 말이 있는 눈치였다.

"현재 카르스트-오브레 분진을 얼마나 보유하고 있지?" 그가 갑자기 물었다.

"1만 개체가 조금 못 됩니다." 내가 대답했다. "원하신다면 정확한 숫자를 즉시 알아볼 수 있습니다." 정상적으로 살포할 경우 카르트스-오브레 분진 한 개체는 1천 명을 처리할 수 있었다. 사실 매닝은 나만큼이나 수치를 잘 알고 있었다. 즉 그가 무언가 다른 얘기를 하려고 시간을 끌고 있다는 뜻이었다.

매닝이 권위와 주도권을 행사한 덕분에 우리는 연구 단계에서 생산 단계로 막 넘어가려던 참이었다. 그는 그 사실에 대해 구체적인 보고서를 작성해서 육군성에 올리지는 않은 상태였다. 단, 참모총장에게 구두로 언급한 적은 있었다.

"그럴 필요 없어." 그는 내 제안에 대답한 다음 덧붙였다. "말은 봤나?"

"네." 나는 짧게 대답했다.

그 얘기는 별로 하고 싶지 않았다. 내가 말을 좋아하기 때문이었다. 우리는 부상당해 쓸모가 없어진 경주용 말을 여섯 마리 징발하고 매장할 준비를 마친 다음, 실험적으로 사용해보았다. 그 덕분에 분진의 위력을 알고 있었다. 사망한 말의 모든 신체 부위가 사진 건판을 감광시킬 수 있었고, 폐와 기관지 조직은 하나같이 빛을 뿜고 있었다.

매닝은 창가에 서서 메릴랜드의 황량한 겨울 풍경을 1~2분가량 지켜보다가 입을 열었다. "존, 방사능은 절대로 발견되지 않아야 했어. 그게 얼마나 사악한지 알고 있나?"

"그야…." 내가 말했다. "그건 무기잖습니까. 독가스와 비슷하거나… 더 효과적이겠죠."

"빌어먹을!" 매닝이 말했다. 나는 잠깐 동안 그가 내게 개인적으로 짜증을 낸다고 생각했다. "그건 40센티미터짜리 총을 활과 비교하는 거나 마찬가지야. 우리가 손에 넣은 건 전 세계 누구도 본 적 없는 최초의 무기야. 막을 방법이 아예 존재하지 않는다고. 이건 죽음 그 자체야. 멸망의 원인이라고."

그가 말을 이었다. "리드패스가 작성한 보고서는 읽어봤나?"

나는 보지 못했다. 리드패스가 보고서를 직접 매닝에게 전달했기 때문이었다.

"그러니까." 그가 말했다. "생산 단계에 접어든 뒤로 지금까지 가용한 인원을 총동원해서 분진을 막을 방법을 연구했어. 리드패스는 분진에 대항할 수단이 전혀 없다고 했지. 나도 같은 생각이야. 일단 사용하면 끝이라는 얘기야."

"방호 장비가 있잖습니까." 내가 말했다. "보호복도 있고요."

"그래, 있지." 그가 짜증을 내며 인정했다. "그걸 입으면 먹을 수도 마실 수도 없고 아무것도 못 한다는 게 문제지. 방사선이 사라지거나 위험 지역을 벗어나면 모를까. 실험실이라면 그걸로 괜찮지만 난 지금 전쟁 얘기를 하는 거라고."

나는 그 문제를 고민해보았다. "그래도 왜 그렇게까지 조바심을 내시는지 모르겠습니다, 대령님. 분진이 말씀하신 만큼 대단하다면 대령님은 임무를 정확히 수행하신 겁니다. 미국이 공격에 제대로 대응할 수 있는 무기를 만드신 것 아닙니까."

매닝이 갑자기 몸을 젖혀 나를 바라보았다. "존, 자네는 가끔 어처구니없이 멍청할 때가 있군!"

나는 아무 말도 하지 않았다. 나는 그를 잘 알았기 때문에 그의 감정을 무시하는 방법도 알고 있었다. 그가 내게 감정을 드러냈다는 것은 내게는 최고의 칭찬이었다.

"이렇게 생각해보게." 그는 더 끈기있게 얘기를 이어갔다. "분진을 무기로 쓰면 단순히 미국을 지키는 데에서 끝나지 않아. 이 세상에 있는 모든 남자와 여자와 아이의 머리에 장전된 총을 겨누는 것과 같다고!"

"음." 내가 말했다. "그게 뭐 어떻습니까? 우리만 가진 비밀 병기이니 결국 우리가 우위에 선 것 아닙니까. 미국은 이 전쟁은 물론이고 그 어떤 전쟁도 끝낼 힘이 생긴 셈이죠. 미국이 세계 평화를 수호하겠다고 선언하고 밀어붙일 수 있다는 겁니다."

"흠, 그렇게 간단한 문제라면 좋겠군. 하지만 비밀을 유지할 수 없을 거야. 내가 장담하지. 우리가 아무리 잘 지켜도 소용없어. 무기를 원하는 사람이라면 분진을 보기만 해도 단서를 얻을 거야. 다른 나라가 분진을 생산할 방법을 개발하는 건 시간 문제라고. 존, 사람의 생각을 막을 방법은 없어. 일단 목표가 뭔지 분명해지면 생산법을 알아낼 확률은 수학적으로 백 퍼센트란 말이야. 게다가 우라늄은 지구 전역에 분포되어 있어서 비교적 흔하게 구할 수 있는 물질이지. 그 점을 잊지 말라고!

이렇게 생각해보게. 일단 비밀이 퍼져나간다고 쳐봐. 분진을 한 번이라도 사용하면 비밀은 분명히 유출될 거야. 그 후의 이 세상 모습은 사람으로 가득 찬 방과 같아. 전부 장전된 45구경 권총을 들고 있는 사람들이지. 방에서 나갈 수 없기 때문에 살아남으려면 다른 사람의 선의에 의지할 수밖에 없어. 공격 수단만 있고 방어 수단은 없단 말이야. 무슨 얘기인지 알겠나?"

그가 말한 바를 생각해봤지만, 어느 지점이 문제인지 알 수 없었다. 비상시국에서 빠져나가는 길은 우리가 평화를 강제하는 것뿐이었다. 우리가 우라늄 자원을 통제하면 예비책이 될 수 있었다. 나는 미국인이다 보니 우리나라가 순전히 남을 공격하려는 목적으로 힘을 남용하진 않을 거라는 무의식적 확신에 차 있었다. 하지만 나중에, 멕시코 전쟁과 스페인-미국 전쟁을 비롯해 미국이 중앙아메리카에서 벌인 일을 돌이켜보자 더는 장담할 수 없었다.

*

그로부터 몇 주 뒤 취임식이 끝난 직후, 매닝은 참모총장실에 전화하라고 지시했다. 내가 들은 것은 통화의 끝부분뿐이었다. "아닙니다, 장군님." 매닝이 말했다. "장군님이나 장관님과는 얘기하지 않겠습니다. 장기적으로 볼 때 이건 최고사령관이 결정할 일입니다. 그분이 거부하면 다른 사람들은 당연하게도 이 일에 대해 알 필요가 없습니다. 이건 제가 고심하고 내린 결론입니다…. 그게 무슨 말씀입니까? 저는 자유재량권이 보장된다는 조건이 있었기 때문에 이 일을 맡은 겁니다. 이번에는 제 의견을 따라주셔야겠습니다. 저한테는 고급 장교처럼 굴지 마십시오. 장군님이 사관학교 하급생 때 어떤…. 알겠습니다. 죄송합니다. 육군장관께서 사리에 따르지 않으신다면, 제가 내일 하원에 등원해서 다수당 대표를 통해 제가 원하는 바를 얻어낼 거라고 전해주십…. 알겠습니다. 이만 끊겠습니다."

1시간 뒤 워싱턴에서 다시 전화가 왔다. 전화를 건 사람은 육군장관이었다. 매닝은 그 통화에서 말하기보다는 듣는 쪽이었다. 그는 통화가 끝날 무렵 말했다. "제가 바라는 건 대통령과 30분가량 독대하는 것뿐입니다. 그래도 달라지는 게 없으면 아무 문제가 안 생길 겁니다. 제가 대통령을 설득하면 다들 내용을 알게 되실 테고요…. 아닙니다, 장관님. 장관님께서 책임을 회피한다는 뜻이 아닙니다. 저는 도움이 되고 싶은 겁니다…. 좋습니다! 감사합니다, 장관님."

그날 늦은 시각 백악관에서 전화가 왔고 약속이 잡혔다.

*

다음 날 우리는 진눈깨비나 다름없이 지저분하게 내리는 비를 뚫고 차를 몰아 지역구로 돌아갔다. 보통 때도 원활하지 않은 워싱턴의 교통 상황은 날씨 때문에 더 안 좋았다. 우리가 약속 시간을 지키지 못할 것은 확실했다. 매닝은 로드아일랜드 대로를 통과하는 내내 작은 소리로 욕을 했다. 하지만 백악관의 웨스트윙 앞에 내리고 보니 시간은 2분이 남아 있었다. 매닝은 대통령 집무실까지 거의 단숨에 치달았고, 나는 뒤에 남아 발바닥을 식히면서 민간인 복장에 적응하려고 애를 썼다. 군복을 아주 오래 입다 보니 엉뚱한 곳이 근질거렸다.

매닝이 얻어냈던 30분이 지났다.

대통령 접견을 담당하는 비서가 들어오다가 문자 그대로 즉시 밖으로 나갔다. 그는 바깥 접견실로 들어갔고, 내 귀에 대략 이런 말소리가 들렸다. "죄송합니다, 상원의원님. 하지만…." 비서가 다시 들어오더니 연필로 무언가를 적어서 다른 직원에게 넘겼다.

2시간이 더 흘렀다.

마침내 매닝이 문가에 모습을 드러내자 비서가 안도의 한숨을 쉬었다. 하지만 매닝은 밖으로 나오는 대신 내게 말했다. "존, 들어오게. 대통령께서 자네를 보고 싶으시다는군."

나는 일어서다가 내 발에 걸려 넘어질 뻔했다.

매닝이 말했다. "대통령님, 이 친구가 존 디프라이스 대위입니다." 대통령이 고개를 끄덕였고 나는 상체를 숙였다. 말을 꺼낼 수가 없었다. 대통령은 벽난로 앞에 깔아둔 양탄자를 밟고 서 있다가 모발이 풍성한 머리를 돌려 우리를 바라보았다. 그는 사진 속 모습 그대로였다. 하지만 미합중국 대통령의 키가 크지 않다는 사실은 왠지 이상하게 느껴졌다.

물론 대통령을 직접 대면하는 것은 처음이었다. 하지만 그가 시장직을 수행했고 그 뒤에 상원의원으로 2년을 보냈다는 사실 정도는 알고 있었다.

대통령이 말했다. "앉아요, 디프라이스 대위. 담배 피우겠어요?" 그리고 매닝에게 질문을 던졌다. "이 친구가 해낼 수 있을까요?"

"해내야 할 겁니다. 다른 방법이 없으니까요."

"믿을 만한 사람인가요?"

"제 선거사무장이었습니다."

"그렇군요."

대통령은 한동안 입을 열지 않았다. 당연히 나도 아무 말을 하지 않았다! 하지만 두 사람이 무슨 말을 하는 건지 알고 싶어 죽을 지경이었다. 이번에도 먼저 얘기를 시작한 사람은 대통령이었다. "매닝 대령, 나는 조금 전에 논의한 문제점을 감수하고 대령이 제시한 방법을 쓸 생각이에요. 하지만 내일 직접 가서 그 분진이 대령이 말한 것과 같은 물질인지 봐야겠어요. 시연을 준비해주세요."

"네, 대통령님."

"아주 좋아요. 더 나은 방법이 생각나지 않으면 디프라이스 대위에게 맡기도록 하죠." 나는 잠깐 동안 그들이 나를 실험용 쥐로 쓰려는 거라고 생각했다! 대통령은 나를 보고 말을 이어갔다. "대위, 나를 대신해서 영국에 가줘야겠어요."

나는 침을 꿀꺽 삼켰다. "네, 대통령님." 내가 미합중국 대통령의 부름을 받고 한 말은 그게 전부였다.

*

그 뒤 매닝은 마음에 품고 있던 많은 생각을 내게 털어놓아야 했다. 비록 나 자신이 뻔한 일을 파악하지 못한 것처럼 어리석어 보이고 상식 수준의 지식을 반복하는 한이 있더라도, 그가 한 말들을 최대한 주의 깊게 옮겨보겠다.

우리는 막을 방법이 없는 무기를 보유하게 되었다. 종류를 막론하고 카르스트-오브레 분진을 살포하면 그 지역은 오랜 시간 동안 사람이 살 수 없는 공간이 된다. 그 기간은 방사선의 반감기에 따라 다르다.

그게 전부이자 끝이다.

분진을 뒤집어쓴 구역을 두고 할 수 있는 일이라고는 방사선량이 무해한 수준으로 떨어질 때까지 무작정 기다리는 것뿐이다. 분진은 씻어낼 수 없다. 모든 곳에 존재하기 때문이다. 방사능은 중화할 방법도 없다. 태우거나 화학적으로 결합시킨다 해도 방사성 동위원소가 계속 남아서 치명적인 방사선을 뿜기 때문이다. 분진을 지면에 사용한다면 그곳은 정해진 기간 동안 그 어떤 생명체도 살 수 없다.

사용법은 너무나 간단하다. 복잡한 폭격 관제도 필요 없고, 표적만 타격하기 위해 조심할 이유도 없다. 그저 비행기에 싣고, 불모지로 만들고 싶은 곳 상공에 적당히 자리를 잡은 다음 떨어뜨리면 끝난다. 오염 지역에 있는 사람은 죽은 것과 다름없다. 오염 정도에 따라 차이는 있지만 그 사람은 1시간이나, 하루나, 한 주나, 한 달이 지나면 결국 죽는다.

매닝은 어느 날 밤, 지구상 모든 문명의 이익을 위해서, 자신을 포함해 카르스트-오브레 제조법을 아는 모든 사람을 죽이자는 권고안을 올릴지 진지하게 고민해봤다고 말했다. 하지만 다음 날이 되자 그 생각이 극단적인 두려움의 결과에 불과하다는 사실을 깨달았다고 했다. 시간이 지나면 또 다른 누군가가 그 방법을 알아낼 게 분명했기 때문이다.

게다가, 그처럼 소름 끼치는 힘을 쓰지 않으면서 마침내 다른 누군가가 그 기술을 완성하고 사용할 때까지 기다리는 것도 안 될 일이었다. 온 세상이 하나의 거대한 시체 안치소로 바뀌는 것을 막을 수 있는 유일한 방법이 있다면 그 힘을 먼저, 철저하게 사용하는 것뿐이었다. 그러면 승리하고 세계를 보전할 수 있었다.

우리는 공식적으로는 참전하지 않았지만, 민주국가 진영에서 차지하는 위상 때문에 1940년부터 목까지 잠기도록 전쟁에 뛰어든 상태였다. 매닝은 대통령에게 다음과 같이 제안했다. 미국은 조건을 지킨다는 전제 하에 영국에 분진을 공급한다. 그리고 영국으로 하여금 평화를 강제하는 억지력으로 기능하게 한다. 단, 평화조약은 전적으로 미국의 지시에 따라 작성한다. 제조법은 넘길 수 없기 때문이다.

그러면 미국은 최강국이 된다.

미국은 싫든 좋든 그럴 만한 힘이 있었다. 그 사실을 인정하고 무자비하며 과감하게 세계 평화를 강제하지 않으면 다른 나라가 주도권을 쥐게 될 것이었다. 분진은 동등하게 공유할 수 없었다. 시간이라는 요소가 절대적이었기 때문이었다.

매닝은 카르스트-오브레에 관해 기술적인 지식이 있는 인원을 하나도 남김없이 실험실 구역에, 보호 구금 상태로 가둬야 한다고 주장했다. 매닝 본인도 그 대상에 포함되었다. 대통령 역시 그 조항에 동의했고, 결과적으로 영국에 가서 세부 사항을 조율할 사람은 내가 되었다. 나는 비밀 제조법을 몰랐다. 여러 해에 걸쳐 학교 교육을 받지 않으면 제조법을 습득할 능력도 없었다. 아는 게 없으니, 설사 상대가 약물을 사용한다 해도 털어놓을 수가 없었다. 우리는 미국이 전 세계를 확실히 지배하기 전까지 비밀 제조법을 최대한 숨기기로 결심했다. 영국이 우방이긴 했지만 우리는 그들을 신뢰하지 않았다. 영국이 가장 먼저 충성하는 대상은 영국 왕실이었다. 그들을 유혹할 필요는 없었다.

나는 과학이 아니라 그런 배경을 이해하는 사람이었기 때문에, 그리고 매닝이 신뢰했기 때문에 발탁되었다. 대통령까지 나를 믿은 이유는 알 수 없었지만, 내 임무는 그렇게 복잡한 일도 아니었다.

*

나를 태운 비행기는 춥고 습한 오후에, 볼티모어 외곽에 새로 지은 비행장에서 이륙했다. 날씨는 내 상태와 비슷했다. 나는 배 속이 텅 비어 있었고, 콧물을 흘렸고, 옷의 단추를 목 밑까지 잠그고 있었다. 비행기에 실린 문서는 나를 미합중국 대통령의 특사로 지명하고 있었다. 사실 전례가 없는 이상한 문서였다. 그 문서로 인해 나는 외교 면책 특권을 받는 일반적인 특사가 아니라 대통령 본인에 필적할 만큼 신성한 인물이 된 상태였다.

비행기는 노바스코샤에 착륙해서 연료를 보급하고, FBI 요원들과 작별하고, 다시 날아올랐다. 그리고 캐나다 수송 보호 편대가 우리 비행기 주변에 진지를 구축했다. 미국이 보내는 분진은 전부 내가 탑승한 비행기에 실려 있었다. 대통령 특사가 요격당하면 분진도 그와 함께 땅 위로 내려앉을 것이었다.

횡단 여행에 관해서는 그다지 말할 것이 없다. 엔진이 여섯 개나 달린 신형 비행기가 안정적으로 비행했음에도 불구하고 나는 비행기 멀미에 시달리느라 비참한 몰골이었다. 나는 교수대로 이동하는 사형수가 된 기분으로, 나를 토론 대회나 육상 경기처럼 그리 대단하지 않은 행사에 참가하는 어린아이로 만들어달라고 신에게 빌고 있었다.

스코틀랜드에 접근했을 때 교전이 발생했다. 그 사실을 알긴 했지만 객실이 외부와 차단되어 있어서 눈으로 확인할 수는 없었다. 우리 측 기장은 싸움을 무시하고 완전한 어둠에 뒤덮인 활주로를 향해 하강했다. 유도 광선에 의지했으리라 짐작했지만 사실은 알 수 없었고 크게 관심도 생기지 않았다. 비행기가 추락하면 오히려 기뻤을 것이다. 시간이 지나 외부가 밝아지고 나서야 지하 격납고에 들어왔다는 사실을 알 수 있었다.

나는 비행기에서 내리지 않았다. 영국 사령관이 찾아와 자신의 방에 초대했지만 나는 고개를 저었다. "전 여기 있겠습니다." 내가 말했다. "명령이라서요. 이 비행기를 미국 영토로 간주해야 한다는 점은 알고 계시겠죠."

사령관은 발끈했지만 결국 상황과 타협하고 우리 비행기로 두 사람분의 저녁 식사를 보내주었다.

다음 날에는 정말로 당황스러운 상황이 벌어졌다. 나는 왕실 인사를 접견하라는 지시를 받았다. 하지만 우선시해야 할 명령이 있었기 때문에 그걸 고수해야 했다. 나는 대통령이 다음 지시를 내리기 전까지 분진을 깔고 앉아 있었다. 그날 늦은 시각에 국회에 소속된 인사 한 사람과 윈저가 나를 방문했다. 그 국회 사람이 영국 총리라는 사실을 따로 설명해준 사람은 없었다. 말은 거의 총리가 다 했고 나는 그의 질문에 대답만 했다. 또 한 사람의 손님은 거의 말을 하지 않았고, 입을 열어도 천천히, 무언가 장애가 있는 것처럼 힘들게 이야기를 꺼냈다. 하지만 나는 그에게 큰 호감을 느꼈다. 그는 인간의 한계를 넘는 힘으로 짐을 지고, 그 짐을 영웅적으로 운반하는 사람처럼 보였다.

✶

그리고 내 인생에서 가장 길었던 시기가 시작되었다. 실제로는 일주일보다 조금 긴 시간이었지만, 그동안은 자동차가 충돌하기 직전에 곧 재앙이 일어난다는 것을 깨닫게 되는 찰나처럼 매 순간이 강렬한 긴장으로 가득했다. 대통령은 그 시간 동안 분진을 사용하는 상황이 벌어지지 않도록 노력했다. 그는 두 번에 걸쳐 제3제국의 신임 총통과 일대일 화상회의를 열었다. 대통령이 독일어에 능숙하다는 점도 도움이 되었을 것이다. 그는 교전 상태에 있는 당사자들을 향해 세 번 연설했지만 유럽 대륙에 사는 사람들 가운데 몇 사람이나 들었을지는 미지수였다. 그 지역의 경찰 규정이란 것이 뻔했기 때문이다.

제3제국 대사를 위해 분진의 효과가 별도로 시연되었다. 그는 황폐한 서부 초원지대로 날아가서 단 한 번의 살포만으로 송아지 떼가 어떤 운명을 맞이했는지 확인해볼 수 있었다. 분명 강한 인상을 받았을 것이다. 나는 그러지 않을 수가 없었을 거라고 생각했다. 눈으로 확인한 것을 부정할 사람은 없으니까! 하지만 대사가 지도자에게 올린 보고서의 내용은 끝내 알 수 없었다.

결과를 기다리는 동안 영국 제도는 그때까지와 동일한 강도로, 반복해서 공습당했다. 나는 매우 안전했지만 소식은 들을 수 있었고, 공습이 나와 함께 지내는 장교들의 사기에 어떤 영향을 미치는지 확인할 수 있었다. 그들은 겁을 먹는 대신 냉담해졌고 분노했다. 공습은 군용 조선시설이나 공장을 따로 노리지 않았고 아무 곳이나 닥치는 대로 파괴했다. 특히 민간인이 사는 마을의 피해가 심했다.

"뭘 기다리는 건지 모르겠군요." 공군 중령 한 사람이 내게 불만을 털어놓았다. "지금 독일놈들한테 필요한 건 그놈의 아리안 방식 그대로 슈레클리히카이트*를 한 방 먹여주는 건데요."

나는 고개를 저었다. "우린 우리 식으로 해나가야 해요."

중령은 그 문제를 더 이상 논하지 않았다. 하지만 그와 동료 장교들의 심정은 알 수 있었다. 그들은 일어서서 건배했다. 마치 왕에게 올리듯 신성한 건배였다. "코번트리를 기억하라!"

미국 대통령이 협상 기간 동안 영국 공군의 폭격을 금했지만, 그것과 별개로 폭격기들은 바삐 움직였다. 제3제국 점령 지역은 우리 측 선동 전술 전문가가 작성한 전단지로 밤마다 뒤덮였다. 첫 번째 전단지는 강화조약이 맺어질 경우 보복 조치가 없을 거라고 제3제국 국민들에게 약속했다. 하늘에서 쏟아진 두 번째 전단지에는 죽은 송아지 떼의 사진이 실려 있었다. 세 번째에는 "도시에서 완전히 물러나라"는 간단하고 직접적인 경고만 적혀 있었다.

매닝의 표현을 빌리자면 우리는 총을 쏘기 전에 그만두라고 세 번 경고했던 셈이다. 매닝이나 대통령이 경고가 효과를 볼 거라고 생각했는지는 알 수 없지만, 도덕적으로는 시도할 의무가 있는 일이었다.

영국인들은 나를 위해 시몬즈-얄리형 도청 방지 텔레비전을 설치해주었다. 수신자가 송신기를 켜기 전에는 송신 자체가 이뤄지지 않는 통신장비였다. 그 장비는 역사상 처음으로 비밀이 확실히 보장되는 외교통신을 이뤄냈고 위기 상황에 큰 도움이 되었다. 나는 FBI의 신설 전문부서 소속인 기술 요원을 대동했기 때문에 그 암호통신장비를 작동할 수 있었다.

FBI 기술 요원이 어느 날 오후 나를 불렀다. "워싱턴에서 신호가 옵니다."

나는 객실에서 피곤한 몸을 억지로 일으켰고, 또 엉터리 신호가 잡힌

* schrecklichkeit, '무서움'이나 '공포'라는 뜻으로, 제2차 세계대전 당시 독일이 민간인에게 행했던 분쇄정책

건 아닌지 의심하면서도 격납고 바닥에 설치된 통신석으로 이동했다.

이번에는 대통령 본인의 얼굴이 떠올랐다. 그는 입술이 창백했다. "디프라이스 대위, 기본 명령을 실행하게."

"네, 대통령님."

*

세부사항은 순서대로 진행되었다. 분진을 건네고 지휘관으로부터 수령증과 일부 지급금을 받는 것으로 내 임무는 끝났다. 하지만 영국은 우리 측 발의로 전 세계 모든 독립국과 점령국 임시정부의 관전 장교를 초청했다. 미국 대사는 매닝의 요청에 따라 나를 관전 장교로 지명했다.

임무는 열세 대의 폭격기가 맡았다. 사실 한 대만으로도 필요한 분진을 모두 수송할 수 있었지만 분진의 상당량이 목표지점에 도달하는 것을 보장하기 위해 나누어 실을 예정이었다. 나는 리드패스가 임무에 적당할 거라 계산했던 양보다 분진을 40퍼센트 더 많이 꺼냈다. 분진을 담은 용기가 실제로 운반할 비행기에 전부 실리는지 감독하는 것이 내 마지막 임무였다. 관전 장교들에게는 분진이 극소량 사용된다는 점이 강조되었다.

우리는 날이 어두워지자마자 이륙했고, 7천5백 미터 상공으로 올라가서 공중급유를 받은 다음 다시 상승했다. 호위기들은 우리보다 30분 먼저 급유를 받은 뒤 대기하고 있었다. 비행단은 열셋으로 나뉜 뒤 중부 유럽의 희박한 공기를 갈랐다. 폭격기들은 최대속도로 최대고도에 도달할 수 있도록 불필요한 장비를 전부 제거하고 효율을 극도로 높인 상태였다.

영국의 다른 지역에서는 우리보다 조금 앞서 또 다른 비행기들이 이륙했다. 적의 시선을 분산하는 것이 목적이었다. 그 비행기들이 독일 전역을 향해 날아가면 제3제국의 제공에 혼란이 생길 테고, 진짜 심각한 작업을 수행할 소수의 비행기들은 적의 관심으로부터 완전히 빠져나가서 성층권 고도에 도달할 수 있었다.

분진 수송기 열세 대가 각각 다른 방향에서 베를린에 접근했다. 비행기들은 바퀴살 모양의 항로를 그리면서 베를린 상공을 통과할 계획이었다. 밤하늘은 상당히 맑았고 낮게 뜬 달이 도움을 주고 있었다. 베를린은 식별하기 쉬운 도시였다. 현대 도시 가운데 면적이 아주 넓은 편에 속했고 넓은 충적 평야에 위치했기 때문이었다. 목적지가 가까워지자 슈프레강과 하펠강을 눈으로 확인할 수 있었다. 도시 전체가 소등한 상태였지만 도시의 어둠이란 본래 탁 트인 지역의 어둠과 다르게 마련이었다. 도시 상공 곳곳에 낙하산 조명탄이 점화했다. 본진이 목적지에 도달하기 전에 영국 공군이 바삐 움직인다는 증거였다. 그와 동시에 지상의 대공포대가 도시 식별을 도와주고 있었다.

내 계산이 맞다면, 교전은 우리보다 4천5백 미터쯤 낮은 곳에서 벌어지고 있었다.

조종사가 기장에게 보고했다. "방위선에 도달했습니다!" 절대고도계를 담당하는 병사가 분진 용기의 퓨즈에 성실하게 자료를 입력하고 있었다. 용기에는 소량의 흑색 화약이 들어 있었다. 용기를 투하한 뒤 퓨즈에 설정된 만큼 시간이 흐르면 폭발하면서 분진을 살포하기에 충분한 양이었다. 복잡할 것 하나 없는 효율적인 방식이었다. 분진을 간단한 종이봉투에 넣어도 효과는 별 차이가 없었지만 제대로 분산시킬 필요가 있었다.

조종사 옆에 붙어 있던 기장이 뾰족하고 혈색이 좋지 않은 얼굴을 살짝 찡그렸다. "1번 준비!" 폭격수가 복창했다.

"투하!"

"2번 준비!"

기장이 손목시계를 들여다보았다. "투하!"

"3번 준비!"

"투하!"

자그마한 열 번째 소포가 비행기 밖으로 나간 뒤 우리는 꼬리를 말고 집으로 내달렸다.

*

나를 위한 귀가 조치는 마련되어 있지 않았다. 그 문제를 생각해본 사람은 아무도 없었다. 하지만 내가 원한 건 집으로 돌아가는 일뿐이었다. 기분은 나쁘지 않았다. 사실 아무것도 느낄 수 없는 상태였다. 나는 용기를 내어 심각한 수술을 받은 사람이 된 것 같았다. 모든 게 끝났건만 충격 때문에 멍한 상태이고 다만 큰 걱정을 던 사람처럼. 하지만 집에 가고 싶었다.

영국 사령관은 예의를 갖춰 내 귀가를 도와주었다. 그는 즉시 내 비행기를 준비시키고, 필요한 인원을 배치하고, 전쟁 지역 바깥까지 호위를 붙여주었다. 한 사람을 집에 돌려보내는 일치고는 큰 비용이 들었지만 그 점에 신경 쓰는 사람은 아무도 없었다. 우리는 전쟁을 끝내겠다는 절박한 마음에 수백만의 인명을 막 해친 참이었다. 그러니 돈이 대수겠는가? 사령관은 허탈한 상태에서 필요한 지시를 내렸다.

나는 진정제를 두 배로 먹은 뒤 캐나다에서 잠을 깼다. 비행기를 얻어 타는 동안에 소식을 알아보려 했지만 소득은 별로 없었다. 제3제국 행정부는 공습이 벌어진 직후 짤막한 속보를 방송했다. 그들은 영국이 자랑했던 '비밀 병기'에 코웃음을 치면서, 베를린을 포함한 여러 도시에 대규모 공습이 있었으나 공격자를 모두 격퇴했고 피해는 대단치 않다고 말했다. 호호 경*이 냉소적으로 시작한 연설은 그러나 끝을 맺지 못했다. 아나운서의 말에 따르면 그는 갑자기 심장발작을 일으켰다. 연설은 녹음된 애국심 고취용 음악으로 대체되었다. 독일 선전방송은 호르스트 베셀의 음악을 들려주다가 중단되었다. 그 뒤로는 침묵만이 이어졌다.

나는 볼티모어 비행장에서 군용차와 운전병을 간신히 제공받아 아나폴리스 고속도로를 신속하게 통과했다. 실험실로 진입하는 분기점을 지

* Lord Haw-Haw, 제2차 세계대전 중 독일에서 영국으로 선전방송을 한 윌리엄 조이스의 별명

나칠 정도의 속도였다.

매닝은 본인 사무실에 있었다. 그는 내가 들어서자 고개를 들고 의기소침한 목소리로 "어서 오게, 존."이라고 말한 다음 다시 손에 든 메모판을 내려다보았다. 그리고 다시 낙서를 이어갔다.

그를 바라보다가 처음으로 매닝이 노인이라는 사실을 깨달았다. 그의 얼굴은 회색이었고 주름이 늘어져 있었다. 얼굴에 새겨진 깊은 골은 입과 함께 삼각형을 그리고 있었다. 옷도 그의 몸에 잘 맞지 않았다.

나는 다가가서 그의 어깨에 손을 얹었다. "너무 자책하지 마세요, 소장님. 소장님 잘못이 아니잖습니까. 전 세계에 최대한 경고를 했으니까요."

매닝이 나를 다시 바라보았다. "오늘 아침에 에스텔 카르스트 박사가 자살했어."

누구든 예측할 수 있는 일이었는데 아무도 그러지를 못했다. 나는 베를린에서 죽은 수많은 이방인들보다 박사가 자살했다는 사실에 더 충격을 받았다.

"어떻게 자살했습니까?" 내가 물었다.

"분진으로. 용기 포장실에 들어가서 방호 장비를 벗었어."

그녀의 모습이 떠올랐다. 머리를 틀어 올리고 있으면서, 눈매가 매섭고, 다른 사람의 행동이 마음에 들지 않을 때면 얼굴을 딱딱하게 굳히던 모습이. 자그맣고 늙은 여성이 평생을 바쳐 이룬 업적이 결국 그녀를 배신했던 것이다.

"내가…." 매닝이 천천히 덧붙였다. "왜 그럴 수밖에 없었는지 설명할 수 있었다면 좋았을 텐데."

우리는 안쪽에 납을 두른 관에 박사를 넣고 매장한 다음 워싱턴으로 향했다.

*

우리는 워싱턴에 있는 동안 베를린의 참상을 담은 영상을 보았다. 공개된 적이 없어서 일반인은 볼 수 없는 영상이었다. 하지만 평화가 옳다는 사실을 전 세계 여러 국가에게 납득시키는 효과가 탁월한 영상이었다. 나는 매닝의 보좌관 자격으로 국회에서 상영되는 영상을 보았다.

영상을 만든 것은 독일 공군을 피해 가며 촬영한 영국 조종사 두 사람이었다. 첫 영상에는 공습 다음 날 아침의 대로가 담겨 있었다. 망원으로 찍은 영상에는 그다지 특별한 점이 없었다. 바쁘게 움직이는 사람들로 가득한 거리가 전부였다. 하지만 주의를 기울이고 보면 차량 사고가 너무 많다는 사실이 드러났다.

둘째 날에는 도시에서 탈출하려는 움직임이 보였다. 도시 중심부에 있는 광장은 부서진 차와 시체를 빼면 사실상 황량했다. 반면에 도시를 빠져나가는 도로는 인파로 들끓었다. 노면 전차가 움직이지 못했기 때문에 사람들은 대부분 도보로 이동하고 있었다. 비참한 생명들이, 이미 죽음이 몸에 파고들었다는 사실을 모른 채 도망치고 있었다. 한순간 비행기가 하강하면서 촬영자가 수 초 동안 카메라 렌즈를 젊은 여성의 얼굴로 향했다. 돌아보는 여성의 얼굴은 잊을 수 없을 만큼 비탄에 잠겨 있었다. 그녀는 휘청거리다가 넘어졌다.

그 여성은 아마도 인파에 짓밟혔을 것이다. 나는 차라리 그랬기를 바랐다. 여섯 마리의 말 가운데 한 마리가 독성 물질로 치명상을 입기 시작하면서 지었던 표정이 그녀와 같았기 때문이었다.

마지막 장면은 공습 후 일주일이 지난 뒤의 베를린을 보여주었다. 도시는 죽었다. 남자도 여자도 아이도 없었다. 고양이도 없고 개도 없고 심지어 비둘기도 한 마리 없었다. 사방에 널린 시신들은 쥐에게 뜯어먹힐 위험이 없었다. 쥐가 없었기 때문이었다.

베를린 인근 도로는 이제 고요했다. 한때 제3제국 수도의 시민이었던 사람들이 아무렇게나 몸을 맞대고, 기차에서 떨어진 석탄처럼, 갓길이나 고랑에 여기저기 조용하게 쌓여 있었다. 포장도로에는 그보다 적은 수가 흩어져 있었다. 그 광경에 대해서는 더 얘기할 필요가 없을 것이다.

하지만 나라는 사람은, 그날 영사실에 들어간 이후 영혼을 상실했고 아직도 되찾지 못했다.

영상을 찍은 두 명의 조종사는 결국 죽었다. 베를린 상공에 떠 있던 독성 분진이 누적되면서 전신을 오염시켰기 때문이다. 미리 조심했다면 그런 일은 일어나지 않았겠지만, 영국인들은 그때만 해도 우리가 취하는 극단적인 예방책이 불필요하다고 생각하고 있었다.

✳

일주일 뒤 제3제국이 무너졌다. 새 총통이 영국의 허언을 직접 '증명'하겠다면서 공습 다음 날 직접 베를린에 가지 않았다면 더 오랜 시간이 걸렸을 것이다. 그 뒤 여러 달에 걸쳐 독일이 조종하던 임시정부들이 어떻게 움직였는지 자세히 얘기할 필요는 없을 것이다. 우리는 단 한 곳만 신경을 쓰고 있었다. 옛 독일 황제의 사촌을 상징으로 내세우면서 이른바 재건된 군주국이라고 자처하던 나라였다. 그 나라가 화평을 청해왔다.

문제는 그다음부터 시작되었다.

영국 총리가 미국 대통령과 내부적으로 협약을 맺었다는 사실을 발표하자 청중은 침묵으로 응답했다. "부끄럽지 않은가! 사임하라!" 고함 소리만이 그 침묵을 깼다. 피치 못할 결과였다고 생각한다. 하원은 4년 동안 무자비하게 공격당했던 국민의 목소리를 반영했다. 그들은 베르사유 조약을 산상수훈처럼 보이게 만들 만한 평화조약을 원했다.

불신임투표를 눈앞에 둔 총리는 선택의 여지가 없었다. 48시간 뒤 자칭 군주국의 왕이 왕좌에 앉아서 연설했다. 총리가 연설문을 작성하지 않았다는 점에서 헌법상 선례를 모조리 무시하는 연설이었다. 통치 기간 중 가장 큰 위기를 맞이한 상황에서 국왕의 목소리는 또렷하고 자연스러웠다. 영국은 그 연설에서 상황을 빠져나갈 실마리를 얻었고, 국제연립 정부가 설립되었다.

계약 이행을 강요하기 위해서 런던에 분진을 살포해야 했을까? 나는 모르겠다. 매닝은 그랬어야 한다고 생각한다. 내가 보기에 결정은 미국 대통령의 인품에 달려 있었지만, 그런 행동을 할 필요가 없었기 때문에 해답은 결국 의문으로 남았다.

미국은, 특히 미국 대통령은 두 가지 불가피한 문제에 직면했다. 첫째, 미국의 지위를 공고히 다져야 했다. 그러려면 압도적인 무기가 있다는 한시적 이점을 사용하여 다른 국가가 비슷한 무기로 미국을 공격하는 상황을 미리 차단해야 했다. 둘째, 미국이 갖게 된 압도적인 힘을 제대로 활용할 수 있으려면 그것에 맞게 대외정책을 유지하는 작업이 필요했다.

두 번째 문제야말로 그 무엇보다 어렵고 중요했다. 아무도 대적할 수 없는 강력한 무기를 독점함으로써 영구적으로, 다시 말해서 1세기가량 합리적인 평화를 유지하려면, 한시적인 정치행정보다 더 오래 유지할 정책이 필요했다.

첫 번째 문제는 즉각 해결해야 했고, 장기적으로 보자면 시간 또한 아주 중요한 문제였다. 문제의 무기가 아주 단순했기 때문에 상황이 다급했다. 필요한 것은 살포를 위한 비행기와 분진뿐이었고, 분진 자체는 카르스트-오브레 제조법의 비밀을 알고 소량의 우라늄 광물을 손에 넣을 수 있는 사람이라면 얼른 쉽게 만들 수 있었다.

그리고 카르스트-오브레 제조법은 언제나 누구든 독자적으로 개발할 수 있을 만큼 간단했다. 매닝은 리드패스와 자신의 의견이 잇달아 나열된 보고서를 대통령에게 제출했다. 보고서에 따르면 현대식 방사선 실험실에 근무하는 인원이라면 누구든, 베를린 사건 하나만을 실마리로 삼아서 6주 만에 카르스트-오브레 제조법과 동등한 기술을 개발할 수 있었다. 그로부터 6주가 더 지나면 대규모 살상을 저지르기에 충분한 분진을 생산할 수 있었다.

단 90일. 모든 과정을 처음부터 시작해도 90일이면 충분했다. 이미 연구가 진행 중이라면 남은 시간은 더 짧았고, 남은 시간이 전혀 없을 가능성도 있었다.

당시 매닝은 비공식적인 행정 각료였다. 대통령은 가끔 기분이 좋아지면 그를 "분진 장관"이라고 불렀다. 나는… 그러니까 나도 국무회의에 참석했다. 대통령은 내가 모든 과정을 처음부터 지켜본 비전문가라는 이유로 회의에 동참시켰다.

나는 사실 같지 않은 일이 꼬리를 무는 바람에 어느새 통치자들의 회의에 휘말린 보통 사람이었다. 그리고 통치자 역시 보통 사람이며, 나와 마찬가지로 종종 갈 길을 잃는 사람이라는 사실을 알게 되었다.

하지만 매닝은 보통 사람이 아니었다. 그의 내면에 있는 건전한 상식은 비범한 재능 수준에 도달해 있었다. 아, 나도 그에게 모든 책임을 전가하고, 그를 배신자나 미친개나 그 밖의 온갖 모욕적인 말로 부르는 게 유행이라는 사실은 안다. 하지만 나는 아직도 그가 현명하며 착한 사람이라고 생각한다. 추측하기 좋아하는 다수의 역사가들은 나와 생각이 다르지만, 어쨌든 나는 신경 쓰지 않는다.

"제안을 하겠습니다." 매닝이 말했다. "우리는 전 세계 모든 항공기의 운항을 금지해야 합니다."

상무장관이 눈을 크게 떴다. "혹시 현실에서 조금 멀어진 것 아닙니까, 매닝 대령?"

"아닙니다." 매닝이 즉각 대답했다. "더 현실적인 사람이 되고 있는 겁니다. 이 문제의 해결책은 비행기입니다. 비행기가 없으면 분진은 효과가 떨어집니다. 전반적인 문제를 해결할 만큼 긴 시간을 벌려면 모든 항공기를 착륙시키고 운행을 금지해야 합니다. 정확히 말하면 미 육군 소속 항공기를 제외한 모든 비행기가 대상입니다. 그래야 전 세계의 무장을 완전히 해제하고 영구적으로 통제할 수단이 생깁니다."

"설마 진심인가요?" 장관이 답했다. "상업용 항공기의 운항까지 금지하자는 건 아니겠지요. 상용기는 세계 경제의 근간입니다. 그걸 금지한다는 건 참을 수 없는 일입니다."

"살해당한다는 것도 참을 수 없는 일입니다." 매닝이 완강하게 말했다. "제 의견은 분명합니다. 모든 비행기를 전부 금지해야 합니다."

대통령은 아무 말 없이 토론을 듣고 있다가 끼어들었다. "특정인의 생존에 없어선 안 될 비행기는 어떻게 하지요, 대령? 예를 들어 알래스카 항로를 운항하는 비행기 말입니다."

"그런 경우에는 미 육군 소속 조종사와 승무원이 운영해야 합니다. 예외는 없습니다."

상무장관은 당황하고 있었다. "조금 전 말씀으로 미뤄보건대 비행기 운항 금지는 미국뿐 아니라 다른 나라에도 시행해야 한다는 뜻이죠?"

"당연합니다."

"그건 불가능합니다. 위헌이에요. 시민권 침해입니다."

"사람을 죽이는 것도 시민권을 침해하는 행위입니다." 매닝이 꿋꿋하게 대답했다.

"그건 안 됩니다. 어느 나라든 연방 법원이 단 5분이면 권리 침해라고 판결할 겁니다."

"제가 보기에는…." 매닝이 천천히 말했다. "그 문제에 관해 앤디 잭슨이 좋은 선례를 남긴 것 같습니다. 존 마셜에게 꺼지라고 말했잖습니까."* 그는 마음을 정하지 못하는 사람으로부터 자신과 반대 의견을 가진 사람에 이르기까지 탁자를 둘러싸고 있는 모든 사람의 얼굴을 천천히 둘러보았다. "여러분, 이 문제는 만만하지 않습니다. 따라서 터놓고 얘기하는 게 좋겠습니다. 기술적인 문제가 없고, 합법적인 절차에 따라 모든 일이 순서대로 진행된다면 우린 전부 죽은 목숨입니다. 그러지 않으려면 할

* 우스터 선교사 대 조지아주 사건. 연방 대법원장인 존 마셜은 조지아주의 법률이 체로키족 영토에서는 효력이 없다고 판결했다. 앤드루 잭슨 대통령은 이 소식을 듣고 "어디 한번 집행해보라지!"라고 말했다 한다.

일을 하고, 살아남고, 법적인 문제는 나중에 해결해봐야 합니다." 그는 거기까지 말하고 기다렸다.

노동부 장관이 발언했다. "대령은 현실을 완전히 무시하는 것 같습니다. 저도 문제가 뭔지는 압니다. 심각하다는 점에도 동의합니다. 분진은 두 번 다시 사용해선 안 됩니다. 제가 일찍 알았다면 베를린에 살포하지 못하도록 막았을 겁니다. 그리고 세계적인 통제가 어느 정도 필요하다는 사실도 인정합니다. 하지만 그 방법에 대해서는 대령과 의견이 다릅니다. 대령은 전 세계를 무력으로 억누르는 군사독재를 제안하고 있습니다. 인정하십시오, 대령. 그 뜻 아닙니까?"

매닝은 둘러대지 않았다. "말씀하신 그대로입니다."

"고맙습니다. 이제 각자의 입장이 분명해졌군요. 예를 들어 저는, 민주적 절차와 합법적인 과정이란 것이 상황에 따라서 언제든지 내칠 수 있을 만큼 하찮다고 생각하지 않는 사람입니다. 제게 민주주의란 단순한 편의의 문제가 아니라 신념입니다. 민주주의에 따르다가 실패한다면 실패해야 합니다."

"그럼 대안이 뭡니까?" 대통령이 물었다.

"이번 일을 발판으로 삼아서 세계민주연방을 만들자고 제안합니다! 현재 미국이 지배적인 위치에 있으니 모든 국가에 대표를 보내라고 요청해서 회의를 열고 세계법령을 만들어야 합니다."

"국제연맹이구먼." 누군가가 중얼거렸다.

"아닙니다!" 장관은 끼어든 목소리의 주인을 향해 대답했다. "국제연맹이 아닙니다. 옛 연맹은 실제로 존재하지도 않았고 아무 힘도 없었기 때문에 도움이 되지 않았습니다. 결정 사항을 강요하는 수단이 아니라 토론 모임이었고 사기였지요. 제가 말하는 조직은 다릅니다. 우리가 분진 사용을 그 조직에 위임할 테니까요!"

한동안 아무도 입을 열지 않았다. 국무회의에 모인 사람들은 그 제안을 머릿속에서 뒤집어보고, 의심하고, 어느 정도 인정하고, 흥미롭긴 하지만 미심쩍다고 생각하고 있었다.

“장관님 말씀에 답변하고 싶습니다.” 매닝이 말했다.

“해보세요.” 대통령이 말했다.

“네. 저는 쉽고 단순한 용어를 사용하겠습니다. 레이머 장관께서는 제가 개인적인 분노 때문이 아니라, 어디까지나 진심으로 깊이 우려하기 때문에 그런다는 점을 믿어주시면 감사하겠습니다.

저는 민주주의에 따르는 세계라는 개념이 아주 훌륭하다고 믿습니다. 제가 그 목표를 달성하기 위해 기꺼이 목숨을 내놓겠다고 얘기하면 부디 진심이라고 믿어주시기 바랍니다. 또한 저는 양과 사자가 나란히 눕는 것 역시 아주 훌륭한 일이라고 믿습니다. 하지만 상식적으로 볼 때 둘 중 사자만 일어서리라고 확신합니다. 우리가 전 세계적인 민주주의를 진정으로 구현하려 한다면 그 상황에서 양이 될 겁니다.

요즘에는 선하고 친절한 세계주의자들이 많습니다. 그 가운데 아홉 사람은 머리가 모자라고 남은 한 사람은 무지합니다. 우리가 세계적인 민주화를 준비한다면 유권자는 어떻게 될까요? 현실을 들여다봅시다. 4억 중국인들은 투표와 시민의 의무라는 개념에 있어서 벼룩과 차이가 없습니다. 3억에 달하는 인도인들은 세뇌당한 거나 다름없는 상태입니다. 유라시아 동맹국의 경우 얼마나 많은 사람이 어떤 신념을 갖는지 우리는 알지 못합니다. 아프리카 대륙은 절반만 문명화되어 있습니다. 8천만 일본인은 신이 자신을 지배 민족으로 정해놓았다고 진심으로 믿고 있습니다. 중남미 친구들은 우리 말을 따를 수도 있고 그러지 않을 수도 있습니다만, 권리장전에 대해 우리와 다르게 생각합니다. 유럽에는 20여 개 국가가 있고 총 2억5천만 명이 사는데, 그들은 하나같이 복수심과 검은 증오를 마음에 품고 있습니다.

그런 것들은 사라지지 않습니다. 오랜 세월이 흐르기 전에 세계 민주주의를 논한다는 건 불합리한 일입니다. 그런 단체에 분진의 비밀을 넘기면 전 세계 사람에게 자살할 무기를 제공하는 것과 같습니다.”

레이머가 즉시 대답했다. “대령의 발언 중 몇 가지를 두고 화를 낼 수도 있지만 그러지 않겠습니다. 딱딱한 표현이지만 저는 그 발언의 배경을 생각해보았습니다. 매닝 대령, 대령의 문제는 본인이 직업 군인 출신이고 사람을 믿지 않는다는 데에 있습니다. 군인은 필요한 직업입니다. 하지만 최악의 군인은 규율에 집착하고, 가장 좋은 군인이라고 해봐야 가족주의자에 지나지 않습니다.” 장관은 비슷한 이야기를 한참 더 이어갔다.

매닝은 다시 발언할 기회가 오자 일어섰다. “제게는 그런 면이 전부 다 있을 겁니다. 하지만 장관께서는 제 주장에 대한 답을 하지 않으셨습니다. 민주주의를 경험해본 적 없거나 민주주의를 사랑하지 않는 수억 명의 사람은 어떡하실 겁니까? 자, 어쩌면 장관님과 저는 민주주의를 달리 생각할지도 모르겠습니다만, 제 생각은 이렇습니다. 서부 지역에 사는 시민 20만 명이 저를 국회에 보내주었습니다. 따라서 제가 보기에 그들을 죽음과 폐허로 몰고 가는 일련의 일이 진행되는 동안 좌시하고만 있지는 않겠습니다.

이런 미래를 생각해보십시오. 원자를 부수고 치명적인 인공 방사능 물질을 개발할 수 있는 기술이 구현된 미래입니다. 어떤 나라가 분진을 생산합니다. 그 나라는 먼저 우리를 쓰러뜨리고 자유 재량권을 얻기 위해서 분진을 살포합니다. 하룻밤 새에 뉴욕과 워싱턴이 공격당하고, 우리가 정치와 경제를 재정비하지 못하는 동안 산업지대가 전부 공격당합니다. 하지만 우리 군대는 그런 도시에 주둔하지 않기 때문에, 첫 분진이 미치지 못하는 곳에 비행기와 무기로 사용할 수 있는 분진이 남아 있습니다. 용감하고 고결한 정신을 지닌 우리 젊은이들은 적국 대도시를 오염시키기 위해 나아갑니다. 공방은 양국의 조직이 완전히 와해되어서 군용기와 분진을 생산할 만한 고급 산업시설을 더 이상 운용할 수 없어야 끝이 납니다. 그 과정에서 기아와 전염병이 만연할 겁니다. 나머지 자세한 부분은 직접 상상해보십시오.

다른 나라들도 이 게임에 동참합니다. 당연히 멍청하고 자기 파괴적인 일입니다만 아무리 지능이 낮아도 이런 일에는 끼어들 수 있습니다. 아주 작은 집단과 권력욕과 비행기 몇 대와 분진만 있으면 되니까요. 전 세계 경제 수준이 상황 유지에 필요한 기술 수준을 지탱할 수 없을 만큼 몰락할 때까지, 이처럼 사악한 쳇바퀴는 멈추지 않습니다. 제가 예측한 바로는 그런 상태에 도달할 경우 전 세계 인구 4분의 3이 분진과 질병과 기아로 사망하며 문화는 촌락과 소작농 형태로 퇴보할 겁니다.

그런 일이 일어난 후에 합법과 권리 장전이 뭘 할 수 있겠습니까?"

축약하긴 했으나 나는 주장의 요지를 전부 담아두었다. 나흘에 걸친 토론을 전부 기록하기란 불가능했다.

다음으로 매닝에게 도전한 사람은 해군장관이었다. "대령, 조금 병적이지 않습니까? 지금까지 전 세계 사람들은 눈 뜨고 볼 수 없을 만큼 끔찍해서 전쟁에 사용될 수 없을 거라던 무기를 아주 많이 보아왔습니다. 독가스가 그랬고, 탱크에, 비행기에… 심지어 총도 그랬습니다. 내가 역사를 제대로 알고 있는 거라면."

매닝이 그를 비웃었다. "일리가 있는 말씀입니다, 장관님. '그리고 정말로 늑대가 왔을 때 소년의 외침은 아무 소용이 없었죠.' 아마 폼페이에 있던 상공회의소도 겁이 많아서 베수비오 화산을 두려워했던 초기 화산학자들을 그처럼 합리적인 주장으로 설득했을 겁니다. 저는 제 두려움을 정당화하겠습니다. 분진은 지금까지 등장했던 어떤 무기보다 치명적이고 사용하기 쉽습니다만, 가장 중요한 점은 막을 방법을 개발하지 못했다는 겁니다. 아주 기술적인 이유 몇 가지 때문에 저는 앞으로도 개발되지 않을 거라고 생각합니다. 최소한 이번 세기에는 말입니다."

"왜 개발하지 못한다는 겁니까?"

"사람과 분진 사이를 납으로 완전히 막는 것 말고는 방사선을 막을 길이 없기 때문입니다. 그것도 빈틈이 전혀 없게 막아야만 합니다. 납으로 둘러싼 지하도시라면 사람이 살아남을 수 있겠습니다만, 미국인의 특징적인 문화는 유지할 수 없을 겁니다."

"매닝 대령." 국무장관이 말했다. "내가 보기에 대령은 명백한 대안을 간과하고 있습니다."

"제가요?"

"그렇습니다. 분진 제조법을 우리만 알고 독자적으로 나아가는 겁니다. 다른 나라는 알아서 찾게 내버려두고요. 우리 전통에 맞는 길은 그것뿐입니다." 국무장관은 정말로 멋진 노신사였고 멍청하지도 않았다. 하지만 새로운 생각을 받아들일 만큼 민첩한 사람은 아니었다.

"장관님." 매닝이 존경을 담아 말했다. "저도 우리 문제만 신경 쓸 수 있으면 좋겠습니다. 진심으로 바라고 있습니다. 하지만 최고 전문가들의 의견에 따르면 분진 제조법을 통제할 길은 강제적인 치안뿐입니다. 독일은 핵 연구 분야에서 우리와 별 차이가 없습니다. 우리가 이 수준에 먼저 도달한 건 순전히 행운 덕분입니다. 지금으로부터 1년 뒤에 분진을 손에 넣은 독일이 어떨지 상상해보십시오."

국무장관은 대답하지 않았다. 하지만 나는 그가 '베를린'이라는 단어를 삼키는 모습을 보았다.

반론이 이어졌다. 대통령은 완고한 사람들을 달래는 데 필요한 선의를 아껴가면서, 매닝이 온갖 날카로운 공격에 맞서도록 일부러 내버려두었다. 그리고 대통령은 그 안건을 국회에 넘기지 않기로 결정했다. 모든 의원이 한마디씩 하는 동안 분진을 실은 적의 비행기가 머리 위에 도달할 수도 있었기 때문이었다. 대통령이 내린 결정은 불법이었을 것이다. 하지만 그가 행동을 취하지 않으면 머지않아 법 자체가 사라질 수도 있었다. 그와 같은 선례가 있었다. 노예 해방령이 그랬고, 먼로주의가 그랬고, 루이지애나 구입지가 그랬고, 남북전쟁 당시 인신 보호 영장을 유예시켰던 일이 그랬고, 영국과 미국 간의 구축함 거래가 그랬다.

대통령은 2월 22일에 내부적으로 전면 비상사태를 선포하고 평화 선언을 작성해 모든 주권국 수장에게 보냈다. 별 의미 없는 외교적인 수사를 생략하면 이런 내용이었다. '미국은 그 어떤 단일 국가의 군대나 여러 국가의 연합군을 즉각 물리칠 준비가 되어 있다. 따라서 전쟁을 완전히 금지하고, 모든 국가가 당장 무장을 완전히 해제하라고 요구한다. 다른 말로 하자면, 얘들아, 당장 총 버려라. 안 그러면 머리 위에 죽음을 떨어뜨려줄 테니까!'

그에 따르는 실행 절차도 통보되었다. 대서양을 횡단할 수 있는 모든 비행기는 캔자스의 포트라일리 서쪽에 있는, 비행장이라기보다는 기다란 대평원에 가까운 지점에 일주일 내에 집결해야 했다. 그보다 작은 비행기는 상하이 인근 지역과 웨일스 집결지로 모여야 했다. 다른 전쟁 장비에 대해서는 별도 통지가 준비되어 있었다. 우라늄과 동위원소 광물은 따로 언급하지 않았다. 추후에 처리할 예정이었다.

예외는 없었다. 무장 해제에 실패한다는 것은 곧 미국에 전쟁을 선포하는 행위로 해석될 것이었다.

*

상원 국회에서 뇌졸중을 일으킨 사람은 없었다. 적어도 내가 들은 바로는 그랬다.

심각하게 걱정해야 할 나라는 영국, 일본, 유라시아 동맹국뿐이었다. 영국은 이미 경고를 받은 것과 다름없었다. 미국은 영국을 지고 있던 전쟁에서 구해주었고 영국은, 또는 영국 통치자는 미국의 능력과 의지를 정확히 알고 있었다.

일본은 상황이 달랐다. 일본은 베를린의 참상을 목격하지 못했고 그곳에서 벌어진 일을 믿지 않았다. 게다가 일본인들은 긴 세월 동안 스스로 무적이라고 얘기해왔으며 진심으로 그렇게 믿었다. 일본을 너무 빨리, 너무 거칠게 대해봐야 소용이 없었다. 항복보다 죽음을 택할 것이기 때문이었다. 협상이 아주 조용히 진행되고 있었다. 하지만 미국은 결론이 나기 전에, 진주만에서 고베로 향하는 함대를 출발시켰다. 함대는 일본

6대 도시를 폐허로 만들 분진을 싣고 있었다. 문제가 어떤 식으로 해결되었는지 짐작할 수 있겠는가? 신문에는 아무 얘기도 실리지 않았지만, 미국이 분진을 살포하기에 앞서 제시했던 전단지의 문구가 문제를 해결해 주었다.

일왕은 기쁜 마음으로 신 평화체제를 선포했다. 국민들에게 발표된 공식 선언에 따르면 우호관계에 있는 두 대국이 협력 관계를 맺은 것이 전부였다. 주도권은 일본이 쥐는 것으로 알려졌다.

유라시아 동맹국은 수수께끼와 같았다. 스탈린이 예상치 못하게도 1941년에 사망한 뒤로 서방 국가는 유라시아 동맹국의 내부 사정을 거의 알지 못했다. 미국과 유라시아 동맹국의 외교 관계는 미국이 4년 전에 불러들인 인원을 대치하지 못하는 바람에 위축되었다. 물론 그 나라의 새 집단 지도체제가 '제5국제주의자'라고 자칭한다는 사실은 널리 알려져 있었지만, 레닌과 스탈린의 초상화가 더 이상 전시되지 않는다는 점을 제외하면 그게 무엇을 뜻하는지 아는 사람은 없었다.

하지만 유라시아 동맹국은 우리가 제시한 조건에 동의했고 전적으로 협력하겠다고 밝혔다. 그들은 전쟁을 바란 적이 한 번도 없으며, 최근 전 세계를 떠들썩하게 만드는 소동에서 멀리 떨어져 있었다는 점을 강조했다. 남은 두 강대국이 지위를 이용해 평화 유지를 확고히 하는 것은 적절한 일이었다.

나는 기뻤다. 그동안 유라시아 동맹국에 대해 걱정하고 있었기 때문이었다.

동맹국은 상하이 인근에 있는 집결소로 소형기 일부를 즉시 보내기 시작했다. 보고된 비행기의 수와 상태를 보아 유라시아 동맹국은 피치 못하게 발을 빼기로 결정한 것 같았다. 비행기는 대부분 독일산이었고 상태가 좋지 않았으며, 독일이 전쟁 초기에 사용을 그만둔 기종이었다.

매닝은 대서양 횡단이 가능한 대형 비행기를 작동 불능 상태로 만드는 과정을 감독하기 위해 서쪽으로 갔다. 그런 비행기들은 포트라일리

근처에 모이게 되어 있었다. 우리는 대형 비행기에 기름을 뿌리고, 1년짜리 저농축 분진을 항공 방제하듯 저고도에서 뿌릴 계획이었다. 그래야 등을 돌리고 잊은 다음 다른 문제에 대처할 수 있었다.

하지만 위험 요소가 있었다. 분진이 캔자스시티, 링컨, 위치토 등 근처에 위치한 도시에 절대 도달하지 않아야 했다. 우리는 크기가 작은 인근 마을의 주민들을 임시로 대피시켰다. 분진의 양을 엄수하도록 사방에 시험소를 설치할 필요도 있었다. 매닝은 오염되는 구경꾼이 한 명도 발생하지 않도록 하는 것을 개인적인 의무로 여겼다.

우리는 포트라일리에 착륙하기 전에 비행기 집결 장소 위를 선회했다. 급하게 마련한 착륙장 세 곳을 눈으로 확인할 수 있었다. 하얀 활주로가 햇빛을 받아 빛나고 있었다. 부은 지 24시간이 지난 시멘트는 아주 깨끗했다. 각 착륙장 주위에는 아직 완전히 준비되지 않은 비행기 보관 공간이 십여 곳씩 모여 있었다. 트랙터와 불도저가 여기저기서 작업 중이었다. 가장 동쪽에 자리한 공간에는 독일과 영국에서 온 비행기들이 항공모함 비행갑판 위에서 그러듯이 날개와 동체를 맞대고 모였는데, 벌써 빽빽했다. 정해진 위치로 견인되고 있는 비행기도 몇 대 눈에 띄었다. 하늘에서 보니 조그마한 트랙터는 마치 자신의 몸보다 훨씬 큰 나뭇잎 조각을 잡아끄는 개미 같았다.

유라시아 동맹국이 보낸 '하늘의 요새'는 세 대밖에 없었다. 유라시아 동맹국 측 대표는 해당 비행기에 고순도 항공유를 급유하는 작업이 조금 지연되고 있다고 설명했다. 그는 북극 위를 통과하는 장거리 비행의 안전을 보장할 수 있는 연료가 부족하다고 불평을 털어놓았다. 그 말이 사실인지 확인할 길이 없었기 때문에 남은 비행기는 연료가 영국에서 조달된 뒤 배달하기로 합의를 보았다.

우리는 곧 떠날 예정이었다. 매닝은 자신이 제안했던 안전 예방책에 만족하고 있었다. 그때, 다음 날이 되기 전에 유라시아 동맹국의 폭격기 편대가 도착할 거라는 통신이 날아왔다. 매닝이 눈으로 확인할 생각이었기 때문에 출발은 4시간가량 지연되었다. 마침내 우리 측 호위 전투기가 캐나다 국경에서 그 비행기들을 인수했다는 보고가 들어왔다. 매닝은 점점 조바심이 나는지 공중에서 상황을 확인하겠다고 말했다. 우리는 해당 고도에 올라가서 기다렸다.

편대는 총 아홉 대로 구성되어 있었고, 다수의 사다리꼴 종대를 이루어 비행하고 있었다. 규모가 너무 커서 우리 측 소형 전투기들은 알아보기가 어려울 정도였다. 편대가 착륙장 위를 선회하는 동안 나는 그 당당함과 위엄에 감탄하고 있었다. 그때 우리 비행기를 조종하는 래퍼티 중위가 외쳤다. "뭐야! 저놈들이 바람을 등지고 착륙할 모양입니다!"

나는 그 말이 무슨 뜻인지 몰랐다. 하지만 매닝이 부조종사에게 소리쳤다. "지상을 연결해!"

부조종사가 장비를 조작하고 말했다. "연결됐습니다!"

"일반 경보를 울려! 방호복을 입고!"

당연한 일이지만 경보 소리는 들리지 않았다. 하지만 관제소 지붕에서 기적(汽笛)이 내뿜는 하얀 수증기가 눈에 들어왔다. 기적은 수증기를 길게 세 번, 짧게 한 번 뿜어냈다. 그와 거의 동시에 유라시아 동맹국 편대 쪽에서 첫 번째 구름이 터져 나왔다.

폭격기 편대는 착륙하지 않고 전 세계에서 모인 비행기가 빽빽하게 모여 있는 집결소 위를 낮게 통과했다. 종대 하나가 세 개의 착륙장 부근에 모인 비행기 무리를 하나씩 맡고는 각 폭격기의 동체에서 진한 갈색 연기를 흘려보냈다. 조그맣고 검은 사람 모습 하나가 트랙터에서 뛰어내린 다음 가장 가까운 건물로 달려갔다. 그리고 연기 장막이 착륙장을 뒤덮었다.

"지상과 연결되어 있나?" 매닝이 물었다.

"네!"

"수석 안전기술자를 불러, 빨리!"

부조종사는 매닝이 직접 대화할 수 있도록 증폭기를 연결했다. "손더스?

나 매닝이다. 저게 뭐지?"

"방사능 물질입니다, 소장님. 강도는 7.4입니다."

카르스트-오브레 연구의 결과와 맞먹는 수치였다.

매닝은 통신을 끊은 다음 참모총장을 연결하라고 통신소에 지시했다. 시간이 지연되면서 긴장이 높아졌다. 지상회선을 통해 캔자스시티를 연결한 다음 수석 교환수를 설득해서 장거리 상용 직통선을 징발하느라 시간이 걸릴 수밖에 없었다. 하지만 매닝은 결국 보고를 전달하는 데에 성공했다. "지금쯤이면." 그가 말했다. "다른 비행기가 국경에 근접했다고 보는 게 합리적인 판단입니다. 물론 뉴욕과 워싱턴에도 접근했을 겁니다. 디트로이트와 시카고도 가능성이 있습니다. 확인은 불가능합니다만."

참모총장은 아무 말도 하지 않고 즉시 통신을 끊었다. 지난 몇 주간 비상태세로 대기하던 미국 공군은 그로부터 몇 초 뒤에, 가능하다면 공격자가 해당 도시에 도달하기 전에 추격하고 격추하라는 명령을 받았을 것이었다.

나는 착륙장을 흘끗 바라보았다. 편대 진형은 흩어진 상태였다. 유라시아 동맹국 폭격기 한 대가 격추되어 집결소로부터 6백 미터 가량 떨어진 곳에 추락했다. 내가 지켜보는 동안 초소형 급강하 폭격기 한 대가 날카로운 소리와 함께 괴물 같은 유라시아 동맹국 폭격기를 향해 하강하더니 폭탄을 쏟아부었다. 폭탄은 정확히 명중했다. 하지만 미군 조종사는 시간이 빠듯해 탈출하지 못하고 자신의 먹잇감과 함께 추락했다.

*

'4일 전쟁'에 관한 신문 기사를 되새길 필요는 없다. 믿기 어려울 만큼의 행운이 여러 번 따르고, 예견과 능숙한 운영이 기적처럼 거기에 더해지지 않았다면 미국은 필연적으로 패배할 수밖에 없었다는 점이면 충분했다. 베를린이 파괴되는 사건으로 시간을 번 유라시아 동맹국 핵물리학자들이 리드패스 쪽 연구진과 거의 동등한 수준에 도달한 것은 분명했다. 하지만 우리가 몰아붙였기 때문에 그들은 제대로 준비가 되기 전에 움직일 수밖에 없었다. 미국이 제시한 평화 선언에 무장 해제 시한이 명시되어 있었기 때문이었다.

대통령이 선언을 실행에 옮기기 전에 국회와 논쟁을 벌이느라 시간을 끌었다면 미국은 더 이상 존재할 수 없었을 것이었다.

매닝의 공로는 조금도 인정되지 않았지만, 내가 보기에 그가 '4일 전쟁' 같은 사태를 예상하고 십여 가지의 비합법적인 대비책을 강구했다는 건 명백한 사실이었다. 내가 말하는 건 군사적 대비책이 아니다. 그런 것들은 육군과 공군이 담당했다. 하지만 당시 국회가 휴회에 들어간 것은 우연이 아니었다. 당시 나는 양당 간 기권협정 건을 담당했고, 협정을 실행에 옮기기로 되어 있었기 때문에 사실을 알고 있었다.

하지만 판단은 여러분께 맡기겠다. 정말로 매닝에게 독재를 펼치겠다는 야심이 있었다면, 워싱턴이 공격당할 법한 상황에서 국회를 워싱턴에서 쫓아낸다는 책략을 꾸몄겠는가?

워싱턴에 있는 공무원들이 열흘 동안 떠나 있도록 뒤에서 조종한 사람은 당연히 대통령이었다. 그 시기에 남부 지역을 순회한다는 결정도 분명 본인이 내렸을 것이다. 하지만 그런 생각을 대통령의 머리에 불어넣은 사람은 매닝이었을 터였다. 대통령이 개인의 안전을 도모하기 위해 워싱턴을 빠져나갔으리라고는 상상하기 어렵다.

게다가 전염병 소동 건도 있었다. 매닝이 언제 어떻게 그 일을 꾸몄는지는 모른다. 내 수첩에 그런 일정이 적혀 있지 않았던 것은 확실하다. 하지만 유라시아 동맹국 폭격기가 공격하던 바로 그 시점에, 뉴욕이 림프샘 페스트로 황폐화할지 모른다는 아주 뜬금없는 소문이 우연히 돌았다고는 생각할 수 없다.

그래도 어쨌든 그 폭격으로 맨해튼에서만 80만 명 이상이 사망했다. 그토록 엄청난 사망자가 발생했기 때문에 정부는 당연히 비난을 받았다. 신문은 논평을 통해 그런 사태를 예측하지 못해 모든 대도시에 강제 대피령을 내리지 않은 정부를 무자비하게 공격했다.

매닝이 그런 상황을 예견했다면 왜 대피령을 내리라고 요청하지 않았을까?

내가 보기에 이유는 이렇다.

대도시 사람들은 합리적인 주장에 따라 대피하지 않는다. 그런 전례도 없다. 런던 사람들은 단 한 번도 대규모로 대피하지 않았다. 베를린에도 대피하라고 강제성 경고를 보냈지만 그 시도는 완전히 무위로 돌아갔다. 뉴욕 시민들은 1940년 이래 공습의 위험성을 의심했고 긴 시간이 지나면서 무뎌져 있었다.

하지만 존재하지 않는 전염병에 대한 공포는 대도시 사람들이 거의 전부, 완전히 대피하게 만들었다.

그리고 우리가 블라디보스토크와 이르쿠츠크와 모스크바에 행한 일은 잊어선 안 된다. 그 사람들 역시 무고한 시민이었다. 전쟁이란 아름답지 않다.

행운이 도와주었다는 사실은 이미 말한 바 있다. 미국 비행기 가운데 한 대가 모스크바 대신 랴잔을 공습한 것은 비행 실수 때문이었다. 하지만 그 실수 덕분에 유라시아 동맹국에서 유일하게 군용 방사성 물질을 생산하던 실험실과 공장이 중단되었다. 그 실수가 다른 결과를 냈다면 어땠을까? 워싱턴을 공격하러 왔던 유라시아 동맹국 비행기 한 대가 실수로 메릴랜드에서 70킬로미터가량 떨어진 리드패스의 가게를 공격했다면 무슨 일이 벌어졌을까?

세인트루이스에 마련된 임시 수도에서 국회가 재개되었다. 그리고 미국 평화원정대가 유라시아 동맹국의 이빨을 뽑는 작업에 착수했다. 일반적인 군사 점령은 아니었다. 원정대는 간단한 두 가지의 목표를 세웠다. 비행기와 비행기 생산 공장과 비행장을 모조리 찾아 분진을 뿌릴 것. 그리고 방사성 분진 실험실과 우라늄 공급 시설과 역청 우라늄광 및 카노타이트가 있을 법한 장소를 찾아 분진을 뿌릴 것. 그 과정에서 시민 정부를 방해하거나 대체하려는 시도는 조금도 없었다.

원정대는 2년짜리 분진을 사용했고 그 덕분에 미국의 지위를 다질 만한 시간을 벌 수 있었다. 유용한 정보를 제공하는 사람은 상당한 포상을 받았다. 그 방법은 유라시아 동맹국뿐 아니라 전 세계 대부분 지역에서 큰 효과를 거두었다.

검전기-방전 원리를 바탕으로 리드패스의 연구원들이 정교하게 제작한 장비, 일명 '족제비'는 방사성 물질의 냄새를 맡을 수 있었다. 족제비 덕분에 우라늄과 우라늄 광물을 탐지하는 작업이 한층 수월해졌다. 의심이 가는 지역에 적절한 간격으로 족제비 망을 설치하면 방향 탐지기가 라디오 방송국을 찾아내듯 유의미한 양의 우라늄이 매장된 지점을 편리하게 발견할 수 있었다.

물론 불핀치 장군과 평화원정대가 한몸이 되어 훌륭한 일을 해냈지만, 목적을 완수할 수 있었던 것은 최초에 발생한 랴잔 오폭 덕분이었다.

1945년부터 다음 해까지 진행된 평화 확립 과정을 자세히 알고 싶은 사람은《미국 사회연구협회 논문집》에 실린 〈1945년 2월부터 시행된 미국 평화 정책 실행에 관한 연구〉라는 논문을 읽어보면 된다. 세계 어느 곳에서도 전쟁이 발발하지 않도록 감독하는 사실상의 해결책을 추구하다 보니, 미국은 치명적인 분진이 부적합한 세력의 손에 절대로 들어가지 않을 완벽한 방법을 강구해야 하는 더 어려운 문제에 봉착하게 되었다.

그 문제를 말로 표현하기는 쉽다. 네모난 원을 만들면 된다. 실행에 옮길 수 없다는 게 문제일 뿐이다. 매닝과 대통령은, 영구히 존속할 수 있는 적합한 협의체가 설립될 때까지, 당분간 미국이 목표 수행을 위한 힘을 유지해야 한다고 생각했다. 그 생각에는 장해물이 있었다. 외교 정책 결정권은 대통령과 국회 양측이 함께 쥐고 있었다. 당시의 대통령이 훌륭한 인물이었고 국회가 그럭저럭 괜찮았다는 점은 행운이었다. 하지만 그것만으로 미래가 보장되지는 않았다. 미국에는 자격이 부족한 대통령과 권력욕이 지나친 국회가 존재하던 시절이 있었다. 아, 그렇다! 멕시코 전쟁의 역사에 관해 읽어보면 그 사실을 알 수 있을 것이다.

우리는 전 세계를 단일 제국으로, 미국이 지배하는 제국으로 만드는 권력을 미래의 미국 행정부에 넘길 생각이었다. 대통령은 우리가 사랑하는 우리의 민주주의 문화는 그런 유혹을 참아내지 못할 거라고 진지하게 생각하고 있었다. 제국주의는 억압하는 자와 억눌리는 자를 동시에 타락시키게 마련이었다.

대통령은 갑자기 손에 넣은 힘을, 세계 평화를 유지하는 선에서 최소한으로 사용해야 한다고 결심했다. 전쟁 금지라는 단일한 목적 외에는 쓰지 않겠다는 뜻이었다. 해외에 있는 미국의 투자 대상을 보호하거나 무역 협약을 강요하는 등 여타 목적에는 절대 사용하지 않고, 대량 살상을 전폐한다는 단순한 일에만 쓰겠다는 생각이었다.

사회학은 과학이 될 수 없다. 어쩌면 미래에는 가능할지도 모른다. 정밀한 물리학 덕분에 교질성 화학반응의 원리가 완전히 밝혀지고, 그 결과 생물학 지식이 완성되고, 아주 정확한 심리학이 확립되는 날이 온다면 말이다. 그러면, 서기 5천 년쯤 되어서, 사회학과 정치학을 어느 정도 깨달을 수 있을 것이다. 그 전에 인류가 자멸하지 않는다는 전제하에서.

그런 날이 오기 전까지 우리가 가진 것은 상식과 가능성을 탐구하고 얻은 지식밖에 없었다. 매닝과 대통령은 악보 없이 음악을 연주하는 셈이었다.

미국은 영국, 독일, 유라시아 동맹국과 조약을 맺었다. 조약 협정서에는 미국이 세계 평화를 유지하는 책무를 맡을 것이며, 그와 동시에 계약 당사자인 세 나라에 무력을 남용하는 일이 없도록 보장한다는 내용이 적혀 있었다. 조약은 '4일 전쟁'이 종결된 직후 찾아온 안도와 친선의 시간 동안 신속하게 처리되었다. 미국은 파나마 운하 조약, 수에즈 운하 협정, 파나마 독립 정책을 통해 확립된 선례를 따랐다.

하지만 조약 속에는 미래의 미국 정부가 선의의 정책을 무효화할 수 없게 만든다는 목적이 숨어 있었다.

곧이어 조약을 실행에 옮길 세계평화협의회가 구성되고 매닝 대령이 회장을 맡았다. 회장은 종신직이었다. 청렴한 동시에 미국 대법원의 압력에 영향을 받지 않는, 자유로운 불변의 존재여야 했기 때문이다. 조약이 시행되려면 결국 공동 위탁이 필요했기 때문에 회장은 미국 시민이 아니어야 했다. 그리고 세계 평화를 지킨다고 맹세해야 했다.

바로 그 부분 때문에 국회를 통과하기까지 어려움이 있었다! 그때까지 유사한 맹세들은 전부 미국법을 따라왔었다.

그럼에도 불구하고 협의회는 설립되었다. 협의회는 전 세계 항공기를 관리하고, 자연 방사능 물질과 인공 방사능 물질의 관할권을 이어받고, 평화수호단을 만드는 길고 진척이 느린 임무를 시작했다.

매닝은 세계경찰군단을 만들 계획이었다. 세계경찰은 선별과 교화 과정을 통해 뽑힌 다음, 전 세계의 운명을 수호하기 위해 모든 남성과 여성과 어린이의 생명에 우선하는 절대 권력을 부여받고 무한히 신뢰받는 특권 계급이었다. 무적의 무기가 한 번 더 세상에서 날뛰는 것을 확실히 막으려면 무한한 권력은 꼭 필요했다. 무기 관리자의 힘은 오직 신성한 자의 손에 있을 때만 안전했다. 그런 수호자를 수호해줄 존재는 따로 존재할 수 없었다. 인류를 멸망으로부터 지킬 수 있는 것은 그들의 존재 자체와 상호 감시밖에 없었다.

역사상 처음으로 외부 세력의 감시와 견제를 받을 가능성이 전무한 최고 경찰 권력이 탄생을 목전에 두고 있었다. 매닝은 그런 권력을 완성하는 임무를 맡으면서, 그 일이 인간의 타고난 한계를 넘어선다는 점을 무의식 속에서 천천히, 고통스럽게 자각하고 있었다.

세계평화협의회의 다른 구성원도 차츰 지명되었다. 대통령과 매닝은 오랫동안 함께 고민한 끝에 상원에 명단을 전달했다. 외국인은 적십자협회의 책임자, 체구가 작고 눈에 잘 띄지 않는 스위스 출신의 역사학 교수, 카르스트-오브레 기술을 독자적으로 개발하고 감옥에 갇혀 있다가 모스크바를 공습한 미국 평화원정대에 의해 발견된 이고르 립스키 박사 등

세 명뿐이었다. 명단에 오른 다른 사람들은 이제 다들 알고 있을 것이다.

리드패스와 그의 연구원들은 협의회의 초대 기술연구원이 되어야 했다. 초대 순찰 경관은 미 육군과 해군이 맡았다. 가용한 조종사를 전부 동원할 필요는 없었기 때문에 경력과 개인 습관과 인간 관계를 조사하고, 최첨단 심리학 기법을 동원해 정신 과정과 정서 상태까지 검사했지만 그것만으로는 부족했다. 세계경찰의 최종 합격 여부는 매닝 및 대통령이 각각 일대일로 면접을 본 뒤 결정했다.

매닝은 심리학자들이 고안한 협력과 반응 시험에 기반해 면접을 봤지만, 대통령은 느낌으로 면접 대상의 성격을 파악했다. 매닝은 후자에 더 비중을 두었다고 했다. "블러드하운드의 후각에 의존하는 것과 비슷하지." 그가 말했다. "대통령은 40년 동안 현역으로 정치하면서 자네나 내가 평생 만난 것보다 더 많은 사기꾼을 봐왔어. 그 사기꾼들은 하나같이 뭔가를 팔아먹으려고 했지. 그러다 보니 눈을 감고도 골라낼 수 있더라고."

장기 계획에는 세계경찰 후보생을 계발하는 학교도 포함되어 있었다. 민족과 피부색과 국적을 막론하고 학생을 받은 뒤 조국을 제외한 모든 나라의 평화를 수호하는 인재로 양성하는 기관이었다. 경찰은 복무 기간 동안 절대 조국에 갈 수 없었다. 그들은 자발적으로 국적을 버리고 신군(新軍)이 되어 협의회와 인류만 충성의 대상으로 삼으며, 신중하게 주입된 소속감으로 하나가 될 것이었다.

그 계획은 성공할 수도 있었다. 매닝이 20년 동안 아무 방해도 받지 않았다면 원안을 달성할 수 있었을 것이다.

*

재선을 노리는 대통령의 부통령 후보는 정치적 타협안의 결과로 결정되었다. 그는 고질적인 고립주의자였고 처음부터 세계평화협의회에 반대한 사람이었다. 하지만 반대 의견이 득세한 것은 그와 정당이 대통령과 의견을 달리한 1년 뒤부터였다. 대통령은 슬쩍 제자리로 되돌아왔지만 국회의 힘은 상당히 약해졌다. 평화법 무효화를 막은 것은 어디까지나 그가 거부권을 두 번에 걸쳐 행사한 덕분이었다. 부통령은 그를 전혀 돕지 않았다. 그렇다고 반란을 공개적으로 주도하지도 않았다. 매닝은 중요한 계획을 1952년 말까지 완성하려 했지만 차기 행정부의 분노까지 예측하지는 못했다.

매닝과 나는 과로에 시달렸다. 나는 건강이 좋지 않다는 사실을 깨달았다. 원인은 금세 알 수 있었다. 내 옆에 감광 필름을 매달아놓으면 20분 만에 뿌옇게 흐려졌을 것이다. 나는 누적된 미세 방사선 피폭에 시달리고 있었다. 수술할 만큼 암이 진행되진 않았지만 신체 조직과 기능 저하는 확연했다. 치료 방법은 없었고 할 일은 아직 남아 있었다. 나는 베를린 공습이 있기 전 일주일가량 금속 용기 옆에 앉아 있었던 것이 주원인이라고 지금까지도 생각하고 있다.

*

나는 1951년 2월 17일에 대통령이 탑승한 비행기가 추락했음을 알리는 텔레비전 속보를 보지 못했다. 아파트에 누워 있었기 때문이었다. 당시 매닝은 점심 뒤에 반드시 휴식하라는 지시를 내려주었다. 하지만 나는 임무에서 물러나지 않은 상태였다. 나는 사무실에 돌아갔다가 비서로부터 그 소식을 듣자마자 매닝의 사무실로 급히 달려갔다.

그날 나눈 대화는 어딘지 모르게 비현실적이었다. 마치 내가 영국에서 복귀했던 날로, 에스텔 카르스트 박사가 죽은 날로 돌아간 것 같았다. 매닝이 나를 바라보았다. "어서 오게, 존." 그가 말했다.

나는 매닝의 어깨에 손을 얹었다. "소장님, 너무 심각하게 받아들이지 마세요." 내가 할 수 있는 말은 그게 전부였다.

48시간 뒤 새로 선서를 마친 대통령이 매닝에게 보고를 올리라는 전문을 보냈다. 나는 직접 해독한 공식 전문을 매닝에게 가져다주었다. 그는 내용을 읽어 보았다. 그의 얼굴에는 아무 감정도 드러나지 않았다.

"가실 겁니까, 소장님?" 내가 물었다.

"응? 아, 가야지."

나는 사무실로 돌아가서 외투와 장갑과 서류가방을 챙겼다.

내가 돌아가자 매닝이 쳐다보았다. "존, 신경 쓸 것 없네." 그가 말했다. "자넨 안 가도 돼." 내가 그래도 따라나설 것 같았는지 그가 덧붙였다. "여기 남아서 할 일을 하게. 잠깐만 기다려봐."

그는 금고로 가서 다이얼을 돌리고 문을 연 다음 봉인된 봉투를 꺼내어 그와 나 사이에 놓인 책상 위로 던졌다. "여기 지시 사항을 적어놨으니 당장 실행하게."

그는 내가 봉투를 여는 동안 밖으로 나갔다. 나는 지시를 다 읽은 다음 실행에 옮겼다. 시간이 없었다.

*

신임 대통령은 경호원 대여섯 명과 친한 동료들을 대동하고 선 채로 매닝을 만났다. 매닝은 그중 두 사람을 알아보았다. 한 사람은 평화수호단을 이용해서 남아메리카와 짐바브웨로부터 빼앗은 자산을 회수하자는 주장을 이끈 상원 의원이었다. 다른 한 사람은 상업항로 재개통 절차를 밟자면서 매닝과 함께 여러 차례 불만족스러운 회의를 했던 항공 관련 위원회의 의장이었다.

"빨리 왔군." 대통령이 말했다. "좋아."

매닝이 허리를 숙였다.

"결론부터 얘기하는 게 좋겠지." 최고 지도자가 말을 이었다. "행정부 정책에 변화가 있을 예정이야. 사임하셔야겠어."

"죄송하지만 거부하겠습니다, 대통령님."

"어디 두고 보지. 그건 그렇고, 매닝 대령, 귀관은 이제 더 이상 군인이 아니야."

"세계평화협의회 회장이라고 불러주시겠습니까."

신임 대통령이 어깨를 으쓱했다. "아무거나 좋을 대로 고르시든지. 어쨌든 둘 다 사임해야 하니까."

"죄송하지만 한 번 더 거부하겠습니다. 제 직책은 종신입니다."

"그만하라니까." 대통령이 대답했다. "여긴 미합중국이야. 국가보다 더 높은 권위는 존재하지 않아. 귀관을 체포할 거야."

나는 매닝이 한참 동안 꿋꿋이 서서 그를 노려보는 광경을 상상할 수 있다. 매닝은 천천히 대답했을 것이다. "물리적으로 제 신병을 구속할 수 있다는 점은 인정하겠습니다. 하지만 잠시 기다리시라고 충고하겠습니다." 그는 창가로 걸어갔다. "하늘을 보시죠."

평화수호단 소속 폭격기 여섯 대가 국회의사당 위에 떠 있었다. "저 조종사 가운데 미국인은 한 사람도 없습니다." 매닝은 천천히 말을 이었다. "저를 감금하면 이 방에 있는 사람은 단 한 명도 살아남지 못합니다."

그 뒤로 여러 가지 사건이 일어났다. 예를 들어 사흘 뒤 포트베닝에서 불행한 일이 벌어졌고, 리스본에 있는 세계경찰 항공단에서 폭동이 발생한 결과 대량 해고 사태가 일어났다. 하지만 현실적인 목표라는 관점에서 보자면, 그 모든 일은 쿠데타로 귀결되었다.

매닝은 이론의 여지 없이 전 세계의 군사독재자였다.

매닝처럼 전 세계적으로 증오의 대상이 된 인물이 처음 계획대로 평화수호단을 완성하고, 평화수호단이 독자적으로 영속하면서 본연의 임무에 충실하게 만들 수 있을까? 지금의 나는 알 수 없다. 그리고 예전에 영국에 있는 지하 격납고에서 일주일을 지냈기 때문에, 오래 살아남아서 결과를 알 수도 없을 것이다. 매닝은 심장 질환이 있기 때문에 그 질문의 답은 더욱 불분명해졌다. 그는 20년을 더 살 수도 있고 내일 당장 쓰러져 죽을 수도 있다. 그리고 그의 뒤를 이을 인물은 없다. 나는 얼마 남지 않은 시간을 보내기 위해서, 그리고 모든 이야기에는, 그 이야기가 세계 지배에 관한 것이라 해도, 다른 면이 존재한다는 사실을 알리기 위해서 이 글을 쓰고 있다.

나는 그 질문의 답이 무엇이든 마음에 들지 않는다. 만약 사후 세계라는 것이 정말로 있다면 나는 활과 화살을 발명한 사람을 찾아내서 두 손으로 직접 찢어 죽일 것이다. 당신과, 나와, 내 이웃과, 모든 인간과, 모든 동물과 모든 생명을 죽일 수 있는 권력을 지닌 존재가 있다면, 그게 한 사람이든 집단이든, 나는 그런 세상에서 행복할 수 없다. 그런 힘을 가진 자라면 어느 누구라도 나는 좋아할 수 없다.

매닝도 나와 마찬가지였다.

로버트 A. 하인라인 중단편 전집 **5**

그리고 그는 비뚤어진 집을 지었다

초판 1쇄 발행 2023년 4월 4일

지은이 로버트 A. 하인라인
옮긴이 김창규, 배지훈, 조호근
펴낸이 박은주
편집 강연희, 설재인, 이다영, 최지혜
표지 디자인 김선예
본문 디자인 서예린, 오유진, 이수정, 장혜지, 황혜나
마케팅 박동준

발행처 (주) 아작
등록 2015년 9월 9일 (제2021-000132호)
주소 04050 서울특별시 마포구 양화로 156 LG팰리스빌딩 1428호
전화 02.324.3945-6 **팩스** 02.324.3947
이메일 arzaklivres@gmail.com
홈페이지 www.arzak.co.kr

ISBN 979-11-6668-725-9 04840
979-11-6668-777-8 04840 (세트)